花顏策

卷四

西子情 著

目錄

第四十六章　太子受傷愛撒嬌

勵王葬身火海，千年寒蟲蠱與千年萬毒蠱也隨著他一起化成了灰燼。

二十萬無主的勵王軍在安書離和陸之凌有效的安排下，在梅舒毓帶著三十萬兵馬依計畫運兵包抄中，反抗者無幾，四處恐慌的逃竄，最終悉數繳械投降。

這一戰，毫無懸念，三十萬兵馬大獲全勝，贏得十分乾脆。

清掃戰場，收編二十萬勵王軍等等諸多事宜，陸之凌都推給了安書離和梅舒毓，然後與雲墨一起去了南疆都城。

他到底還是不放心，想去看看花顏在行宮裡到底是個什麼情形？

梅舒毓本也想跟著陸之凌一起，奈何這大軍是雲遲交給他調派帶來，沒有雲遲的命令，他不敢扔下這大軍離開，更何況如今又收服了勵王的二十萬兵馬，他更不能離開了。

但是這五十萬兵馬，他自己應付不來，於是便拖著安書離，讓他相幫，畢竟，這一戰的主要功績可不是他，是安書離和陸之凌，如今走了個陸之凌，他可不能讓安書離再甩手不管了。

三百里地，半日快馬，便進了南疆都城。

陸之凌隨著雲衛進了行宮，一路衝去了正殿，在正殿外的院中，看到了躺在樹蔭下聽采青讀書的花顏。

花顏身上蓋著薄被，被子搭在腰處，儘管只能看到她一半身量，但他還是清楚地看清她瘦了極多，本是帶著幾分瑩潤的臉龐，如今看起來，帶著幾分的瘦弱和蒼白，眉心隱約透著幾分青紫之氣，整個人的氣息也是十分的虛弱濁重。

顯然，她這是受了極重的傷勢。

他深吸了口氣，一時沒走上前。

花顏聽到動靜抬頭，便看到了站立在不遠處的陸之凌，一身風塵，藍色錦衣蒙了一層灰土，依舊不失他的俊秀風采。

采青連忙收了話本子見禮：「陸世子！」

花顏對陸之凌微笑：「你這麼快便進了都城，看來差事兒辦得極俐落妥當。」

陸之凌又再深吸一口氣，拍了拍身上的灰塵，走向花顏，問她：「受了極重的傷？」

花顏點頭：「嗯，險些丟了一條命。」

陸之凌駭了駭，看了眼四周，只有采青一人陪著花顏，他抿唇，問：「可方便單獨說話？」

花顏淺笑，搖頭道：「不太方便，以後我得儘量避嫌了。」

陸之凌頓時皺起了眉。

花顏笑了笑，對他說：「采青無礙的，以後會近身跟著我，有什麼話我們就這樣說吧！」話落，對采青說：「去給陸世子搬一把椅子來。」

采青應是，立即去了。

陸之凌看著花顏，眉頭越皺越緊，見采青去了殿內，問：「太子殿下軟禁了你？」

花顏搖頭：「沒有，等會兒你坐下來，我們慢慢說。」

陸之凌滿腹的疑問，只能悉數壓下：「太子殿下呢？」

花顏道：「公主葉香茗被困在了王宮的密道裡，她手中有噬心蠱，他去處理了。」

陸之凌點了點頭。

不多時，采青便搬了一把椅子走了出來，清脆地說：「陸世子請坐！奴婢去給您沏茶。」

陸之凌頷首落坐。

花顏看著他，慢慢地坐起身，靠著躺椅的椅背：「勵王死了？二十萬勵王軍收編了？」

陸之凌點頭，將他與安書離從接到太子雲遲的飛鷹傳書到殺了勵王之事詳略地說了一遍。

花顏聽罷，笑著說：「勵王怕是到死也不明白自己怎麼會這麼輕易就被人殺了？」話落，又說，「原來千年的寒蟲蠱與千年的萬毒蠱相殺，是同歸於盡的結果。」

陸之凌看著她，似乎還如以前一樣，言談隨意，淺淺而笑，沒什麼改變，但他總覺得，還是有哪裡不同了。

采青沏了壺茶，遞給陸之凌一盞，又端著另一盞站回花顏身邊，等著茶不太熱了再給她喝。

花顏笑著對陸之凌說：「你一定很想知道我如今怎麼待在這行宮裡，我儘量長話短說，你也好趕緊去沐浴洗淨風塵。」

陸之凌搖頭：「我不急著沐浴，你慢慢說，我將收編二十萬勵王軍之事都推給了安書離和梅舒毓，就是為了來看看你。」

花顏自是知道他這般進都城來行宮是為了她，否則陸世子一定不願意往雲遲面前湊，她心下一暖，笑道：「多謝了，你我交淺言深，這份交情我收下了。待我回京之後，一定會去敬國公府向敬國公和夫人賠禮道歉的，昔日在京城，真是多有得罪。」

陸之凌動了動面皮，搖頭說：「不必賠禮，你並沒有對敬國公府造成什麼實質性的害處，太子也是明白人，並未牽連別人。況且，能得你利用，也是我和敬國公府的福氣。」

花顏失笑：「這話說的，讓我著實無顏了。」

陸之凌也忍不住笑了，這一笑，讓他少了幾分緊張和拘束，灑脫地說：「你快說吧！我近來因為你的事情百爪撓心，別賣關子了。」

花顏點頭，沒有隱瞞陸之凌，將所有的事情逐一都說了。

陸之凌越聽越驚心，臉色不停地變幻，當聽到最後，他再也坐不住，騰地站了起來，心海翻湧，不能自制，手中的茶盞也握不住脫手打碎在了地上。

他真是沒想到，花顏為了蘇子斬，做到這個地步，為了他的性命，答應做雲遲的太子妃。他不知道，若是蘇子斬知道了她為他做到如此地步，會如何？以他對他的瞭解，他是寧願捨了性命，也不願意如此犧牲她的一生來活著吧？

他氣血翻湧半晌，開口卻吐不出一句完整的話：「你……怎麼能夠答應……」

他也萬般沒想到，雲遲為了奪得花顏的心，會這般不惜代價。

花顏看著陸之凌，知道他心中不平靜，平和微笑著說：「我想讓蘇子斬活著，哪怕他若是得知此事生不如死，可人死如燈滅，死了就什麼都沒有了，活著，總比死了強。哪怕是我強加給他的命也罷，也想讓他站在陽光下，好好地活著。」

陸之凌抿唇：「可是你呢？你……拿一生來交換……」

花顏淺笑：「我與蘇子斬的緣分，只能說沒有修夠。我與雲遲……」她輕輕地歎了口氣，望向天空，「一直以來我排斥的，不是他這個人，無非是他的身分罷了。他明知我為蘇子斬，卻依舊做低自己以條件相換，只為了要我，我允諾陪他一生不假，但他也是賠給了我他自己的一生，我便沒什麼值與不值了。陸之凌，我這樣說，你可否能明白？」

陸之凌明白了，只是明白歸明白，心中一時還是難以平靜下來，說不清是什麼滋味，只是覺得，不太好受。他這樣沒心沒肺的人，都如此不好受，實在難以想像身為當事人的雲遲和花顏，他們每日該是怎樣相處才能讓心中沒有這形成的天塹溝壑芥蒂？

雲遲堂堂太子之尊，為救人能夠性命不顧？更何況，以雲遲的身分，他肩上承受著江山之重，承受著自小得皇上栽培心血，承受著皇后和武威侯夫人的性命。

他木立許久，深深地歎了口氣：「真是難以想像竟然是這般結果，我原以為……」

他原以為，花顏一定能成功的，她成功拿到蠱王，撤出西南，雲遲即便後知後覺地知道，也無可奈何她。

沒成想，如今蠱王是拿了，卻得了這個結果。

這個結果，連他這個局外人都說不清誰贏了誰虧了。

花顏看著陸之凌，又對他笑笑：「你這副神情，也算是罕見了。」

陸之凌張了張嘴，還是不知道再該說些什麼，看了一眼腳下，說：「可惜了一盞上好的茶盞，被我摔碎了！」

花顏失笑：「一個茶盞有什麼打緊，難得你我交淺言深，以後我在京城生活，還要仰仗陸世子照拂了。」

陸之凌繃不住也笑了：「你一人就能將京城鬧騰的風雲變色，哪裡還需要我照拂了？」

花顏半是認真半是無奈地說：「昔日我是沒有做太子妃的打算，可著勁兒地折騰不怕得罪人，以後在京中生活，我就要有身為太子妃的自覺了，自然不比以前那般不像話。」

陸之凌又默了默，深深地歎了口氣，低聲說：「也許，你可以不答應太子殿下的。他既然知道蠱王能救蘇子斬的命，最終也會給他的。畢竟，皇后和武威侯夫人臨終都有遺言，讓他們和睦相親，彼此照拂，五年前，便是東宮的人先找到了渾身是傷的他送去了梅府養傷。」

花顏抿著嘴笑：「也許吧！但是救命之恩，湧泉相報，也是我應該的。況且，大難不死，醒來後，我也沒那麼排斥這個身分了。」

陸之凌沒了話，揉揉眉心：「罷了，左右事已至此，再說無用，你的選擇也無可厚非。」

花顏點點頭，對采青說：「給陸世子再重新倒一盞茶。」

采青應是，立即去了。

陸之凌看著她問：「蘇子斬那裡，你是怎麼打算的？」

花顏將蘇子斬託付給她哥哥花灼照拂之事說了：「算算日子，蠱王和信函如今差不多該送到哥哥手中了。」

陸之凌忽然問：「我聽聞你哥哥生來便有十分古怪的怪病？被治好了嗎？」

花顏頷首：「哥哥日夜治病七年，被天不絕給治好了。」

陸之凌抿唇，說：「既然事已至此，不如就讓天不絕給他一劑失去記憶的藥，將他與你的記憶抹平了吧？免得他生不如死。」

花顏面色一動，沉默半晌，還是搖頭：「我替他決定了生死，不能再替他決定記憶，他心智堅韌，定然會挺過來的，總有一日他會明白，有一副健康的身子，好好地走在陽光下活著，是一件多麼好的事兒，而我與他，不能締結連理，也不至於就此一生不見，更不能讓他與雲遲成了仇敵。」

陸之凌心下震動。

花顏笑了笑：「蘇子斬聰明，怕是瞞不了他多久，但他心思剔透，會明白我的心的，也會挺過這個坎，好好治病，重新活著。」

陸之凌點頭：「是啊！誠如你所說，活著，除了情愛，還有多著東西。」

「正是！」花顏點頭，「他從出生起就因為寒症過得辛苦，等治好了寒症，沒了病痛的負累和折磨，能隨心所欲地活著，豈不是極好的事兒？」

陸之凌笑道：「他這五年來，也是十分隨心所欲得緊。」

花顏笑著說：「有寒症在身，到底不能真正的隨心所欲。」

「也是。」陸之凌點頭。

采青又給陸之凌重新端了一盞茶，陸之凌接過來喝罷，疲憊地起身說：「累死了，我去沐浴歇著。」

花顏對他擺手：「快去吧！」

陸之凌去了早先小忠子安置的院落，途中遇到了賀檀，賀檀歪著頭瞧他：「你是……」

陸之凌上下掃了一眼賀檀，挑眉：「我是陸之凌，你是？」

賀檀睜大眼睛，連忙見禮：「我是賀檀，陸世子好！」

陸之凌覺得這少年看起來很有意思，笑問：「你是太子妃的人？」

賀檀眨眨眼睛，點頭：「我是回春堂的人，確切說是臨安花家的人，嗯，也是少主的人。」話落，撓撓腦袋，「等我家少主真的嫁給太子殿下，才可以稱作太子妃。」

陸之凌覺得有趣，笑著對他招手：「來，你跟著我來，咱們聊聊。」

他想知道些花顏不說的事情，比如臨安花家，比如他口中的少主花顏。

賀檀警惕提防地看著陸之凌，連連搖頭：「陸世子，我沒什麼可與你聊的。」說完，他轉身一溜煙地跑了。

陸之凌啞然失笑，想著臨安花家的人，果然都十分有意思。

采青收拾了地上碎裂的茶盞，見花顏望著天空靜靜地看著，雨後空氣清新，但依舊帶著幾分涼意，她等了片刻，見她一動不動，小聲開口：「太子妃，您回房歇著嗎？在外面太久了，仔細著涼。」

花顏從天空收回視線，對采青問：「太子殿下進宮多久了？」

采青立即說：「兩個時辰了。」

花顏蹙眉：「時間有些長了，處理葉香茗很棘手嗎？」

采青看著她試探地問：「要不然，奴婢派人進王宮探探消息？」

「罷了，必定有事情，咱們回房吧！你今天讀的話本子有意思，回房後咱們繼續。」

采青點點頭，拿起話本子，隨著花顏進了屋。

半個時辰後，外面響起一陣喧鬧的腳步聲，緊接著，小忠子的聲音焦急地響起：「快，快去找賀言來，殿下受傷了。」

花顏一愣，雲遲受傷了？她連忙下了床，穿上鞋子，快步出了內殿。

采青一驚，連忙打住了讀書聲，立即跟上了花顏。

二人踏出殿門，走出不遠，只見雲影背著雲遲快步走來，隨著他腳步走動，地上落下滴滴答答的血跡。

花顏面色一變，腳下磕絆了一下，險些栽倒，幸好采青及時地扶住她，她停住腳，對奔來的雲影問：「怎麼回事兒？傷在了哪裡？」

雲影停住腳步，顧不得見禮，立即說：「回太子妃，殿下被匕首刺中，傷在後背。」

花顏聞言喊了一聲：「雲遲？」

雲遲慢慢地抬了抬頭，面色蒼白，眼神卻溫和，沙啞地開口：「別擔心，沒事兒！」

花顏連忙說：「快進去！」說完，對采青吩咐，「去打清水來。」

采青白著臉應了一聲，立即去了。

雲影將雲遲背進了屋，放在了床上，因傷在後背，他只能趴著，花顏急步跟進屋，只見雲遲後背有個血洞，正涓涓流著血，她連忙扯開他傷口處的衣服。

她臉上一下子血色盡褪，伸手點了他傷口四周的穴道，又捂住冒血的傷口，對雲影說：「雲影，你去將賀言拎來，他年歲大了，走得慢。」

雲影應是，立即去了。

花顏有些急，聲音也變了：「怎麼被匕首傷著了？還傷在這麼致命的地方？你是怎麼弄的？雲影沒在身邊保護你嗎？」

雲遲有些氣息不穩，似極為難受，開口也十分艱難，伸手去抓花顏的手握在手裡，啞著嗓子柔聲說：「不致命，你放心，別急。」

花顏看著他蒼白虛弱的模樣，到底沒吼出來，只反握緊他的手，急聲道：「你別說話了。」

雲遲點點頭，閉了嘴。

采青打來清水，花顏又吩咐：「再去拿酒來。」

采青立即去了。

花顏覺得賀言來得慢，想自己動手給他包紮處理傷口，但是又怕自己沒學過醫術，處理不好這等大傷，不由得有些急躁。

雲遲趴在床上，看著花顏如熱鍋上的螞蟻束手無策的模樣，讓他蒼白的臉色染上暖光，又忍不住啞著聲音開口：「沒事兒，別急，我以前受過比這還重的傷，養些時日就會好了。」

花顏立即說：「你別說話。」

雲遲只能又閉了嘴。

這時，雲影拎著賀言匆匆趕來，將賀言放下，不待賀言開口，花顏立即說：「快，快過來，他傷很重，唯你能治。」

賀言不敢耽擱，連忙衝到了床前，當看到雲遲的傷口，倒吸了一口涼氣：「天！只差一寸，好險！」

花顏聞言立即問：「可有大礙？」

賀言轉頭看到花顏慘白的臉，連忙說：「少主放心，太子殿下傷勢雖險，但好在沒傷到致命之處，老夫這就給他包紮，沒有性命之憂。」

花顏聞言鬆了一口氣，立即說：「可先給他喂一顆九轉丹？」

賀言點頭：「也好，保險一些。」

花顏連忙要去拿，雲遲卻握著她的手不鬆手，虛弱地說：「你陪著我，讓小忠子去拿。」

小忠子氣喘吁吁地正要進來，聞言立即說：「奴才去拿！」說完，立即去了。

花顏只能陪著他站在床前等著。

采青取來酒水，賀言為雲遲清洗傷口，止血，用酒消毒，然後上了創傷藥，雖然年邁，但動作十分麻利。

花顏看著雲遲微顫的身子：「很疼嗎？」話落，對賀言問，「沒給他用麻醉散嗎？」

賀言動作一頓，連忙說：「這傷口必須立即包紮，來不及用麻醉散了，太子殿下忍耐片刻，老夫儘量快些。」

雲遲「嗯」了一聲，道，「無礙，只管包紮你的，我忍得住。」

小忠子拿來了九轉丹，遞到雲遲的嘴邊：「殿下，快吃了。」

雲遲撇開頭，說：「讓太子妃拿給我。」

花顏氣道：「都什麼時候了？還這般難侍候？」說完，奪過小忠子手裡的藥丸，塞進了雲遲的嘴裡。

九轉丹入口即化，唇齒留香，雲遲虛弱地說：「這個東西好，總算是消散了滿嘴的血腥味。」

花顏聞言頓時氣不起來了，低柔了聲音：「都對你說幾次了？別說話了！」

雲遲笑笑，看著她，虛弱地說：「我看你這個不受傷的人比我這個受傷的人還要疼痛的樣子，便忍不住想與你說話。」

花顏無言地看著他，用另一隻沒被他握住的手蓋住了他的眼睛：「你別看我就好了。」

雲遲眼前一黑，柔軟的睫毛眨了眨，住了口。

說話間，采青一盆一盆的血水端了出去，讓花顏不忍看。

賀言的動作已經足夠麻利，他自詡給人包紮傷口以來，這是最快的速度了，但是在花顏的盯視下，只能一快再快。

兩盞茶的功夫，總算包紮完，賀言已經渾身濕透，大汗淋漓。

花顏也鬆了一口氣，對賀言說：「辛苦了！」
賀言連忙拱手：「老夫這就開個藥方，太子殿下按時吃藥，如今天熱，傷口要每日換藥一次。一定不能沾水，傷口未結疤前，太子殿下恐怕要辛苦幾日，只能這般躺著睡了。」
花顏對他擺手：「快開藥方吧！」
賀言點頭，立即去桌前開藥方，小忠子跟了過去。
花顏這才發現自己也已經渾身汗濕，抽了抽手，雲遲緊握著不放，她只能順著他在床邊坐了下來。
雲遲這時低聲開口：「小看了葉香茗，她養的噬心蠱與南疆王息息相關，竟然可以遙控南疆王對我動手。」
花顏蹙眉：「也就是說，你這傷，是被南疆王刺中傷的？」
雲遲搖搖頭，又點點頭。
花顏對他說：「你傷勢嚴重，精力不濟，趕緊歇著，我稍後問雲影經過。」
雲遲握緊她的手「嗯」了一聲，閉上眼睛，低聲說，「你不得離開我身邊。」
花顏又氣又笑，這受了重傷的人，怎麼這般黏人？便點點頭：「好。」
雲遲似實在受不住了，很快就昏睡了過去，但攥著花顏的手半絲不鬆動。
花顏見他睡下，對外喊：「雲影！」
雲影立即進了內殿，拱手見禮：「太子妃！」
花顏見他臉色蒼白，氣息似也有些濁重，問：「你也受傷了？」
雲影道：「卑職是小傷，無礙。」

花顏看著他這般蒼白的模樣，傷勢定然不輕，道：「讓賀言給你看看。」

雲影垂首：「是！」

「怎麼回事兒？雲意帶著人改了機關密道，不是困了葉香茗三日兩夜了嗎？按理說，你們進宮該沒什麼危險才是？怎麼一個個的傷成了這副樣子？」

雲影單膝跪地請罪：「是卑職護主不利，葉香茗的確是被困住了，殿下進了王宮後，命人拿了克制蠱毒的香囊從密道裡帶出了葉香茗，卻發現，她身上根本就沒有噬心蠱，審問之下，葉香茗說要見南疆王，只有見到了南疆王，才會告知噬心蠱的下落。」

花顏點頭。

雲影又道：「殿下准了，不想等她見到南疆王後，葉香茗便以自己的血引，引出了養在南疆王身體裡的噬心蠱。同時，也引出了南疆王宮深埋的護衛公主的暗人。卑職帶著人護著殿下，奈何，那些公主暗人十分厲害，當時情形危急，殿下也沒想到南疆王那般愛護葉香茗，眼看她要被殺時，南疆王突然對殿下出了手，卑職當時剛毀了噬心蠱，又正在殺葉香茗，分身乏術，只能眼睜睜地看著殿下被南疆王刺中了後背。」

花顏聽著雲影寥寥幾句，可以想像當時情況何等凶險。

她沉聲問：「葉香茗和南疆王呢？」

雲影道：「已經押入天牢了！」

花顏點頭，想著南疆王剛下罪己詔，這時候的確不能讓他死了。她又問：「那些公主暗人，可都殺了？」

雲影頷首：「殺了，一個未留！」

花顏面色稍緩，見賀言已經給雲遲開好藥方，小忠子接過去煎藥了，便又道：「賀言，給雲影看看傷勢。」

賀言回轉頭，用袖子擦了擦額頭的汗，對雲影拱手：「公子隨老夫去畫堂吧！」

雲影點頭，隨著賀言走了出去。

這時，陸之凌得到雲遲受傷的消息趕來，正巧看到小忠子拿著藥方走出，立即抓了他問：「太子殿下傷勢如何？」

小忠子連忙拱手見禮，眼睛通紅地說：「陸世子，殿下是被南疆王匕首所傷，傷在後背，離致命要害只差一寸。」

陸之凌面色微變，問：「我可否能進去看看太子殿下？」

小忠子說：「太子妃在裡面，您……」

陸之凌沒等他說完，大踏步來到內殿門口，門開著，一眼就看到了躺在床上的雲遲以及坐在床邊的花顏，他目光落在雲遲握著花顏的手上頓了頓，放輕了腳步，走了進去。

花顏看到他，將受傷經過簡略地說了一遍。

陸之凌在床邊站定，仔細地看了一眼雲遲蒼白的臉，有些驚駭地說：「早先聽你說太子殿下為了救你將自己折騰的不像樣子，我還不大信，如今一見，真是……從來沒見過他這般虛弱受傷的模樣……」

花顏一時不知該說些什麼，只道：「若非為了救我為我運功祛毒，他也不至於連南疆王的匕首都躲不過。」

陸之凌皺眉：「南疆王有幾斤幾兩？即便太子殿下只剩下三成功力，他也傷不了太子殿下吧？」

花顏聲音微寒地說：「南疆王利用葉蘭琦養采蟲，如今被他用了，葉蘭琦變成了白髮老嫗，而南疆王不止重返韶華，功力定然也大增了。」

陸之凌恍然：「那就怪不得了！南疆王這個老貨，真是該死！」

陸之凌坐了片刻，見雲遲無大礙，又回了住處去歇著了。

花顏倚在床邊，看著雲遲，她昏迷半個月醒來後，看到他如風中的落葉一般，孱弱蒼白，本以為那時已經算得上是心驚駭然了，沒想到如今還有更嚴重的。

這般消瘦蒼白，讓人看著心都不由得揪起來。

她想著當初在蠱王宮，雲遲衝進去乍然見到她與暗人之王要同歸於盡時，是否也是一樣的心驚駭然？而在他殺了暗人之王從蠱王宮帶出她後，在得知她瀕臨死境時，是否也一樣地揪心？

她亂七八糟地想著，他對她，情由何生？是斬不斷？還是……

「太子妃，藥煎好了。」小忠子端著一碗藥進來，輕聲說。

花顏打住亂七八糟的思緒，平靜地對他說：「那就喂太子殿下服下吧！」

小忠子端著湯藥上前，遞給花顏，小心翼翼地說：「還是您來吧！連一顆藥丸殿下都不讓奴才喂，更何況這湯藥了。」

花顏伸手接過，對他問：「以前呢？」

小忠子瞅了一眼雲遲，小聲說：「以前都是殿下自己喝，曾經也受過一次重傷，危在旦夕，但殿下咬牙挺著不敢閉眼，藥也是自己喝的。」

花顏聞言轉眸看雲遲，見他閉著眼睛，睡得熟，感覺手中的藥碗有些燙，她點頭，對小忠子說：「有些燙，先放一放吧，一會兒我喊醒他喝。」

小忠子應是，退了出去。

花顏等了半晌，藥碗不那麼燙了，輕輕推雲遲：「雲遲，醒醒，喝藥了。」

雲遲慢慢醒轉，睜開眼睛，乏力地瞅著花顏，帶著三分睏倦不堪，七分難受至極的模樣「唔」了一聲，搖頭，「不想喝藥。」

花顏瞪著他：「必須喝藥。」

雲遲又「唔」了一聲，閉上眼睛，沒了動靜。

花顏再伸手推他，強調：「你傷勢太重，必須喝藥，藥方裡面加了祛熱毒的藥，不喝藥的話，你發起高熱就危險了。」

雲遲動了動頭，難受地低聲說：「你喂我。」

花顏繃起臉：「雲遲，你可不是小孩子了，我聽小忠子說了，你以前受過比這還嚴重的傷，也是自己撐著喝藥的。」

雲遲閉著眼睛低聲說：「那是以前，如今你在身邊，自是不同了。你昏迷不醒時，是我每日親自喂你喝藥，從未假手於人。」

花顏端著藥碗無言片刻，無奈對他說：「你鬆手，我喂你。」

雲遲偏轉過頭，睜開眼睛，看著她低聲說：「用嘴喂。」

花顏手一顫，險些端不住藥碗，惱怒道：「都傷成這樣了，胡說什麼？」

雲遲又轉過臉，埋在枕頭上，沒了動靜。

花顏瞪了他半晌，眼見著藥漸漸地涼了，才咬牙說：「真是上輩子欠了你的。」

「也許吧！」雲遲聞言轉過頭，面上露出細微的笑意，眼底如細碎了光圈，溫柔地說。

花顏含了一口湯藥，慢慢俯下身，貼上他的唇。

雲遲睫毛細微地顫了顫，張口吞下她渡進他口中的藥，明明是極苦的湯藥，偏偏他沒覺出苦味，倒是覺出了幾分甜味。

殿內安靜，便這樣一碗藥見了底。

花顏放下藥碗，掏出絹帕，先擦了擦自己的嘴角，然後又給雲遲擦了擦嘴角，才有些羞憤地說：「如今喝了藥，趕緊睡吧！」

雲遲握著她的手不鬆開，耳根子也染了細微的紅暈，讓他蒼白的臉色看起來沒那麼白了，他低聲難受地說：「你陪著我，別離開。」

花顏紅著臉瞪他：「你將我手抓得這麼緊，我怎麼離開？」

雲遲又笑了，閉上了眼睛。

花顏見他很快便呼吸均勻睡了過去，暗想以前的雲遲是什麼樣兒？一定與現在不同吧！他是太子，皇后在他五歲時薨了，他雖然後來養在太后膝下五年，皇上也極看重他，但到底無論是太后還是皇上，都是先將他當作儲君來培養的，其次才是孫子兒子對待，應該不曾享受過寵溺。

但偏偏，他骨子裡是極任性的，不知道隨了誰。

就拿對她來說，任性到非要娶她，不惜一切代價。

如今受了重傷，這任性更加顯露了。

花顏看了他許久，漸漸地，也有些累了，便挨著他躺下，閉上眼睛也跟著睡了。

畢竟身邊躺著個傷患，花顏睡不太踏實，偶爾睜開眼睛看看雲遲，見他安靜地睡著，沒燒起來，才放下了心。

到了晚膳的時辰，采青端來清粥小菜，這一回，雲遲沒再任性，花顏用勺子舀了粥餵他，他乖乖地吃了，又喝了些水，之後沒再要求什麼，自己規矩地喝了藥。

花顏覺得不任性的雲遲，還是極好侍候的。大約因為湯藥裡面加了安眠的成分，晚膳後雲遲又有些昏昏欲睡，閉上眼睛前，還是鬆開了花顏的手，對她說：「今晚讓小忠子給我守夜吧，你去隔壁房裡休息。」

花顏一怔，氣笑：「大半日都攥著我的手讓我陪著你，如今這是怎麼開竅了？要趕我走？」

雲遲不由得好笑，搖搖頭說：「你體內餘毒未清，我怕因為我，將你折騰的更瘦弱了，陪我大半日就夠了。今晚好好睡。」

花顏搖頭：「你睡覺安靜，也不礙著我什麼。」

雲遲依舊搖頭：「聽話，去隔壁睡，我估計要在床上躺幾日，你白天再陪著我，若是日夜陪著我，你受不住的。」

花顏蹙眉：「我受得住的，你也太小看我了。」

雲遲固執地說：「你的命是我好不容易救回來的，要好好養著的，聽我的。」

花顏見他堅持，想了個折中的法子：「我睡裡面，讓小忠子睡在外面畫堂，這樣如何？若是你要喝個水什麼的，只管喊小忠子，也礙不著我睡覺。」

雲遲想了想，點頭：「這樣也好，這些時日每晚你都睡在我身邊，若是乍然不在，我估計也睡不安穩。」

花顏瞪了他一眼：「既然如此，你還這麼多事兒做什麼？」說完，她對外吩咐了一聲。

小忠子聞言連聲點頭：「太子妃放心，奴才一定警醒些。」

花顏不再多言，起身去梳洗。

夜晚，雲遲醒來了兩次，花顏是知道的，但是雲遲既然不想讓她折騰，她便也裝作熟睡，由著小忠子侍候他。

第二日，花顏再醒來時，見雲遲早已經醒了，休息了一夜後，臉色比昨日好看了些，她坐起身，對他問：「什麼時候醒的？」

雲遲對她微笑：「比你早一會兒。」

花顏越過他下了床，穿戴妥當，逕自梳洗，收拾完自己後，沾濕了帕子，走到床邊，為他擦臉。她動作輕柔，從眉心處一直擦到脖頸處。

雲遲呼吸時輕時重，待她擦完，垂下眼睫，低聲說：「夜間身上出了許多汗。」

花顏動作一頓，看著他：「你如今傷口未癒，不能沾水。」

雲遲抬眼，清泉般的眸光細細碎碎地泛著點點星光看著她，低聲說：「沒有傷口的地方，汗濕得難受。可以不讓傷口沾水，也能擦洗的。」

花顏臉漸漸地紅了，她從來不知道自己面皮子可以薄到這種程度，動輒就臉紅，她無言地瞅著雲遲半晌，才說：「讓小忠子一會兒進來侍候你擦洗。」

雲遲撇過臉：「不要他侍候。」

花顏揉揉眉心，有些咬牙切齒：「是南疆王傷的你吧？我要將他碎屍萬段！」

雲遲繃不住低笑，似胸腹震動牽動了後背的傷口，又低低地「嘶」了一聲。

花顏發狠地說：「現在就很難受要擦洗嗎？」

雲遲點頭：「很難受，想換洗衣服，這汗濕的衣服一刻也不想穿了。」

花顏想想也是，受傷的人最是虛弱，這樣一夜，不停地出汗，的確難以忍受，難得他忍了一夜。這樣一想，她抿了一下唇，點頭答應：「好，我先去給你找乾淨的衣服，稍後讓人打溫水來，給你擦洗換衣。」

雲遲彎了彎嘴角「嗯」了一聲。

花顏走到衣櫃旁，找出了一身乾淨的中衣與一件輕薄的軟袍，然後又走到門口，對小忠子吩咐：「去打溫水來。」

小忠子點頭，連忙去了。

不多時，小忠子打來一大盆溫水，端了進來，機靈地明白花顏要溫水的用意，瞧了心情很好的雲遲一眼，又麻溜地退了出去，關上了內殿的門。

花顏動手慢慢地解開雲遲身上的衣服，早上的陽光透過窗子照進內室，將他身上的肌膚似打了一層微光。

花顏也不是沒看過坦胸露背的男人，但比起雲遲這種精細養著的尊貴男子到底不同。她手幾乎發顫，儘量不讓自己的指尖碰到他的肌膚。花顏到底是沒有膽量將他內衣也脫下，只脫了中衣，避開他後背的傷口，用帕子沾了水，慢慢地沿著鎖骨往下給他擦拭。

花顏從來沒做過這樣的活，覺得雲遲就是她的剋星，生來大約就是為了剋她的，逃也逃不了，躲也躲不過，總是要面對面，讓她覺得自己面皮子在他面前，就是一張紙，一捅就破。

花顏以最快的速度給雲遲擦完，拿過乾淨的中衣就要給他換上。

雲遲搖頭，垂著眼睫不看她，低聲說：「還有沒擦到的地方呢，也難受得很。」

花顏的心血騰地湧上了滿臉，羞怒地說：「青天白日的，你當我的臉厚如城牆嗎？」

雲遲終於抬眼看了她一眼，又低下頭，眼睫閉上，用更低的聲音說：「你閉著眼睛擦，好歹要擦擦，否則別處都擦了，那一處更顯得汗濕難受。」

花顏氣急：「你如今是不是就看著我好欺負？我還雲英未嫁呢，你讓我做這種事情？別太得寸進尺！」

雲遲的臉紅了紅，聲音極低：「左右你是要嫁給我的，以前我受重傷時，便一直忍到能自己動手為之，如今有你在，我便不想忍著了……」

花顏閉上眼睛，深吸一口氣，再深吸一口氣，片刻後，有氣無力地說：「我何止上輩子欠了你的？估計是欠了你好幾輩子。」

雲遲低低地喊：「花顏……」

花顏閉緊了眼睛，羞怒地說：「你閉嘴，我……給你擦就是了！」

雲遲又彎了嘴角，默不作聲了，靜靜地等著。

花顏閉著眼睛，摸索著輕輕褪了雲遲的內衣，然後又摸索著沾濕了帕子，即便手指不碰到他身體，但還是覺得隔著薄薄的帕子，她的手指幾乎要燒起來。

這等煎熬，她從沒受過。

囫圇地給他擦了一遍，花顏剛要撤手，雲遲不滿地低聲說：「不仔細，難受著呢。」

花顏認命地不與他爭執，又給他擦了一遍。

雲遲悄悄地睜開眼睛，見面前的姑娘死死地閉著眼睛，手指握著帕子，每擦一下，顫一下，但還是咬緊了牙關，依照他所說給他擦了。

他忽然覺得很滿足，忍不住伸手去握她的手。

花顏瞬間躲開，閉著眼睛低斥：「規矩點兒，再亂動我不管你了。」

雲遲撤回手，看著她的眸光如化了春風的溫泉，溫熱到底。他費勁了力氣拴在身邊的人兒，到底是沒白費力氣，她是有心的，不是那等冷硬沒心腸的。

花顏擦完，沒見雲遲再說不滿意的話，便閉著眼睛轉身，走到衣櫃前，睜開眼睛，快速地給他找了一件內衣，又閉著眼睛轉身，走到床前，快速地給他穿了。

穿好內衣之後，又閉著眼睛給他穿中衣。

雲遲一直十分配合，期間沒吭一聲。

花顏將中衣給他穿好，才睜開眼睛，將軟袍給他披上，做完之後，一屁股坐在了床頭，鬱悶地說：「好了，如今你可滿意了？我幾乎懷疑，你是不是故意受傷折磨我的。」

雲遲睫毛動了動，搖頭：「我又不想死，也不想喝苦藥湯子，哪裡會自己找傷受？」話落，溫聲說，「滿意了，比我第一次侍候你時做得好，你只為我擦洗了兩盞茶，我為你斷斷續續足足擦洗了四五盞茶，才勉強做完。」

花顏臉皮幾乎快燒沒了，回轉頭瞪著他，罵道：「你那叫乘人之危。」

雲遲微笑著搖頭：「沒有，我也是閉著眼睛的，但是你知道，沒做過這等事兒，總歸是手生。第一次之後，我每次都用一盞茶就給你擦完了。」

花顏又氣又羞，一時間啞口無言，又扭過頭，覺得內殿空氣稀薄得很，讓人透不過氣來，她起身，快步出了內殿。

雲遲看她是落荒而逃了，不由得低低地笑了起來。

花顏出了殿外，站在臺階下，好半晌，才望天長吐了一口氣。

花顏進了內殿，見小忠子和采青已經將水盆端了下去，將內殿打掃得極為乾淨整潔。雲遲側躺在床上，一身清爽，正笑吟吟地看著她，她又忍不住面色燒了燒，瞪了他一眼。

陸之凌隨後走了進來，站在門口，喊了聲：「太子殿下？」

雲遲收了笑意，溫和地開口：「進來吧！」

陸之凌走了進來，見雲遲雖然面色蒼白，但精神似乎極好，他拱手見禮，笑道：「殿下福大命大造化大，總算是有驚無險。不過殿下還是要愛惜著點兒自己，畢竟殿下的命以後不止是朝廷的，還是太子妃的。」

這話別有深意。

雲遲淡笑：「你說得有理，本宮定會謹記。」

陸之凌聞言挑了挑眉，笑得頗有深意：「殿下似乎比以前好說話了！」

雲遲不置可否：「坐吧！與本宮說說你們如何殺了勵王收了勵王軍的？」

陸之凌一撩衣擺落坐：「看來殿下是知道我們此次必會成事兒了？」

雲遲點點頭：「你若不事成不會這麼快進南疆都城。」

陸之凌收了笑，將如何殺了勵王，運兵收服了勵王軍經過說了一遍。說完後，對雲遲道：「上一次便有負殿下所托，這一次將功贖罪了。」

雲遲微笑著看了花顏一眼：「上一次你們敗給了本宮的太子妃，也不丟面子。」

陸之凌也瞅了花顏一眼，見她坐在桌前逕自喝茶，見雲遲提到她，眼皮都沒抬一下，他暗讚了一聲這鎮定的面上功夫估計不是一日半日練就的，笑著說：「也是，論巾幗不讓鬚眉，非太子妃莫屬了，殿下好福氣。」
雲遲頷首，誠然地說：「本宮也覺得自己十分好福氣。」
陸之凌默了默，問：「殿下如今受了重傷，需要養傷的，接下來打算怎麼安排？可還有需要我去做的差事兒？」
雲遲點頭：「有，你與安書離、梅舒毓，即日起，出兵周邊各小國，務必將其都收復了。」
陸之凌唏噓：「這短時間內可不容易，殿下可有時限？」
雲遲道：「一個月。」
陸之凌揉揉額頭：「時間是不是緊了點兒？殿下急什麼？」
雲遲淡聲說：「本宮早早處理完西南的事情，也可早早大婚。」
陸之凌恍然，暗想著這事兒對於雲遲來說的確是急的，他又看向花顏，見她依舊靜靜地喝著茶，似沒意見，他一時沒了話，點頭，咬牙說：「好，一個月就一個月。」
雲遲露出微笑：「辛苦了，等順利收服西南，本宮回京對你們論功行賞。」
陸之凌放下揉額的手，笑著說：「看來我要多努力了，讓殿下將我的官職再往上升兩級。」
雲遲似笑非笑地看著他：「你不是一直以來想要無官一身輕嗎？怎麼如今看重官途了？」
陸之凌嘿嘿一笑，吊兒郎當地說：「官大俸祿多嘛，我想通了，要想活得自在，主要是不能缺了銀子，從京城到南疆這一路，銀子都花光了。」
雲遲點頭：「這倒也是個理由，待你事成，本宮達成你所願。」
陸之凌立即站起身，長揖說：「那就先謝過太子殿下了。」
花顏此時放下茶盞，對雲遲說：「用早膳吧？」

雲遲點頭。

花顏又對陸之凌問：「陸世子，你可吃早膳了？一起？」

陸之凌不客氣地點頭：「沒吃，就是為了守著時辰來蹭飯的。」

花顏對外吩咐了一聲，小忠子應是，立即去了。

不多時，小忠子與采青端來早膳，逐一的擺在案桌上，小忠子看了雲遲一眼，試探地問：「殿下，奴才侍候您？」

雲遲沒言語。

小忠子懂了，看向花顏。

花顏無奈地走到桌前，將一個單獨藥膳的托盤拿起，來到床前，放在床邊的長凳上，端起清粥，輕輕地攪拌涼了，坐在床頭，一勺一勺地送到雲遲嘴邊。

她的動作看起來就是個慣會侍候人用膳的，一勺一勺，不快不慢，既不讓人等的急，又不會讓人吃的太趕。

陸之凌自己坐在桌前，暗暗地嘖嘖了兩聲，心裡劃過一絲歎息，想著無論如何，到底還是他們二人有緣分，兜兜轉轉，總能轉到一起，而且不得不說，他沒想到花顏待起雲遲來，還能這般溫順。

雲遲吃的差不多了，對花顏搖搖頭，溫聲說：「我吃飽了，你快去吃吧，一會兒涼了。」

花顏看著他說：「你再喝一碗粥吧？如今是夏天，哪裡那麼容易涼？剛吃這麼點兒，哪有力氣養身體？」說完，她逕自起身，又盛了一碗粥，繼續餵雲遲。

雲遲只能吃了。

陸之凌這時候覺得自己就是孤家寡人，真後悔掐著點兒來蹭飯，其實他私心裡是想看看如今的雲遲與花顏是如何相處的，沒想到卻是讓他想蒙上自己的眼睛和耳朵。

雖然二人說的話語平平常常，但是就是這份平平常常，不生疏，不彆扭，不寡淡，才讓他真正地體會到了花顏昨日對他說的話的意思。

雲遲又喝了一碗粥後，花顏才走到桌前，自己用膳。

雖然食不言寢不語，但陸之凌還是沒忍住，瞅著她問：「我看你給太子殿下餵飯十分順手，以前常做？」

花顏點頭：「我哥哥那個人，什麼都好，就是脾氣有些大，被我惹生氣了，就氣得不吃飯，我只能哄著他吃，來來去去，就練得順手了。」

陸之凌恍然：「真想見見臨安花家的公子花灼。」

花顏笑了笑：「他不是太好見，不過，你若是要見他，總有機會的。」

陸之凌轉頭，對雲遲問：「太子殿下可見過花灼？」

雲遲搖頭：「未曾見過。」

陸之凌納悶：「太后懿旨賜婚後，你不是前往臨安花家住了幾日嗎？怎麼沒見到？」

雲遲道：「那時他不在臨安花家。」

花顏接過話：「當時哥哥在外遊歷，他日夜治病七年，病好後，迫不及待地出了家門四處走動，三年裡，將我去過的地方都去了一遍。」

陸之凌來了精神：「你去過很多地方嗎？」

花顏點頭：「嗯，很多吧！」

陸之凌還要再說什麼，雲遲開口：「先吃飯，一會兒都涼了。」

陸之凌住了口。這時，他突然發現雲遲也會關心飯菜涼不涼，似乎有了些人情味，沒那麼高高在上了，暗暗想著，生性涼薄的太子殿下有了人情味，是好事兒吧？

當然，這轉變得益於花顏。

陸之凌用完膳抹抹嘴，站起身說：「殿下好好養身子，我這就啟程，您身繫江山社稷，一定要將身子養好，切不可操勞急躁，操之過急。乾脆，我將梅舒毓那小子給您叫回來吧！這南疆都城但凡有個什麼事情，他能為您分擔些。」

雲遲搖頭：「不必，讓他歷練歷練，將來我要用他，南疆王和公主已經下了天牢，蠱王宮已毀，其餘人更不足為懼，本宮也費不了什麼心。」

「那好，既然殿下如此說，我就走了。」陸之凌聞言點頭，十分乾脆地出了內殿。

雲遲見陸之凌離開，想了想，柔聲對花顏說：「你去送送他，他應該有話與你說。」

花顏笑著看了他一眼，挑眉：「你既然猜出來他有話與我說，不如再猜猜他要與我說什麼話好了。」

雲遲低笑：「他將收編勵王軍之事悉數推給了梅舒毓和安書離，隨著雲衛進京，是專程為了來看看你。如今離開，自然有話與你說。」頓了頓，他感慨，「我沒想到奪蠱王這麼大的事兒，你竟然悉數告知了相交不深的陸之凌和梅舒毓，讓他們幫你，你也算是膽子大了。」

花顏笑著說：「無論是陸之凌，還是梅舒毓，與我都有著一般的性情，最是注重江湖道義，我坦然相告，尋求他們相助，他們定然是鼎力相幫，算得上是交淺言深了。」

雲遲搖頭：「何止交淺言深？陸之凌素來不喜入朝，這幾年，我若是想抓他辦差，費勁得很，如今主動求官，我估摸著應是與你有關。」

花顏失笑：「怎麼就與我有關了？難道我做個太子妃讓他眼熱？也想升升官？他不是說了嗎？是為了多拿點兒俸祿。」

雲遲嗤笑：「整個敬國公府都是他的，他哪裡還能少了銀子？大約是怕你這個太子妃早先得罪的人太多，在京中難以立足，為了以後在京中照拂你吧！」

花顏默了默，笑著說：「若真是這樣，我還真得出去送送他了。」

雲遲笑道：「去吧！」

花顏起身，出了內殿，吩咐采青：「你去追上陸世子，告訴他，讓他在行宮門口等等我，我送送他。」

采青應是，立即快跑著去追陸之凌了。

花顏慢慢地踱步，向行宮門口走去。

陸之凌的確是有話要與花顏說，采青追上他傳了花顏的話，他有些意外，恍然地笑著點頭：「太子殿下還是很大度的嘛！」

陸之凌過來時本就沒帶什麼東西，自然也不必收拾，很快就來到了行宮門口。

花顏也剛到，見了他笑著說：「太子殿下對我說，你有話要與我說，讓我出來送送你。」

陸之凌暗想果然，他揚眉瀟灑地一笑：「看來我低估了殿下的肚量，也是，太子殿下在昔日裡對你也是十分包容的，哪怕你多鬧騰，也未對你如何懲治，如今看來也一樣，照我說，以後你在京中生活，也不必太顧忌規矩禮數避嫌什麼的，就坦坦然然地做你自己。」

花顏笑看著他：「能行嗎？」

陸之凌拍著胸脯保證：「自然能行，有太子殿下罩著你呢，他顧及不過來時，還有我呢，以你我的交情，我也不會讓人給你氣受。以後你還是該如何就如何，別因為個身分被束縛住了，京城雖然看起來是個牢籠，但牢籠是給一板一眼守規矩的人設的，咱們這種人，完全可以跳出規矩之外嘛。」

花顏抿著嘴笑：「太子殿下猜測，你敬國公府不缺銀子，你想升官，是為了以後照拂我。不會是我昨日說照拂，真被你當真記在心裡了吧？」

陸之凌咳嗽一聲，吊兒郎當地說：「以前，我厭煩當官，是沒真正體會當官的好處，如今西南境地走一遭，忽然體會到了。當然有想照拂你的成分在，但更多的是，男子漢大丈夫，誰不想建功立業？我敬國公府的門楣一直以來靠的可不是勳貴祖蔭，是我爺爺和父親的軍功，將來總是需要我支撐的，早晚而已，不如趁早。」

花顏笑著點頭，想了想說：「我大約是會被臨安花家逐出家門的，以後在京城，也許還真需要你照拂了。這樣吧！陸世子若是不嫌棄，待進京之後，我前往敬國公府對國公和夫人賠禮時，也請他們收我做個義女，我與你八拜結交，你照拂我，也名正言順些。」

陸之凌驚了一跳，一時看著花顏，有些吶吶：「這……你是說真的？」

花顏點頭：「沒說假。」

陸之凌立即問：「你當真會被逐出臨安花家嗎？是因為臨安花家不沾染皇權的規矩？」

花顏頷首：「嗯，臨安花家累世千年，一直過的都是平平常常的日子，不能因為我被打破。」

陸之凌看著她：「可是我聽那個叫賀檀的人喊你為少主，你既是臨安花家的少主……」

「也不例外！」花顏打斷他的話。

陸之凌無言片刻，忽然一笑：「若你真與我八拜結交，敬國公府出了個太子妃，成了太子妃的娘家，這好事兒不知道會眼紅死多少人。」

花顏好笑地說：「凡事有利有弊，誠如你所說，敬國公府一直靠的是軍功，不需要出個太子妃光耀門楣，成了外戚，不見得是多好的事情。但我昔日在京中時，對給敬國公府造成的困擾有愧，如今你既有心照拂我，你我如今的交情，我自然要受你的好意，便不能再讓敬國公府再因我受牽連，所以，不如光明正大些地沾親帶故。」

陸之凌撫掌大笑：「我爹一直覺得我沒出息是個不聽話的混帳，恨得沒生個乖順討巧的女兒得他喜歡。他也沒那麼有清貴的門庭風骨，有個太子妃做義女，估計高興得很。那就這麼說定了，我敬國公府三代一脈單傳，我無姐無妹，我年長你，以後八拜結交了，我就做你的兄長，我也終於有妹妹了。」

花顏淺笑：「好！」

陸之凌伸出手，高興地說：「擊掌為誓吧！我怕你反悔！」

花顏笑著伸出手，與他對接一掌：「君子一言駟馬難追。」

清脆的掌聲響起，陸之凌撇撇嘴：「真是可惜，無酒慶祝。」

花顏淡笑著說：「將來八拜結交之日，要擺宴席呢，你再喝個一醉方休。」

陸之凌想想也是，雖然高興得恨不得手舞足蹈，但還是矜持地提前以兄長的身分叮囑：「你也別太慣著太子殿下，你們二人，誰也不欠誰什麼，把他慣壞了，以後不拿你當回事兒。」

花顏笑著點頭：「知道了，你快走吧！路上小心些。」

陸之凌沒想到來這一趟有這麼大的驚喜，得了個妹妹。有妹妹的感覺他還沒體會過，目前看來，好得很。

又想著，不知臨安花灼若是沒了妹妹，是不是會很難受？

搶人家妹妹的事兒，他從沒做過，可是誰叫臨安花家有規矩呢，也沒法子，他估計上輩子做了什麼好事兒，這輩子上天給了他一個妹妹。

嗯，這個妹妹不止討人喜歡，還讓人敬佩，厲害得很。以後，就是他陸之凌的妹妹呢！

又想著，若是以後雲遲欺負她，他一定在他面前不能如此慫了，得挺起來給她撐腰。

他一邊想著，一邊騎馬離開了行宮，覺得天上的雲好看，地上的花草好看，就連縱馬疾馳出的塵土都帶著清新好聞的味道。

第四十七章　堂堂太子鬧脾氣

花顏在陸之凌離開後，在行宮門口站了片刻，笑著轉身，往回走。

采青跟在花顏身邊，暗暗想著陸世子可真逗，不過太子妃對他也是真好，八拜結交成了兄妹，將來指不定誰照拂誰呢？采青跟著花顏走了一段路，見她不停地揉手腕，立即恍然：「您是不是手疼？剛剛陸世子與您擊掌那一下真是太重了。」

花顏心情很好地笑著說：「有一點兒，沒大礙的，他是高興。只是我這副身子，如今真是手無縛雞之力啊！」

采青頓時憂心：「您體內的餘毒未清，殿下卻又受了這般重傷。」

花顏笑著說：「秋月快來了，她會將我體內的餘毒都清除乾淨的，不必憂心。」

采青聞言頓時緊張：「秋月姑娘來了，您是不是就不需要奴婢侍候了？」

花顏笑著搖頭：「不會的，她是我哥哥的人，我可不敢留她在身邊一輩子。」

采青聞言放心了：「奴婢可以陪著您一輩子的。」

花顏伸手點她眉心：「傻丫頭，你也是要嫁人的。」

采青立即說：「奴婢不嫁人。」

「那怎麼行？」花顏好笑。

采青想了想，換了個說法：「我們暗衛，是不會外嫁的，有終身不嫁的，還有一種，就是擇了暗衛相配。奴婢喜歡您，想一直侍候您，若是您也喜歡奴婢，屆時，就給奴婢擇個暗衛配好了。」

花顏笑著點頭：「這樣也行，我定給你擇個好的。」
采青到底是小姑娘：頓時羞紅了臉。
雲遲見花顏回來，眼角眉梢都帶著笑意，顯然心情很好，他挑了挑眉。
花顏走到床前，笑著問他：「要不要給你換個姿勢躺著？」
雲遲搖頭：「不必換了。陸之凌說什麼了？你看起來心情很好。」
花顏坐在床頭，懶洋洋地倚著床榻，笑著理了理裙擺，說：「如你所料，他是有照拂我之心，我感念昔日在京城對不住敬國公和夫人，嚇了他們好一場，又得陸之凌相助之情，便決定待回京後，前往敬國公府賠禮，同時與他八拜結交。」
「哦？」雲遲意外了一下，好笑地說，「這麼說，他白撿個妹妹了？」
花顏嗔了他一眼：「你怎麼就不說我白撿個哥哥呢？」
雲遲凝視她，伸手握住她的手：「你嫁給我，一定要被臨安花家逐出家門嗎？」
花顏認真地說：「臨安花家的規矩不能因我而廢，我會自請逐出家門。」
雲遲握緊她的手：「你很捨不得吧？」
花顏順著他的手順勢躺下「嗯」了一聲，笑著說，「自然，否則我為何一直以來非要抗拒嫁你？在做花家的女兒與太子妃兩相擇選下，我自然選生我養我的花家。」
雲遲點頭：「嗯，這無可厚非。嫁給我委屈你了。」
花顏好笑：「委屈嗎？也不委屈的，以前我是覺得嫁給你不好，如今沒了選擇，多想想你的好，便覺得也還是不錯的。」
雲遲彎起眉目，水光瀲灩：「這話當真？」

「自然，騙你又沒有糖吃。」花顏肯定地點頭。

雲遲笑容深了些，低聲說：「就算你要自請逐出家門，也待我前往花家提親，你我大婚後，如何？花家總歸是養你一場，估計也不願見你渺無聲息嫁我，另外，我想從花家堂堂正正地娶走你。」

花顏琢磨了一下，說：「屆時聽哥哥的吧！我一日沒逐出家門，一日還是臨安花家的人，上有長輩長兄在呢，不能全部都是我自己作了主。」

雲遲微笑：「你這話說的，早先是誰自己作了主要與陸之凌八拜結交了？也沒問你長輩長兄的意思不是？」

花顏瞪了他一眼：「這怎麼能一樣？」

雲遲有些吃味地說：「陸之凌定然是高興瘋了，憑白地多了個妹妹。」

花顏終於懂了他話裡話外的意思，不由得大樂，伸手點著他眉心：「雲遲，你可真是……陸之凌還說你大度呢，原來是假的。」

雲遲繃不住也笑了，怕觸動傷口，不敢大笑，低哼了一聲：「他幫的忙都是小忙，憑白讓你還他這麼大個情，以後定不能讓他白當了我的舅兄。」

花顏好笑：「做外戚不易，不過敬國公府不是浮誇的門第，當得起的。」

雲遲點頭，笑道：「倒也是！那就便宜他吧！」

誠如花顏所料，安十六帶著蠱王與書信由一眾人護送著，一路平順地回到了桃花谷。

這一日，花灼站在谷外等著，他一襲黑衣，瘦削的肩膀落了幾瓣桃花，眉目是少見的端凝肅穆，秋月跟在他身後半步，也是一臉的擔心緊張。

等了半日，沒見人影，秋月終於忍不住：「公子，您……是不是掐算錯了？小姐真的有大劫？那為何不讓奴婢啟程去南疆呢？」

「不急。」花灼聲音平和，「太子雲遲是她的劫數，但也是她的貴人，這大劫對她來說，丟不了命。只是可惜了……」

秋月咬唇，紅著眼睛說：「早知道小姐此去南疆有大劫，奴婢就該跟著她一起去。」

花灼偏頭瞅了她一眼，伸手彈了她額頭一下：「笨阿月，是她自己的劫，你跟去也無用。」話落，他長歎，「去年，在她生辰，我便算出她有一劫，本來以為這劫在她悔婚後是應在了蘇子斬身上，沒想到，還是應在了太子雲遲身上。」

秋月臉色發白：「公子的意思是，小姐與子斬公子……」

花灼拍落了自己肩頭的桃花瓣，可惜地說：「前世沒修夠緣分吧，到底及不上雲遲與她糾葛的深重。」

秋月白著臉說：「那子斬公子怎麼辦？公子，不能更改嗎？您和小姐都有能耐……」

花灼輕嗤：「既是宿命天定，豈能胡亂更改？擾亂天道，是為大禍。我們豈能因為學些皮毛，就妄動歪念？禍及蒼生，可是遭天譴的大罪。」

秋月頓時打了個寒顫，驚懼地說：「是奴婢錯了！」

花灼見她嚇得小臉都沒血色了，又不由笑了，安撫地說：「太子雲遲便是妹妹的劫，是她生來就帶的，哪怕我有妄動星象干擾天意的能耐，怕是也做不到為她改命避劫。你是知道的，她生來就帶有癔症，你只聽她說是癔症，又怎知，那其實就是她的命。」
秋月不懂，看著花灼：「公子，小姐的癔症，與命有關？」
花灼點頭：「有關，關係大了，生而帶來，死而帶去。」
秋月提起心，眼睛發紅：「公子，怎麼辦？您想想辦法，小姐是那麼不想做太子妃，而且她對子斬公子極好，從小到大，奴婢跟著她，見過無數人，她未對哪一人如此上心過，而子斬公子雖然嘴上不說，但是心裡想必也是極願意小姐的……」
花灼伸手扶額：「你別哭，如今只是我觀星象的卦象，等今日有人回來，我看看消息再議吧！」
秋月點頭，勉強地打起了精神。
安十六帶著人縱馬來到桃花谷，遠遠便看到了花灼與秋月，他揉揉眼睛，見果真是那二人，連忙奔到近前，猛地勒住馬韁繩，笑問：「公子，您和秋月姑娘這是……跑出谷外談情說愛來了？」
秋月顧不得臉紅，奔上前：「十六公子，小姐呢？」
安十六聞言收了笑，搖頭：「少主沒回來。」
秋月面色一變，急聲問：「小姐怎麼了？」
花灼上前一把，拉住秋月，溫聲說：「別急，讓十六慢慢說。」
安十六翻身下馬，從懷中拿出裝著蠱王的金缽和書信，一起遞給花灼：「屬下慚愧，沒護好少主，少主奪蠱王時陷入了險境，幸而得太子殿下相救，少主如今在南疆太子殿下居住的行宮養傷，這是蠱王和信函，少主讓屬下儘快回來交給公子，公子看過信函就明白了。」
花灼接過金缽，看了一眼，頷首：「是蠱王沒錯。」

安十六立即道：「當時少主打算與暗人之王同歸於盡，是太子殿下及時闖進蠱王宮，救了少主，蠱王與少主都是他一併帶出蠱王宮的。」

秋月急道：「怎麼還讓太子殿下相救？你們呢？咱們花家那麼多人跟了去……」

安十六歎了口氣：「我帶著人另有安排，十七跟著少主了，但是少主不想造成花家太多人等傷亡，所以當時只帶了少數人闖入蠱王宮。」

秋月跺腳：「怪不得會遇到危險。」

花灼收起了蠱王，打開了信函，羽毛筆所寫的信函柔軟無力，一看就是受了極重的傷，但難得她俏皮，用了多種字跡，是在告訴他，她並無大礙。

他匆匆地讀了一遍信函，眉峰一寸寸擰起，最終擰成了一個川字。

秋月在一旁乾著急：「公子，小姐到底寫了什麼？」

花灼將信函遞給秋月：「你自己看吧！」

秋月接過信函，一字一句地看罷之後，臉上說不出是驚異還是惶然，手細微地發抖：「這……這……怎麼會是這樣？」

花灼揉揉眉心，深深地歎了口氣：「早知如此，何必當初？」

早知兜兜轉轉，還是要做太子雲遲的太子妃，又何必大動干戈折騰這麼久？

總歸，天意如此，由不得人不信。

秋月捧著信，蹲在地上，大哭起來。

花灼看著秋月，聽著她的哭聲，又是無奈又是感慨，也蹲下身，對她說：「別哭了，這是她的命。」

秋月難受，哭得上氣不接下氣：「小姐不喜皇權，不喜京城，這麼多年來，她無論去過多少地方，從不踏足京城，今年進京是實在被逼得沒辦法了，才進京住去東宮千方百計地悔婚，她那麼辛苦努力地想要過灑脫不受拘束的生活，可是到頭來偏偏……」

她說著，說不下去了，哭得更厲害。

花灼心裡也不好受：「若是我早些算出，也就不至於讓她獨自前去，我若是跟去，也許不至於讓她遇險被雲遲所救……」

秋月哭著搖頭：「小姐才不會讓公子跟著去涉險呢……」

花灼拍拍她的頭：「妹妹既然做了決定，如今再說這些，已經無用了。你也別哭了，我看她信上所言所語，十分坦然，應該是順應了天意，畢竟，我能看到天象異變，她也能看到，我能算出她的命中之劫，她也能算出。」

秋月哭得停不下來：「小姐信上不說，是怕公子擔心，心裡一定很苦。」

花灼轉頭看向安十六：「你既拿了蠱王和信函回來，定然是見到妹妹了。」

安十六一直站在一旁，如今見花灼問起，才連忙開口：「見了，少主雖然身體受的重創極大，但精神還算不錯，與太子殿下相處看起來也很和睦，未見鬱結憤懣……」

花灼淡笑：「妹妹是通透之人，既知只有一條路可走，便會乾脆地向前走，從不猶豫拖泥帶水。她既然做了決定，就會斬斷一切，試著找尋與雲遲相處之道，畢竟，人生短暫，冤冤相報何時了？況且，她與雲遲，也不是生死仇敵，反而是救命之恩，她素來知恩有報。」

秋月恨恨地說：「太子攜恩求報，太不君子。」

花灼默了默，說：「換做是我，我也不會君子。」

秋月頓時沒了聲。

安十六小聲說：「我看太子殿下對少主很好，若沒有太子殿下，少主就沒命了，他耗費了七成功力救少主，每日為少主祛毒，自身損傷極大，且對少主十分呵護……」

花灼伸手將秋月拉起身：「滴水之恩都當湧泉相報，更何況救命之恩？我們臨安花家該謝太子殿下。」

秋月隨著花灼站起身，用袖子抹了一把眼淚說：「我現在就要啟程去找小姐。」

花灼道：「明日吧，讓十六歇一晚上，明日他陪你去西南。」

秋月一刻也不想等了，執拗地說：「我現在就想去，小姐身體狀況那麼差，我晚去一日，她多受一日的苦。」

花灼無奈地說：「有賀言在，命都救回來了，接下來養傷而已，不急在這一刻，況且，暗人之王的毒沒那麼好解，你也該與你師父商討一番，看看他有什麼好的藥方給你帶去，你還要收拾準備些好藥帶上，不能就這麼空手急急趕去。」

秋月想想也是，點點頭：「我這就去找師父。」說完，逕自跑回了谷裡。

花灼看著秋月急匆匆的背影搖搖頭，不滿地說：「到底是我在她心裡重要？還是妹妹在她心裡重要？」

安十六本也沒心情，如今聞言也不由得想笑說：「公子和少主在秋月姑娘心裡是一樣的。」

花灼瞅了安十六一眼，不置可否，負手而立，問：「蠱王和妹妹既然都是太子殿下從蠱王宮帶出來的，如今將蠱王與書信交給你時，他定然也見了你，可有什麼話讓你轉達？」

安十六立即將雲遲的話一字不差地轉述了一遍。

花灼聽罷，淡淡地笑了：「太子雲遲，人人都傳天性涼薄，依我看也不盡然，他對妹妹，算得上極盡包容，情深意重了。」

安十六點頭：「從火牢裡救出少主，當時險境，我雖未親眼目睹，但聽十七言說，也能感受十分，太子殿下當時置自身於不顧，去救少主，的確非常人能做到。」

花灼抬頭看向天空，道：「他說前往臨安提親，這份誠意，也足矣了。」話落，道，「將你見妹妹的經過，她都說過什麼話，與我仔細說一遍。」

安十六應是，將他帶著人闖入行宮，見花顏的經過以及她的話，盡數詳細地說了一遍。之後又將離開後，半途被一點翠追上傳信，安十七帶著一部分人折回去之事也一併告知了。

花灼靜靜聽著，聽罷，點點頭：「西南因她更亂，她是不該袖手束之高閣，更何況以後她要嫁給太子，夫妻一體，守望互助，本是應該。我們臨安花家，既然參與了西南之事，是也不該置之不理。」

安十六看著花灼：「少主說一切待見到公子後，聽從公子安排。您可是與秋月姑娘一起去西南？」

花灼搖頭：「她以自身性命又以成為太子妃為代價，拿得蠱王，為了救蘇子斬，一番辛苦，不能白費，我要留在桃花谷，替她看顧蘇子斬。你歇一晚，明日帶著人與秋月一起去西南吧！臨安花家在西南的人，悉數歸位，全力相助太子平順西南。」

安十六點頭：「屬下就不進谷了，子斬公子是聰明人，我怕屬下沒法應對他的詢問。」

花灼思忖片刻，下了決定：「你隨我進去，蠱王是妹妹費盡千方百計拿回來的，不該隱瞞他，他在得知經過和結果後，是要生，還是要死，都由他自己決定。妹妹想慢慢告訴他，是當局者迷，待他厚重，恐他一時接受不了，但我旁觀者清，不能任她自己都扛下此事。蘇子斬的人生，該他自己作主。」

安十六點頭，咬牙說：「聽公子的。」

花灼轉向谷內走去。

安十六和一眾人等跟在他身後，進了桃花谷。

蘇子斬今日剛行完針，疲憊乏力地趴臥在床上，臉色蒼白，氣息極其的微弱。

天不絕一邊收拾藥箱，一邊不滿地訓斥蘇子斬：「我每日為你行針，你卻無精打采，了無生氣，是不想活了？前些日子不是好好的？如今這是怎麼回事兒？竟然一日不如一日。」

蘇子斬眼睛闔著，不語。

天不絕氣怒地搖頭：「你再這副樣子下去，即便蠱王來了，我也沒把握。」

蘇子斬睫毛動了動，依舊一言不發。

天不絕氣得拿起藥箱子出了房門。

青魂現身進了裡屋，看著蘇子斬，心疼地說：「公子，您這是怎麼了？她是一定會為公子拿到蠱王的，公子要相信她。」

蘇子斬嗓音沉沉地說：「最近時日，我見花灼眉心沉鬱，憂色濃重，雖然他掩飾得極好，但我還是看得分明，她去西南奪蠱王，一定出了事兒。」

青魂大驚。

蘇子斬低聲說：「她若是出了事，即便有蠱王，我還要活什麼？」

青魂面色大變：「公子萬不可如此輕生，若是她平安回來，您卻已經……那豈不是白費她一番辛苦……」

這時，外面傳來腳步聲，青魂立即轉身，見花灼緩步走來，他身後跟著安十六。他面色一喜，但見兩人臉色沉重，心頓時又提了起來，也升起了不妙的預感。

花灼隔著珠簾，看著趴臥在床上的蘇子斬以及站在床邊的青魂，他腳步頓了頓，暗暗一歎，踱步進了屋。安十六也跟著他腳步邁進了門檻。

蘇子斬一直看著花灼進屋，隨著他一步步走近，他的心也跟著一點點往下沉。

花灼來到床前站定，對蘇子斬說：「這些時日，你身體雖然配合天不絕行醫，但是心裡卻不大配合，想必已經猜到妹妹出事兒了。」

蘇子斬騰地坐了起來，死死地盯著花灼，一字一句地咬牙：「她……當真出事兒了？」

花灼看著他這般頹廢的模樣，有些拿不准到底是妹妹先瞞著的法子好還是他快刀斬亂麻的法子好，如今他這副樣子，讓他接受這樣的事兒，未免太過狠心了。

他一時無語，心裡躊躇起來。

蘇子斬盯著花灼，冷冽地說：「別瞞我。」

蘇子斬暗暗一歎，事已至此，瞞也瞞不住了，他當即拿出了金缽，放在一旁：「這是蠱王，拿到了。」

蘇子斬不看蠱王，只盯著花灼的眼睛，聲音不自覺地發顫：「她呢？」

「她人沒事，沒丟命。」花灼立即說。

蘇子斬聞言似鬆了一口氣，猛地閉上了眼睛，似讓心裡慢慢地平復，過了半晌，又睜開眼睛，嗓音雖然沙啞，但聽著已經冷靜下來：「人既然沒事兒，那就是別的事兒了？說吧！只要她人沒事兒，其餘的我都能受得住。」

花灼面色動容，這一刻他覺得妹妹對蘇子斬如此厚重不是沒有道理，這樣的一個人，可惜緣淺，他慢慢地坐下身，回頭對安十六說：「說吧，將奪蠱王的經過，以及發生的所有事兒，都不要隱瞞，悉數說給他聽。」

安十六上前一步，垂首應是，從他們出了桃花谷起，儘量詳細地將發生的所有事情都說了一遍，他一邊說著，一邊看著蘇子斬的表情。

蘇子斬面色蒼白如紙，靜靜地聽著，期間未插嘴說一句話。

安十六足足用了半個時辰說完一切，看著蘇子斬，等著他開口。

蘇子斬聽完，依舊十分安靜，一雙眸子，更是靜若湖水，半絲波紋未起。

花灼看著蘇子斬，想著任誰知曉了這樣的事兒，怕是也難以接受，尤其是蘇子斬這樣的人。他這副樣子，讓他都不忍了，但是，他身為哥哥，必須要為妹妹做此事。

他的性命是她幾乎拿了命拿了自己的一生來換的。

蘇子斬在桃花谷這些時日，每日相處下來，也漸漸地理解了，他如妹妹所言，真的是一個很容易讓人喜歡上的人，相對妹妹的脾性，十分合心合意。

這時，他倒覺得，若是他能如秋月一般哭出來，也就好了，可是，他知道，他一定哭不出來。

無論心裡被多少刀子在割，都哭不出來。

內室靜靜，就連青魂都有些受不住，他怎麼也沒想到，花顏為了公子會做到如此地步。

這普天之下，任何人，也不及她待公子厚重了。

青魂想著「噗通」一聲跪在了地上，哽咽地說：「公子，您的命在您眼中輕薄，但在我們眼中都厚重得很，您……萬不要就此輕生啊，那樣就枉費了……」他幾乎說不出花顏的名字，斷續道，「一番辛苦了……」

蘇子斬一動不動，靜如一尊雕像。

花灼溫聲開口：「不錯，妹妹從小到大，只做自己覺得值得的事情，在她看來，你的命重得很。你若是輕生，也就枉費她待你之心了。」

蘇子斬依舊一動不動，一言不發。

花灼又道：「既然太子殿下與妹妹約定已成，這蠱王也在這了，就斷無更改的道理。你若是輕生不用，想必也改變不了什麼，只是她怕是會很傷心。人一死百了容易，難的是活著。至於為什麼而活，如何活著，你是聰明人，仔細想想吧！」

安十六這時也十分不忍地開口：「我離開時，少主囑咐我一定小心平安將蠱王送到，我一路生怕出絲毫差錯，夜間都不敢入眠，直至來到桃花谷，才踏實下來。」

「公子！」青魂急了，大喊了一聲。

蘇子斬面色終於動了動，看了幾人一眼，目光落在金缽上，幾欲張嘴，都沒發出聲音，半晌才啞著嗓子說出話來：「她有信函給你吧？拿給我看看可好？」

花灼毫不猶豫，將信函遞給了蘇子斬。

蘇子斬伸手接過，手微抖，幾次才打開信函，一字一句地看起來。

花灼看著他如此，心中多了絲敬佩。

蘇子斬將信函看了好久，才慢慢地放下，對青魂開口：「將蠱王給天不絕送去吧！我用。」

青魂大喜，連忙應是，起身拿了蠱王，快步去了。

花灼見此，心裡大鬆了口氣，他就知道蘇子斬是懂妹妹的，不枉她厚待他一場。

安十六也大鬆了口氣，這蠱王凝聚著多少心血，若真是棄之不用，那就白費一場了。

蘇子斬又躺回床上，閉上眼睛，對花灼說：「我不會輕生的，你不必依照她所說看顧著我，她如今在西南定需要人，你去西南吧！」

花灼面色鬆緩下來，笑著說：「用不著我去西南，明日秋月和十六會帶著人啟程去西南，你有什麼話要帶給她的，讓他們帶去。」

蘇子斬靜默片刻，沙啞地搖頭：「我沒有什麼話。」

花灼看著他：「不急，你仔細地想想，明日他們用過早膳後啟程。」說完便起身出了房門。

安十六也跟著花灼走了出去。

安十六跟在花灼後面走離得遠了，才低聲開口：「公子，子斬公子這以後……」

花灼溫聲說：「以後就在桃花谷治寒症，他若是願意脫離武威侯府，以後就是我們臨安花家的人了。」

安十六道：「即便有了蠱王，寒症若想治好，也需要三年五載吧？」

花灼搖頭：「尚未可知，我去天不絕那裡看看。」

安十六點頭：「我累死了，去歇著了。」

花灼擺手：「去吧！」話落，向天不絕住處走去。

青魂將蠱王送到了天不絕的住處後，天不絕整個人都亮了，他捧著金缽在屋內走了十幾圈之後，哈哈大笑：「是蠱王，這是蠱王啊！是整個西南境地供奉的蠱王神。」

青魂也是十分激動，問天不絕：「神醫，您看，可以治好公子嗎？」

天不絕大笑不已：「當然，怎麼會治不好？這可是蠱王神，有了它，什麼病都能治得好。」

青魂更激動：「那多久能治好公子？」

天不絕搖頭：「多久不知道，要看你家公子想多久好？」話落，他狠狠地哼了一聲，「他這些日子那要死的樣子，若是一直繼續下去，蠱王神用在他身上都不一定管用。」

青魂面色一變，連忙說：「這蠱王是公子讓我送過來的，他說用，就一定是想生的。」

天不絕懷疑地看向他：「是嗎？他想通了？」

青魂重重地點頭，哽著聲音說：「這蠱王是太子妃用命和一生換來的，她想讓公子活著，公子不會讓她失望的。」

天不絕聞言瞅了青魂一眼，嘖嘖兩聲，哼道：「他能讓那小丫頭如此待他，幾輩子修來的福氣。」

這一夜，蘇子斬一夜未睡，在床上一直躺到天明。

秋月收拾好行囊與安十六離開前來了蘇子斬的房間，紅著眼眶看著他，幾乎忍不住要落淚：「子斬公子，奴婢要去南疆照看小姐，您有什麼話讓我帶給小姐嗎？」

蘇子斬偏頭，眼底布滿了血絲，面色卻平靜至極，沉默許久，輕聲說：「你告訴她，我會好好治病的。」

秋月眼淚再也忍不住，「嘩」地一下子就流了出來，重重地點頭，說不出話來。

安十六站在秋月身後問：「子斬公子，還有嗎？」
蘇子斬抿唇，低聲說：「讓她不必擔心我，我會好的。」
安十六眼睛也頓時潮濕了，同樣重重地點一下頭。
秋月擦了眼淚，又說：「要不然您寫一封信吧？奴婢給小姐帶去。」
蘇子斬搖頭。
秋月再也受不住，轉身跑了出去。
安十六覺得他應該再跟蘇子斬說些什麼，若是少主見了他這副模樣，怕是會難受得恨不得挖出心，他咬咬牙，認真地說：「子斬公子，只有您真正的好了，少主才會真正的寬慰，她千辛萬苦救您的命，若是救不了您的心，這一生怕是都過不去心裡的結。」
蘇子斬點頭。
安十六又說：「少主闖蠱王宮之日，子夜半，天降星雲劫，少主明知自己當日有劫，卻還是去了蠱王宮。子斬公子萬萬珍惜自己。」
蘇子斬頷首。
安十六不再多說什麼，也轉身出了房門。
秋月背著包裹，一邊往谷外走，一邊對花灼哭道：「公子，您要好好照看子斬公子，他可是小姐的命。」
花灼歎了口氣：「你從昨日一直哭到今日，也該夠了，蘇子斬都沒哭。」
秋月立即說：「他是有淚哭不出來，比我要難受得多。」
花灼用指腹擦了擦她眼角的淚，將一封書信遞給她：「這書信你收好，到了交給妹妹。」

秋月接過信，點了點頭，哽咽地說：「公子，您也要好好照顧自己。」

花灼微笑：「你總算想起我了。」

秋月吸了吸鼻子，帶著哭音說：「奴婢自然會想著您的。」

花灼伸手揉揉她的頭：「乖！」

秋月臉一紅，紅著眼睛扭過了頭。

花灼轉身對安十六說：「告訴妹妹，自逐家門之事，讓她不要想了。我只她這一個同胞妹妹，臨安花家這一代只她一個嫡系女兒，哪怕她嫁給太子雲遲，也還是我臨安花家的女兒。累世千年的規矩，即便廢了，祖宗也不會怪她，畢竟，沒她早就沒了我，這一代，只有我們兄妹二人一起，才能撐起臨安花家來。」

安十六重重地點頭：「屬下一定將公子的話一字不差地帶到給少主。」

花灼對他擺手：「走吧！路上小心些。」

安十六翻身上馬，秋月也上了馬，其餘人陸陸續續地上了馬，離開了桃花谷。

五日後，天不絕給蘇子斬用蠱王治寒症，蘇子斬面色平靜，十分配合，天不絕心情很愉快地沒哼斥他，且嘖嘖地誇了他數聲。

青魂帶著十三星魂給蘇子斬護法，人人面上都隱著激動之色。

花灼給天不絕打下手，說他放走了秋月，就由他來代替做活，花灼別無二話地應了，他也想陪在蘇子斬身邊，看看天不絕是如何用蠱王給他治病。

用蠱王治病，千載難逢，難得一見。

這一日，青天白日裡，東方天際現七彩霞光，如漫天星雨飄花般的灑落天際，星星點點，璀璨奪目。

花顏本在內殿喝茶，似心有所感，猛地放下茶盞，衝出了房門。

雲遲受傷後在床榻上足足躺了三日，這一日終於能坐起來下地慢慢走動，當看到花顏衝了出去，他一怔，當即喊了一聲：「花顏？」

花顏聞言腳步一頓，對他說：「天生異象，我出去瞧瞧，你要隨我一起嗎？」

雲遲向外看了一眼，也現出幾分好奇，點頭：「我也想看看，與你一起。」

花顏連忙走回來，伸手扶起他，慢慢地與他一起走出了房門。

二人站在殿門口，清楚地看到了東方天空的景象，花顏盯著看了片刻，面上漸漸地露出笑意，不多時，喜色染上了眉梢眼角。

雲遲也看了片刻，異象久久不褪，甚是驚奇，他轉過頭，看向花顏，見她似十分歡喜，整個人憑地生動許多，令人錯不開眼睛。

他盯著花顏看了片刻，溫聲問：「我看不懂，這是什麼星象？」

花顏看著東方天際，笑著輕聲說：「是天不絕給蘇子斬用了蠱王，蠱王在西南境地傳承供奉了數千年，如今蠱王一脈徹底根絕隕落，導致天生異象。」

雲遲恍然，眼底漸漸地起了波瀾，低聲說：「他用了蠱王，你萬分高興？」

花顏點頭，剛想說什麼，忽然轉過頭，從漫天的霞光中轉向身邊的人，他倚著門框站在門口，靜靜地看著她，眼裡如雲似霧，蒼白的臉色一抹清透，如玉做的人一般，渾身上下透著溫潤，潤如絕世名品的寶玉，但又如出鞘的稀世古劍，這一刻，美得令人心悸。

她呼吸窒了窒，壓下心中一瞬間騰起的想法，對他微笑：「他用了蠱王，我自然是萬分高興的，證明我沒有白忙一場。」

雲遲聞言又轉過頭，看向東方天空，意味不明地說：「如今我不知道，到底是我有福氣，還是他有福氣了。」

這話讓人聽著總會掀起風浪。

花顏目光動了動，笑看著他的側臉，微微揚眉：「堂堂太子，福氣自然比誰都大，否則怎麼會生來就註定執掌江山福澤萬民？」

雲遲盯著東方天際，一字一句地說：「你知道我說的不是這個意思。」

花顏好笑地看著他，揶揄地問：「那是什麼意思啊太子殿下？說在你口中，聽在我耳裡，就是這個意思。」

雲遲慢慢地轉回頭，忽然有些發狠地一把將她拽進懷裡，因動作太大，牽動了傷口，他的臉倏地白了一下，眉峰擰起。

花顏被他突然的動作一驚，趕緊伸手扶住他的身子，收了面上的笑意，怒道：「你瘋了！不知道傷口不能輕易亂動嗎？」

雲遲白著臉靜了片刻，看著花顏瞬間驚怒的臉，一時間沒吭聲。

花顏瞪著他：「是不是觸動傷口了？」話落，她轉頭吩咐，「小忠子，快，去請……」

雲遲抬手捂住了她的嘴，眉眼的霧色驀地褪去，靜了一會兒，將頭俯下，埋在她頸窩處，低聲說：「對不住，我剛剛是……魔障了……」

花顏憋了一口氣沒出來，聽到這話伸手拿掉了他的手，沒好氣地說：「你是魔障嗎？我看你是瘋了。」

雲遲抿唇，順著她的話，沒駁她的意思：「嗯，嫉妒的瘋了。」

花顏一噎，瞬間也沒了聲。

雲遲也不再說話，抱著花顏靜靜地站著。

東方天空的異象呈現了足足兩盞茶，才漸漸地退散，重現出日色晴朗，萬里無雲。

花顏一直靜靜地看著，直到奇景徹底消失，她才收回視線，伸手輕輕地點了點雲遲的身子，柔聲說：「走，回房，我給你看看傷口是否裂開了，若是裂開，又要多養三日。」

雲遲聽著她的聲音輕柔如春風，心中彌漫的霧色也隨著這聲音似是化開了，他放開了她，看著她的眼睛，低聲喊：「花顏！」

花顏「嗯」了一聲，對他微笑，「堂堂太子，鬧什麼脾氣！讓人笑話！」

雲遲以前覺得花顏極難相處，無論他做什麼，似乎都不入她的眼和心，可是如今，他發現她認可了他之後，她是極好相處的。她會十分包容他，哪怕他突然發脾氣，她依舊含笑溫柔以待，讓他的脾氣在她淺笑盈盈的目光下化得無影無蹤。

明明她是一個剛毅堅韌果決的人，卻偏偏內裡藏著一份如水的柔腸。

尤其是她待人，相處的時日越長，越會讓人發現她與世間千千萬萬的女子都不同，她心中有一桿秤，無論是對的，還是錯的，自有衡量，她不扭捏，也不拿捏，隨性爽快，乾脆俐落，她會吃，也會玩，言談笑語間也很逗趣，哪怕整日與她對著，她都不會讓人煩悶發膩。

她待在房中最喜歡做的事情除了睡覺外，就喜歡看書，窩在榻上，奇聞異志，志怪雜談，才子佳人的話本子，所看的旁門別類的東西太多太雜，但若是與她偶爾說起經史子集，說起江山史志，她也一樣能出口錦繡成章。

雲遲覺得每一日與她相處，就如一卷上好的書卷一般，翻看一頁還想再看下一頁。哪怕看完，還要反覆循環，不停地細品細琢。

他日漸地覺得，哪怕自己挾恩圖報，哪怕做低自己條件交換，也是他這一生最不悔的事兒。

他不喜人近身侍候，卻是愛極了讓她侍候。

在她面前，似乎他比她更任性些。

他在她睡著時會想，是否因為讓她真正心動喜歡的人是蘇子斬，而不是他，所以，她才不會在他面前任性嗎？對比之下，他有時候都覺得自己孩子氣。

誠如他所說，堂堂太子，鬧什麼脾氣，讓人笑話！

可是，被她扶著進屋，坐到床上，由著她幫他解開衣衫查看傷口，因為他鬧脾氣動作太大傷口裂開，需要重新上藥包紮時，她小心翼翼，極輕極輕的動作，讓他覺得，笑話怕什麼？

他雲遲生來，便不怕被人笑話。

昔日在京城，她折騰出多少事兒，他也不覺得沒面子，只要娶到她就好，他只重結果。

但也正因為這只重結果，讓他錯失良多，讓她不喜，所以，她千方百計地要退婚。

在與他退婚的那段時間，她與蘇子斬，應該是兩情相悅的吧？

如今，他驀然明白，她住在東宮的日子裡，他雖說是包容她鬧出的事情，但也未真正用心對待她，他走歪了路，只一味強求，才不得她心。但話又說回來，正因為這份強求，她如今才能在他身邊，答應做他的太子妃，以後一生，都與他綁在一起。

花顏因雲遲死活不肯叫賀言，只能自己動手幫他包紮，她忙了一通，轉頭見他竟然在發呆，她又氣又笑，伸手點他腦門：「想什麼呢？回魂了！」

雲遲抬頭看她，見她額頭和鼻尖都有細微的汗，他抬手以衣袖為她擦了擦，笑容溫和柔潤：「是我不好，累了你一場。」

花顏翻個白眼，轉身去洗手。

雲遲坐在榻上，看著她做出不理會他的樣子，啞然失笑。

花顏洗完手，回轉身問他：「你要不要上床休息會兒？等用午膳我再喊你。」

雲遲搖頭：「不累。」

花顏看著她：「那我還給你讀書？」

雲遲失笑：「還讀才子佳人的話本子？」

花顏挑眉：「才子佳人的話本子有何不好？非要讀那些晦澀生硬無趣的經史子集不成？」

雲遲無奈：「換一本吧！昨日那本實在是不忍聽聞。」

花顏好笑，走到一摞書前翻了翻，抽出一本，說：「昨日被那本書汙了耳朵，既然你不忍聽，今日我們就改讀山海志吧！」

雲遲對她伸手：「你先拿來我看一下。」

花顏隨手遞給他。

雲遲伸手翻了翻，放下，對她說：「你從小到大是不是去過很多地方？看這個，不如你與我說說你這些年都去過哪裡？有什麼有趣的事兒。」

花顏笑看著他：「你真想聽？不怕比才子佳人的話本子還要更汙你的耳朵？」

雲遲搖頭，伸手拉住她的手，溫聲說：「不怕，只要是你的事兒，我都想知道。」

花顏想了想，順著他的手坐在床頭，笑著說：「我是去過很多地方，有趣的事兒，怕是你聽十天都聽不完。」

「你隨便說，什麼都行，我想聽，十天聽不完，一輩子總聽得完的。」

「好吧。」花顏笑著點頭。

她撿了些去過的地方以及發生的有趣的事兒，零零散散地說了起來。

她說的地方雲遲知道，但並沒有去過，從小到大，他只出過兩次遠門，一次是川河谷大水賑災，一次是這次的西南之行。

從她口中吐出的趣事兒，比說書人說的還要有意思。

比如她在平安縣時，聽說那裡有一位以釀酒為生的酒神，他釀出的桂花釀，倒一杯十里飄香，她帶著秋月慕名而去，但那酒神有一個規矩，便是要與他鬥酒，若是鬥贏了他，酒隨便喝，不要銀子，鬥輸了，千兩銀子一杯酒，喝多少拿多少銀子。

她天性好玩，又仗著有內功有酒量，所以，應下了酒神的規矩。

酒神之所以被稱之為酒神，是真真正正的千杯不醉，與人鬥酒，從沒輸過，這些年，無人能勝過他，見她一個小姑娘，更是沒瞧得上她，只問她帶夠了銀子沒有？若是沒帶夠，輸了就要把她扣下讓家人來贖。

她那時與秋月已經在外面玩了幾個月，身上的銀子早花得所剩無幾，就算與酒神鬥輸了讓家人來贖她，也不算丟人，畢竟，沒人在酒神手下贏過不是？

於是，她與酒神鬥了起來。

酒神沒料到一個小姑娘這麼能喝，他喝一杯，她也喝一杯，開始是一個勁兒地拼酒，喝了數百杯後，酒神對她也有了話說，二人東拉西扯，說起釀酒和喝酒來，興起還順帶鬥詩。

等喝到一千杯時，酒神就地倒下，而花顏又多喝了十杯，本還要繼續喝，是秋月看不過去，生生地攔住了她。她喝得高興，雖然鬥贏了，總歸是白白地喝了人家這麼多酒，且酒是好不容易釀的，心裡過意不去，於是非拉著秋月拖著她去了平安縣最大的賭場。

酒助賭興，進了賭場後，一局一局，玩的興起，一時沒收住手，將賭場贏空了。恰逢那家賭場是黑匪窩，於是，在她們要走時，一批人竄了出來，將她們兩個請去了距離平安縣三十里的望天涯山匪寨。

山匪的大哥不相信她一個小姑娘竟然贏空了一個賭場，便在山寨裡重新設了賭局，從金銀到人畜，最後到房舍地盤，無所不賭，最後將整個山寨都輸給了她。

鼎鼎有名的望天涯山匪寨一夜間成了她的。

那群山匪雖然不走正道，做地下黑市的生意，但也不是那等燒殺搶掠的作惡多端之徒，十分講江湖道義，既然輸給了她，就當真認下了她為大當家。

她最終是又累又睏，睡著了。

一覺醒後，人醒了，酒也醒了，立即拉著秋月逃了。

後來，那個山匪寨的大當家派出了整寨子的人四處找她，她跑回臨安花家，足足躲了半年，才敢再出去。

雲遲聽完，想要大笑，但因傷勢剛包紮好，生怕觸動，又不敢大笑，只能彎著嘴角，眉眼皆是濃濃的笑意，看著她說：「真是有意思，那年你多大？」

花顏笑著說：「十一。」

雲遲偏頭仔細瞧了她一眼，將她自動在腦海裡縮小了一圈，點頭：「五年前，的的確確還是一個小姑娘。」

一個十一歲的小姑娘，就有千杯不醉的酒量和冠絕天下的賭技，讓雲遲很好奇，臨安花家到底是怎麼將她養成的？

也許是他眼底的好奇太過濃郁，花顏好笑地說：「我生來就調皮，家裡對我更是放養，所以，從小到大，無法無天的事兒還真沒少做。」

「偌大的花家，就無人管束你嗎？」雲遲看著她笑問。

花顏搖頭：「哥哥出生就帶著怪病，我長到五歲時，他依舊連屋都沒法出，不能見風，不能見光，每日躺在床上，而我母親在生我時損了身子骨，再不能生育了，臨安花家嫡系一脈這一代只哥哥和我兩個人，哥哥有怪病，連能活多久都不知道，所以，無論是父母，還是家裡的長輩們，對我們兄妹二人都不苛求，對我更是寵慣著。」

雲遲頷首：「怪不得了。」

花顏撇撇嘴：「自從十年前，我綁了天不絕給哥哥治病，哥哥漸漸地能下床走動後，對我也漸漸地管制起來，小時候他生病被關在屋子裡管不了我，後來他病好能出門後，便時常派人盯著我。」

雲遲失笑：「以你的性子，若是不盯著你，能捅塌了天。」

花顏嗔了他一眼：「我也不是那麼不知事兒吧？其實，大多數時候還是很有分寸的，當然除了跟你退婚鬧騰出的那些事兒除外，那時候，我實在是被你逼急了，很多事情，都是知道不能為，偏偏而為之。」

雲遲收了笑：「也怪不得你。」

花顏好笑：「我無論去過多少地方，但獨獨不去京城，就怕與皇家牽扯一絲半點兒，到頭來真沒想到，還竟成了皇家定下的媳婦兒，也是沒天理了。若是早知如此，我小的時候就每日去東宮鬧騰你。」

雲遲又露出笑意，溫聲說：「我十歲搬去東宮，那時你六歲吧？你若是當真去鬧騰我，想必是極好的。」

花顏說得久了，渴了，起身倒了兩杯水，一杯遞給雲遲，一杯自己端著喝，笑著說：「若我那時候去，怕是把你這個太子殿下也帶歪了。」

雲遲目光溫柔：「如今聽你這樣說，我多麼希望那時候你去東宮鬧騰我，也免得每日裡東宮死一般的寂靜，除了姨母去的時候，能熱鬧一日外，其餘的時候，我的課業從早排到晚，不是陪著父皇看奏摺，就是聽老師講書，再就是習武，或者見朝臣。」

花顏聽他這樣一說，頓時將他也縮小了一圈，想著十歲的雲遲，每日行走在皇宮和東宮之間，身後跟著小他幾歲的小忠子，無論是埋在奏摺裡和課業裡的他，還是見朝臣時的他，一定都是繃著一張臉。皇權這個階梯，他起步就是儲君，漸漸地，就養成了在傾軋中溫涼的性情。

她暗暗歎了口氣，心底湧上絲絲情緒，但面上依舊笑吟吟地說：「雖然以前我沒去鬧騰你，讓你覺得遺憾，但以後我陪著你，有你受夠的時候。」

雲遲心底本有些悵然，聞言頓時笑開了玉容：「好！」

花顏瞧著雲遲，覺得他其實是一個很好哄的人，不像她哥哥，一旦惹了他，要用盡方法和手段才能哄好，而他只需要幾句話，就心情極好了。

她想著蘇子斬既然用了蠱王，算算日子，秋月也該快到了。

她正想著，外面傳來府衛稟告的聲音：「太子殿下，秋月姑娘求見太子妃！」

花顏暗想，真是想曹操曹操就到。

雲遲向外瞅了一眼，溫聲說：「請她進來。」

府衛得令，立即去了。

花顏站起身，放下茶盞，對雲遲說：「你歇一會兒吧，我去接接她，估計她被嚇壞了，這麼快就到了，想必是一路馬不停蹄地趕來的。」

雲遲含笑點頭，對她擺手。

花顏出了內殿，向外走去，采青連忙跟上。

二人走出不遠，遠遠的兩個身影走來，走在前面的是秋月，她走得很急，幾乎小跑著，衣服灰撲撲的，想必路上連腳都沒歇，安十六跟在她身後也一身疲憊，本就長得黑，如今一身風塵僕僕，就跟泥裡爬出來的一般。

花顏停住腳步，看著二人，不由得好笑。

秋月見到花顏，當即啞著嗓子帶著哭音喊了一聲「小姐」，然後將包裹隨手扔給後面的安十六，向她奔來。

她跑得太急，采青生怕她撞到花顏，連忙上前了一步。

花顏伸手攔住她，笑著說：「秋月不會撞到我的，別擔心，無礙的。」

采青又趕緊退了回去。

秋月眨眼就來到了花顏面前，猛地收住腳步，雙手試探地去摸她，眼淚也如線珠子一樣撲簌簌地掉了下來：「小姐，我嚇死了，您怎麼樣？可還好？」

花顏連忙伸手抱住她：「乖阿月，不哭啊不哭，我好著呢。」

秋月聞言再也控制不住，頓時大哭起來：「我早跟著小姐來就好了，早知道就不留在谷中學醫術了，若是再也見不到小姐，我也不活了……」

花顏最怕人哭，只要人一哭，她就沒了脾氣，她只能伸手拍她後背：「我這不是好好的嗎？別哭了啊！」

秋月哭著說：「哪裡好好的？十六公子說你差點兒就沒命，幸好……」她想說雲遲，想起蘇子斬，實在說不出來，哭得更傷心了。

花顏無奈：「你這般哭下去，若是壞了眼睛，可就看不到哥哥了啊！」

秋月搖頭：「我不管，我……嚇死了……」

花顏歎氣，看向安十六。

安十六攤攤手，也十分無奈：「自從我回到谷裡，秋月姑娘聽聞少主受傷險些沒命後，就大哭了起來，公子也勸不住，這一路上，每想起來，就掉眼淚。」

花顏心疼不已，使出殺手鐧：「我若是真死了，你這般哭法也就罷了，可我這不是好好的嘛，你再哭下去，惹得我也跟著你哭，如今我身體內還有餘毒沒清除呢，是不是對身體不好？」

秋月一聽，頓時刹住了鬧，止住了眼淚，用衣袖胡亂地擦了擦臉，通紅著眼睛看著花顏說：「我給小姐把脈。」

花顏鬆了一口氣，想著不哭就好，立即將手給了她。

秋月趕緊給花顏把脈，剛碰觸到她的手，頓時又流下淚來，面上現出憤恨的神色：「這南疆暗人之王的毒怎麼這麼毒？竟然侵蝕到了五臟六腑，若非護住了心脈，小姐就沒救了，我詛咒他死了下十八層地獄。」

花顏好笑：「他已經被太子殿下削成了碎片，死無全屍，地獄也不收。」

秋月心裡頓時好受了些，這一路上對想見花顏又排斥見雲遲的心情總算是舒緩了些，吸著鼻子說：「太子殿下將那人碎得對。」

花顏笑著伸手拍拍她的頭：「都哭成小花貓了，讓采青帶你去梳洗一番，咱們再說話。」

秋月似乎這才看到了花顏身後站著的采青，看向她，問：「你是？」

采青連忙上前見禮：「秋月姑娘，奴婢是采青，侍候太子妃的。」

秋月仔仔細細地盯著她看了又看，說：「你功夫似乎不錯，且氣息似與常人不同。」

采青頓時抿著嘴笑了：「不愧是跟在太子妃身邊最久的秋月姑娘，奴婢是東宮的暗衛，被殿下選出來侍候太子妃，以後就跟在太子妃身邊了。」

秋月聞言繃起了小臉，紅著眼睛說：「跟在我家小姐身邊的人，哪怕是太子殿下送的，也要忠於我家小姐，不能陽奉陰違。」

采青笑著點頭：「奴婢不敢！」

秋月還想再說什麼，花顏一把拽住她，好笑地說：「采青是個討人喜歡的小姑娘，你別為難她了。」

秋月住了嘴。

「走吧，我陪你去梳洗安置。」花顏笑著拉著她，又對安十六說，「有哥哥的書信是不是？你將書信給我，先去休息，有什麼話，明日再與我說。」

安十六點頭，將花灼的書信拿出來遞給花顏，有人領著去安置休息了。

采青知道秋月來了必定要照看花顏吃藥飲食，就在雲遲居住正殿的院落裡就近擇出了一處房間給秋月安置。

秋月去屏風後沐浴，花顏就坐在外間的畫堂裡看花灼給她寫的書信。

花灼的信寫得很詳細，足足有十多頁紙，首先說了他沒遵照她的意思，當日便將安十六帶到了蘇子斬面前，讓他知曉了此事等等。

又說了西南境地所有臨安花家的人各歸各位，全力協助太子雲遲平順西南，他派安十六再來南疆，一切聽憑她調派。

另外，他會將雲遲讓安十六帶回去提親的話傳回臨安花家，長輩們也要提前知道這件事兒。

還有，臨安花家的規矩雖然千年來不可廢，但是，這一代，他既然做主臨安花家的事兒，那麼，就他說了算，她永遠是臨安花家的人，她的妹妹，自逐家門這種事兒，讓她連想也不要想。

花顏讀完信，不由得露出笑意，到底還是她的哥哥，在蘇子斬今天用了蠱王的時候，天生異象，她就隱約地猜到，一定是哥哥將她的事情告訴了蘇子斬，否則，蘇子斬何其聰明！以他的脾性，不見到她，怕是不會這麼短時間輕易用蠱王。

心中溢滿酸酸的暖暖的情緒。哥哥對她這個妹妹，雖然自小總是跟她鬧脾氣，但是在大事兒上，從來就護著她，她想做什麼，他素來支持。

有這樣的哥哥，她也不想自逐家門。

但若是不自逐家門，那臨安花家千年來的規矩就廢了，牽扯了皇權，成了外戚，自古以來，有幾個是好下場的？

臨安花家從暗處站在了明處，以臨安花家遍布天下的勢力，又有幾人能容？

不能因她一人，賠上整個臨安花家。所以，哥哥的這個決定，她不能遵循！

她暗暗地歎了口氣，慢慢地收起了信箋。

秋月沐浴梳洗妥當，見花顏正在收信箋，她紅著眼睛說：「小姐，您都知道了，子斬公子他用了蠱王，可是……他實在是太苦了……」

花顏微笑：「我是一個看得開的人，蘇子斬也會與我一樣看開的。如果我死在蠱王宮，那麼，我的命與他的命，也就交代了。應該感謝雲遲，畢竟，什麼都有價，人命是無價的。他救了我，以蠱王交換，我嫁給她，活了兩條命。雖然活法不同，但總歸是活著的，一旦死了，彼世非此世了，我捨不得離開你們。」

秋月吸著鼻子，走過來抱住花顏，點點頭，哽著聲音說：「我明白，只是想起小姐與他不能……我就心裡難受得很。」

花顏低笑：「笨阿月，有什麼可難受的呢？這世上，不是所有的軌跡都會依照最初的設定，不是所有的緣分都深重得扯不開。我與蘇子斬，不能締結連理，是夫妻緣分不夠，但也可成為知己知交。人生一世，不見得荊棘中看不見柳暗花明，也不見得前路茫茫就是懸崖。也許，我註定陪著雲遲，看四海河清，海晏盛世。」

秋月癟著嘴，依舊難受地說：「可是小姐會很辛苦的，在京中時鬧騰得太厲害，無人喜歡您，壞名聲都傳開了，以後可怎麼辦？這條路定然是極難走的。」

花顏笑了笑，拍著她的身子軟聲說：「難走也要走。」

秋月哽著聲音說：「我不離開小姐了，我一直陪著您，您嫁入東宮，我就做陪嫁，將來太子殿下登基，我就陪您一起進宮。總之，我再也不離開……」

花顏伸手捂住她的嘴，又氣又笑：「你陪著我，哥哥怎麼辦？」

秋月咬緊牙關：「公子會娶一個比我更好的姑娘。」

「哎呦呦！」花顏繃不住大樂，伸手點她腦門，「這話若是讓哥哥聽到，他會將你收拾的連渣都不剩的，連帶著我，也會被你牽連殃及，你可別害我啊！」

秋月鬆開她，瞪著眼睛：「公子不會的。」

花顏伸手拍拍她的臉，又捏了兩下，認真地笑著說：「會的！再說我也捨不得，你可是我自小就定下的嫂子，你不嫁哥哥了，哥哥再上哪裡去給我找個嫂子啊！將來誰給我生侄子？」

秋月跺腳，羞憤地說：「小姐胡說什麼呢！」

花顏哈哈大笑：「誰讓你先胡說的！」

秋月扭過身子：「我不理您了！」

花顏笑得太大，咳嗽起來。

秋月立即又轉過身，緊張地說：「我再仔細給您把把脈，師父聽說您中了南疆蠱王宮暗人之王的毒，師父又看了十六公子帶回了賀言給您診脈的脈案，給您開了三個方子，讓我帶了來，依照您如今的情況，適當地調整方子給您清除餘毒調理身子。」

花顏點頭，收了笑，又將手遞給她：「好！」

秋月診脈得更為仔細，診完之後，拿出了三個方子，對比一番，選出了其中的一個：「就按照這個藥方吧！先服用七日，七日後，我再換另外兩個藥方。」

花顏頷首：「聽你的。」

采青在一旁笑著伸手：「秋月姑娘，藥方給奴婢吧，奴婢去煎藥。」

秋月將藥方遞給了采青，囑咐：「一定要溫火，仔細看著些，萬萬不要煎糊了。」
采青點頭：「姑娘放心吧，奴婢一定小心。」
秋月在采青拿著藥方走了之後，說：「這采青看起來是個伶俐爽快妥當的。」
花顏微笑：「東宮的人，都是得用之人，沒有廢物。」
秋月想起在東宮隨花顏生活那些時日，從福管家到方嬤嬤，東宮上下，無一人不妥當，她點頭：「小姐說得是……唉！您與太子殿下的緣分也太深了，都懿旨退婚了，偏偏還能兜兜轉轉回到原點。」
「可不是？估計是前輩子結下的。」花顏淺笑。
秋月頓時想起了花灼的話，看著花顏，試探地小聲說：「小姐，公子也這樣說，說您與子斬公子估計前世沒修夠緣分，到底不及太子殿下與您糾葛深重。他說那日您有大劫，您是宿命定下的鳳主，您自己也算出了，可是這樣？」
花顏聞言笑容淺淺褪去，微微點頭，輕聲說：「哥哥說的沒錯，我是自己算出了。宿命天定，哪怕我試圖更改，也是枉然，一旦更改，就如這劫難，要的就是我的命。」話落，她歎息，「我與雲遲啊，是扯不開的緣分。」
秋月雖然相信花灼所言，但聽到花顏肯定，還是心中驚駭，面上自然也顯了出來：「我問公子是否能更改，公子也說，宿命天定，豈能胡亂更改？擾亂天道，是為大禍，也許會禍及蒼生，可是遭天譴的大罪。」
花顏頷首：「哥哥說的沒錯，所以，死過一回後，我學乖了，不敢再妄圖更改了。」
秋月眼淚又劈里啪啦地落下：「怎麼會這樣呢？為什麼您是命定的鳳主呢？公子說您的命是

生而帶來，死而帶去。太子是您生來的劫，又提到了您的癒症……」

花顏的臉忽然地白了白，伸手捂住秋月的嘴：「別哭，他是我的劫，我也是他的劫，一樣的，其實嫁給他，也沒那麼可怕的。」頓了頓，她輕聲說，「雲遲很好。」

這是宿命的劫，既然逃不開，躲不過，只能順應命數。

秋月紅著眼睛小聲說：「奴婢以前也覺得太子殿下很好的，待小姐也十分包容，但想著小姐與子斬公子在桃花谷時，那幾日相處，便覺得，更好……」

她不由得笑了，伸手用力地捏了捏秋月的臉，對她說：「這面皮子被風都吹乾了，趕緊抹些上好的凝脂膏吧，哥哥最喜歡捏你的臉，若是這般糙得沒手感了，他以後可就不捏了。」

秋月拍開花顏的手，瞪著她，一跺腳，轉身去找凝脂膏了。

花顏大樂：「說什麼陪我去東宮，我若真答應了，你估計私下要偷偷哭成淚人。」

秋月又羞又惱：「小姐就會欺負我，枉我為你哭了不知道多少回，那些眼淚掉得可真冤。」

花顏咳嗽一聲，笑著沒了話。

第四十八章　傲嬌太子展廚藝

半個時辰後，采青煎了藥端來，花顏待藥溫了，二話不說，拿起來就一口氣喝了。

秋月本來準備好了哄花顏喝藥，沒想到她喝得這麼痛快，她目瞪口呆地看了她半晌，見花顏喝完後面不改色，她手裡捏的蜜餞都忘了遞過去。

花顏好笑地看著她呆呆的樣子問：「怎麼了？這副傻樣子！」

秋月驚詫地看著她：「小姐，這藥不苦嗎？」

花顏點頭：「苦啊！」

秋月覺得以她家小姐從小就不喜歡喝苦藥湯子的人，怎麼能夠面對這麼苦的藥面不改色地喝下去呢？難道她的味覺失靈了？

她立即緊張地問：「是不是奴婢把錯脈了？您中的毒使得味覺也出了問題？」

花顏搖頭：「沒有。」

秋月不淡定了：「那，您以前喝藥不是這樣的啊！如今怎麼……」

花顏終於明白了她呆在哪裡，好笑地說：「我已經喝了近一個月的苦藥湯子了，任誰一日三頓地喝苦藥湯子，也會不覺得苦了，習慣了。」

她沒說的是，更何況她不是一日喝三回，雲遲躺在床上那兩日，死活要她喂藥，她不喂，他就將臉埋在枕頭裡一聲不吭地不喝藥，她無奈，只能依著他。

明明不是她的藥，也苦死個人，她也照喝不誤。

當喝藥與吃飯喝水一樣習慣時，也就不覺得苦了。

秋月卻是不知道這個，只覺得花顏遭了罪了，頓時心疼死了，連忙將蜜餞遞給她：「小姐從小到大，可從來沒受過這個苦呢。」

花顏張口吞下秋月遞到她嘴邊的蜜餞，想起雲遲的傷勢，對她說：「你先去歇著吧，待歇夠了，也給雲遲看看傷勢。」

秋月一怔：「太子殿下怎麼了？是因為救小姐傷著了？這麼長時間還沒好嗎？」

花顏搖頭，歎氣地說：「他因為救我耗費了七成功力，前幾日被南疆王的匕首刺中了後背，只差些許就險些要了命。」

秋月一聽，立即說：「奴婢不累，小姐怎麼不早說？您這就帶我去吧！」

花顏笑看著她：「你剛剛來時，還對他不滿來著呢。」

秋月瞪著花顏，嘟起嘴，小聲說：「太子殿下是極好的，奴婢又不是糊塗人，只要他對您好，小姐心甘情願嫁給他，奴婢哪怕有小小的不滿，也會消散的。」

花顏站起身，笑著說：「那就走吧！賀言給他診治的，但他年歲大了，用藥開方很是保守，你給看看，是否需要調整藥方。」

秋月點頭：「好。」

二人出了房門，很快就來到了雲遲的正殿。

秋月伸手拉住花顏，湊近他耳邊，悄聲問：「小姐，您住在哪裡？」

花顏伸手指指裡面。

秋月頓時睜大眼睛：「每日與太子殿下住在一起嗎？一個房間？一張床上嗎？那你們……」

花顏伸手敲她腦袋，好笑地說：「亂想什麼呢？除了我受傷就是他受傷，相互照料而已。」

秋月臉紅起來，吶吶地說：「你們還沒大婚……那也不應該啊……」

花顏瞪了她一眼，臉也紅了，但還是梗著脖子一本正經地說：「左右我要嫁給他的，提前適應一下而已。」

秋月頓時沒了話。

采青在二人身後跟著，聞言抿著嘴笑起來。

花顏先一步邁進了門檻，挑開珠簾進了內殿，小忠子迎了出來，對花顏見禮，笑咪咪地說：「太子妃，殿下不見您回來不午睡，等著您呢。」

花顏點點頭。

小忠子對隨後跟進來的秋月說：「秋月姑娘好！」

秋月瞅了小忠子一眼，笑著點頭：「小公公好！」

花顏進了內室，見雲遲歪在床上，自己拿了那卷《山海志》在看，她挑了挑眉，對他說：「我帶秋月來給你診診脈。」

雲遲「嗯」了一聲。

秋月走進來，乍看到雲遲，被他清瘦蒼白虛弱的模樣驚了一下：「太子殿下！」

雲遲瞧了秋月一眼，眼神溫和：「太子妃說你快到了，果然到得很快。」

秋月立即說：「奴婢得到消息，沒敢耽擱。」

雲遲微笑：「我竟沒想到你是天不絕的徒弟，在東宮時眼拙了。」

秋月垂下頭：「師父說我沒學到他七成，讓我在外面別報他的名號給他丟人現眼。」

雲遲淡笑：「天不絕的徒弟，哪怕學五成也夠做太醫院的院首了。以你小小年紀，已經極好了，能被他收為徒想必在醫術上有著驚人的天分。」

秋月有些不好意思：「我是師父撿來的，也沒什麼天賦。」

花顏好笑地接過話：「天不絕是那麼好心隨便撿孩子收留的嗎？當年川河口大水，無數孤兒待收，也沒見他多好心再撿著收一個，你就別謙虛了，過來診脈吧！」

秋月嗔了花顏一眼，走上前，規矩地說：「太子殿下，請讓奴婢給您請脈！」

雲遲頷首，伸出手。

花顏挨著雲遲，隨手拿出了賀言的藥方以及給雲遲請脈的脈案，等著秋月診完脈遞給她。

秋月眉頭輕蹙，須臾，臉色有些凝重：「太子殿下，換一隻手。」

雲遲換了一隻手。

秋月又仔細地診了片刻，才罷手，接過花顏手中的脈案藥方。

花顏瞧著她神色，對她問：「怎麼？他傷勢很重，難道還有別的不對嗎？」

秋月快速地看了看脈案和藥方，對花顏說：「太子殿下後背的傷勢無甚大礙，但是奴婢診脈時查覺到他體內似也有暗人之王的毒素。」

「嗯？」花顏一怔，轉頭看向雲遲，「當日你與他對打，被他傷了？」

雲遲搖頭：「不曾！」

秋月肯定地說：「奴婢不會把錯脈，是與小姐體內的毒素一樣，是暗人之王的毒，比小姐的少些，但在侵蝕心脈。」

花顏面色微變，恍然地對雲遲說：「你既然當日不曾被他傷到，是不是為了救我給我運功時，不小心將毒引入了自己體內？」

雲遲搖頭：「也許吧！」

花顏立即問秋月：「可有辦法清除毒素？能不能跟我吃一樣的藥？」

秋月搖頭：「小姐是護住了心脈，沒被侵蝕，所以，如今您體內毒素雖多，但祛除毒素還是比較容易的，頂多吃一個月的藥。但太子殿下又不同，毒素雖少，但侵蝕了心脈，不過幸好服用了九轉丹，才沒毒發，容奴婢想想，看看用什麼法子祛除。」

花顏點頭，繃著臉說：「儘快想法子，這毒太霸道，時間久了，萬一落下病根就難治了。」

花顏沒想到雲遲為了救她，竟然不小心引了毒侵入了心脈，賀言竟然也沒診出來。若不是秋月來了，她難以想像，時間更長後，會是個什麼後果。

雲遲伸手握住花顏的手，溫聲笑著說：「別擔心，只要控制住毒素，待我武功恢復之後，區區毒素，運功就能清除的。」

花顏皺眉：「就你如今這副樣子，養傷再恢復功力少說也要兩三個月，時間太久了，難保損傷身體。」一話落，她問秋月，「一個月，我的毒素能清除了吧？屆時武功是不是就能恢復了？」

秋月看著二人，立即說：「奴婢會想出法子的，小姐和太子殿下放心，若是想不出法子，我就用自己功力幫太子殿下儘快祛毒。」

雲遲微笑：「你的武功似乎不比雲影差多少，當初也是被封住了？」

秋月點頭：「我一直跟著小姐，公子怕我幫小姐，所以，也封了我的武功。」

雲遲淡笑：「你們兩個人在一起，是不太讓人放心。」

秋月一時無語。

花顏擺手：「您先快去用飯歇著，歇好了，有了精神，才能想出好法子。」

秋月點頭，她也的確累了，出了內殿去用飯歇著了。

花顏在秋月離開後，臉色難看地看著雲遲，惱怒地說：「你自己的身體，你應該比誰都清楚，是不是早就知曉自己體內引入毒素了？卻一直瞞著我不說？」

雲遲見她動了怒，笑著溫和地說：「早先不知道，那日南疆王對我出手，我躲避不及時才知道，按理說，三成功力，即便他因用了采蟲功力大增，我也不該躲不開，但那日我在他手下竟然只能挪動分毫，方才知道中了毒，三成功力因毒素受了掣肘。」

花顏大怒：「既然如此，賀言來為你包紮傷口時，你如何不說？若不是今日秋月來，我不放心你傷勢，讓她給你看看，竟然還不知。你就是這般不愛惜自己身體的嗎？」

雲遲見她更怒，一怔：「我……」

花顏瞪著他，打斷他的話：「毒素明明侵蝕了心脈，你偏偏瞞著不說，是想做什麼？是想毒發而死嗎？」

雲遲似被她勃然大怒震呆了，一時看著她震怒的神色，沒了話。

「你說啊！」花顏甩開他的手，氣道，「堂堂太子，命就這般不值錢嗎？」

雲遲立即搖頭：「自然不是。」

花顏盯著他問：「那是什麼？是為了不讓我擔心？想等著自己傷勢好了，恢復武功了，再慢慢悄無聲息地把毒給祛除了？但你就沒想過時間一長，萬一毒不能祛除了怎麼辦？是想毒發身亡嗎？」

雲遲搖頭：「不會的。」

花顏氣怒地看著他：「怎麼不會？毒入心脈，何等可怕？你何等聰明，怎麼會不知？你是覺得賀言沒把出脈來，定然也沒法子嗎？便瞞著不說，怕我擔心？那你今日也沒想過秋月會把出脈來是不是？」

雲遲看著花顏氣怒至極的樣子，呆怔片刻，忽然扯動嘴角，低低地笑了起來。

「你笑什麼？」花顏眉頭豎起，「毒入心脈，你還笑得出來？」

雲遲伸手去拉花顏，花顏躲開，他站起身，固執拽住她的手，將她拽進懷裡抱住，溫聲解釋：「我沒打算瞞著，是想等過幾日傷勢好些再與賀言提提，看他可有法子，但這傷勢剛稍好些，秋月就來了，我可不敢小看天不絕的弟子。」

花顏伸手推他，他抱得緊，她又不敢用大力，怕他傷口又裂開，只能繃著臉問：「你說的當真？不是故意打算一直瞞著我？」

「不是。」雲遲搖頭，溫聲說，「你答應嫁給我，我們就是夫妻一體，我怎麼會瞞你？畢竟……」他頓了頓，嗓音帶了濃濃笑意，「我這副身子將來也是歸你管的不是？」

花顏一口氣散了一半，雖然這話聽著不對味，但總算讓她心裡舒服了些，她面色稍緩：「這種事情你應該早就告訴我，幾日也不該瞞，再沒有下次了！」

雲遲點頭：「好，我保證，再沒有下次了！」

花顏怒意褪去，伸手推他：「快回床上歇著，傷患便該有傷患的自覺，這麼精神做什麼？」

雲遲伸手拉她一起上床，笑著說：「每日你都陪著我，沒有你在，我睡不著。」

花顏抿著嘴氣笑，瞪了他一眼：「這麼多年沒有我，你是一直不睡覺的嗎？」

雲遲低笑：「沒有你時不覺得，有你便不同了。」

花顏輕哼了一聲，隨著他躺去了床上。

他不由得笑更深了些，她對他，是真的在乎的呢。

她沒有因為蘇子斬用了蠱王便反悔動搖，沒有因為秋月與她說了蘇子斬的事兒便鬱結於心，她帶秋月來給他看診，是將他放入心裡了。

那隱埋在心底的對蘇子斬的嫉妒，似乎又少了些。

他想著，他愛極了這樣的她，便忍不住低頭去吻她。

花顏伸手擋住他的嘴，沒好氣地說：「睡覺！」

雲遲啞然失笑，原來還沒真正揭過去，還在鬧脾氣……

他索性低頭吻她手背，輕輕的，柔柔的。

花顏睜開眼睛瞪著他。

雲遲便得寸進尺，自作主張地硬拿開她的手，吻住。

花顏到底沒推開他，輕輕地回應他。

花顏受不住，她怕他觸動傷口，只能喊：「雲遲……」

「嗯。」雲遲低低應聲。

花顏伸手扯了枕巾砸在他臉上：「你的傷，不准亂動。」

雲遲不滿地「唔」了一聲，伸手拿掉枕巾，「我有分寸的……」

「見鬼的分寸！」花顏背轉過身子，「你若是不乖覺些，我就不陪著你了，今日秋月還與我提了，未曾大婚，這般同床共枕不妥。」

雲遲火苗熄滅：「她管得可真多，都管到本宮的頭上來了。」

花顏又氣又笑，揶揄地說：「誰敢管你啊，太子殿下？心脈侵蝕毒素這麼大的事兒都瞞著，若不是秋月，我還被蒙在鼓裡呢。」

雲遲一噎，沒了脾氣。

花顏閉上眼睛，不再理他。

雲遲無奈，只能抱著她安靜地也閉上眼睛。

轉日，安十六歇息好了過來，見到花顏，將花灼的話一字一句地私下傳給了她。

花顏聽罷，深深歎氣，臨安花家這一代只哥哥一個嫡子，只她一個嫡女，他們二人自小一起長大，一母同胞，哥哥纏綿病榻十幾年，她從十一歲接手花家事務，撐起了臨安花家，哥哥自然不會同意她自逐家門，但她不能因自己一人，而廢祖宗規訓。

她太清楚一旦沾染了皇權，將花家曝露在陽光下，早晚有朝一日，會身死骸骨滅。

那一日也許不會太早，但也決計不會再讓花家累世千年安居一地。

無論如何，規矩不能廢。

花家這樣就好，沒了她一個女兒，但還有哥哥，還有花家的一眾人。

她對安十六搖頭：「你跟哥哥傳信，就說我意已決。太子殿下是知曉我的決定的，他的意思是，我大婚後再逐出花家。」頓了頓，她勾了一下嘴角，笑著說，「哥哥若是捨不得我，便為我準備一大筆豐厚的嫁妝好了，風風光光地讓我嫁入東宮，我以後身為太子妃，不能輕易去賭場了，總要銀子多些傍身。」

安十六點頭，依照花顏所言，給花灼傳回了話。

同時，花顏又對他說：「西南境地因我因花家造成這般境況，雖對太子殿下來說算得上是好事兒一樁，但也打破了他多年謀劃，我們是該助他平順西南。哥哥既然有話，我問問太子殿下，看看他需要你們做些什麼。」

安十六頷首。

花顏便對雲遲將花灼的意思提了。

雲遲淡笑：「自然極好，戰火多少都波及了西南境地的百姓，我本來打算近日就從京城調派人過來輔助西南經濟，如今既有花家相助，就無須再從京中調人了，畢竟花家在西南境地扎根扎得深且做得好。」

花顏微笑：「你對花家倒是極其瞭解。」

雲遲含笑看著她：「也不是十分瞭解，否則也就不至於有皇祖母悔婚懿旨攔不下之事了。」

花顏抿著嘴笑：「這事兒竟讓你擱在心裡了，太后不喜我，好不容易廢了懿旨毀了婚，但你偏偏又將我娶回去，老太太怕是會氣得一病不起。」

雲遲淺淺淡淡地笑：「我再三囑咐，皇祖母依舊一意孤行，不顧我意願，私自作主，她也該是時候知道我說作自己的主，誰也干涉不得了。」

花顏笑看著他：「她也是為了你好，畢竟不育之症，任誰都受不住。」

雲遲扶額：「這事兒要怪梅舒毓，我還沒找他算帳呢。」

花顏聞言嗔了他一眼，「你是沒找他秋後算帳嗎？他來南疆後，你以讓他赴南疆王室宗親的宴為幌子，其實就是藉機算帳，想讓他栽在葉蘭琦的手中。這帳算的不聲不響，若不是我，他定然啞巴吃黃連有苦說不出。」

雲遲失笑：「算他命好，本就該讓他長長教訓，不該惹我，偏偏你救了他。」

花顏輕哼一聲：「他是為了幫我，與我也算是交情深厚了，你以後不准再欺負他了。」

雲遲斜睨著她：「一個陸之凌要八拜結交，一個梅舒毓對我警告，你倒是都護著。」

花顏好笑：「都說宰相肚裡能撐船，你是太子殿下嘛，比宰相的官職要大的，手指縫漏漏，如今我都是你的人了，幫我還不是幫你？以前的事兒揭過算了。」

雲遲被一句我都是你的人了的話愉悅到了，伸手點她鼻尖，溫柔地說：「好，以前的揭過了，以後他們若是惹我，再算帳。」

花顏點頭：「事關國事兒，惹了你，我自然不護著，若是私事兒，另說。」

雲遲氣笑：「說到底，他們哪裡合你眼緣了？竟讓你一護到底了。」

花顏笑吟吟地說：「滴水之恩，湧泉相報嘛！」

雲遲又伸手改點她眉心：「若是誰都如你這般報恩，這天下何其太平。」

花顏嗔了他一眼，揶揄地笑著說：「你應該說都如我這般，要娶多少回家受累。」

雲遲又氣笑，伸手將她拽進懷裡，低頭吻下。

兩個人相處最好的樣子，該是什麼樣的，花顏不知道，但是她知道，只要有心，每一日都不會過得累會開心順心的！

花顏得了雲遲的話，當日便將安十六叫到了雲遲的面前。

雲遲看著安十六，將一塊令牌遞給他，溫聲對他說：「你拿著本宮的令牌，去尋安書離與陸之凌，讓他們配合你，戰火蔓延之地，定要幫我做好善後安撫之事。百姓無辜，西南境地的亂後恢復，就靠臨安花家了。」

安十六恭敬地接過令牌，頷首，鄭重地說：「多謝太子殿下信任，在下一定辦好此事。」

雲遲笑著說：「本宮相信你能辦好。」

安十六又轉向花顏：「我將十七調回來給少主用。」

花顏搖頭：「不必，你們只做好這件事兒就好，我在行宮，又沒危險。不用擔心。」

雲遲淡笑道：「如今就不必了，待她嫁入東宮時，你們做陪嫁就好了。」

安十六面皮抽了抽，無言片刻，說：「在下這便啟程。」

花顏瞪了雲遲一眼，笑著擺擺手，囑咐：「萬事小心！」

安十六頷首，出了正殿，又對秋月交代了一番，當日便啟程離開了南疆都城。

秋月睡了半日又一夜，第二日逕自琢磨了一日，到了晚間，興沖沖地來找花顏：「小姐，我想到為太子祛除心脈毒素的法子了。」

花顏聞言自然高興，問她：「什麼法子？快說說！」

秋月看著她說：「既然太子殿下的毒素是由小姐您的身體內運功為您祛除時引過去的，那麼，就由您再引回來啊！您二人的功力同宗一源，反正您體內也有一半毒素，再引回來，無非就是多一點毒素而已，對您沒什麼影響的，再與原先遺留的那些毒素一起祛除就是了。」

花顏頓時笑了：「這倒是個絕佳的法子，可是我體內的內息調動不了多少，怕是引不動入了他心脈的毒素，你要先想辦法幫我打通幾處穴脈，讓我能自主地順暢地調動內息。」

秋月立即說：「這個簡單，奴婢在一旁運功助您，一日不成，三五日總能做到的，再輔助我從師父手裡拿的通經丹，定能事半功倍的。」

花顏笑著點頭：「好！」

接下來幾日，秋月幫助花顏疏通經絡，讓她本來阻塞的內息漸漸地變得順暢。

五日後，花顏為雲遲運功引渡他體內侵蝕心脈的毒素，秋月在一旁運功輔助，雲影等十二雲衛護法。

雲遲侵蝕心脈的毒素似在他體內扎了根發了芽一般地頑固，花顏本就只恢復了幾成武功，還要壓制著體內本有的毒素不再被引過去，是以十分的艱難。

不過半個時辰，她額頭便有大滴的汗珠子滾落。

雲遲開口：「不要強撐，再換別的法子吧！」

花顏搖頭：「不行，這是最好的法子。」

秋月輔助花顏也不輕鬆，眉頭緊蹙，擔心地說：「小姐，您先撤手，我來運功為太子殿下祛毒，不行此法了。」

這時，雲影開口：「我與殿下武功學屬一脈，我來吧！」

花顏搖頭，咬牙說：「雲影，這樣，既然你與雲遲武功學屬一脈，那與我武功也是有淵源，你與秋月一起來助我。我便不信了，這麼點兒毒素，我們三人之力，還拔不出來它。」

雲影聞言看向雲遲。

雲遲搖頭：「你不要冒險，聽話。」

花顏道：「我有分寸，再試試，若是實在不行，我就收手。」

秋月琢磨之下，也咬牙：「那就再試試。」

雲遲無奈，對雲影點頭。

雲影當即盤膝坐下，將自己手也放在花顏後背。

有了雲影高絕的武功加入，花顏頓感一陣輕鬆，她讓自己的內息絲絲地纏入雲遲的心脈，將毒素密不透風地包圍住，然後再一絲絲，一縷縷地拔出。

終於，侵蝕盤踞在雲遲心脈處的毒素緩緩地隨著花顏的內息外移。

秋月驚喜：「成功了！」

花顏也露出笑意，咬緊牙關，不敢有絲毫大意，生怕出一絲差錯。

花顏本就身體未癒，半個時辰後，即便有雲影、秋月相助，她依舊有些氣力不支，額頭又有大顆的汗珠子滾落。

雲遲見了，立即說：「停手！」

花顏搖頭：「還差一點點，就一點點，你別說話。」

雲遲眉頭擰緊。

秋月這時也開口：「既然是一點點，明日再拔除就是了。」

花顏搖頭，明日她不知道還能不能提起功力，咬牙說：「一盞茶。」

秋月額頭也冒了汗，猜到花顏的想法，只能住了口，不再勸說。

雲遲看著花顏的臉一寸寸地白下去，養了這麼久的氣色似又白養了，他伸手要攔她。

「別動！」花顏輕喝了一聲。

雲遲手頓住。

雲影額頭也一樣落了汗，內息更是源源不斷地送入花顏體內。

一盞茶時分，花顏終於將雲遲體內最後一絲毒素引入了她自己體內，她緩緩地撤回手，身子一軟，眼前一黑，一口鮮血吐出，昏死了過去。

雲遲面色大變，伸手接過她軟倒的身子。

秋月喊了一聲：「小姐！」

雲影也驚駭了：「太子妃！」

花顏一動不動，臉色如紙一般。

雲遲立即看向秋月，嗓音沙啞，急聲道：「快，給她把脈！」

秋月連忙伸手給花顏把脈，片刻後，她臉色發白地伸手入懷，拿出一堆瓶瓶罐罐，抖著手從中掏出一個，倒了三顆藥丸，塞進了花顏口中。

「這是什麼？她怎麼樣？」雲遲立即問。

秋月定了定神：「這是三顆固元丹，小姐耗費僅有的功力，硬撐之下，透支過度，怕是要昏迷幾日了。」話落，補充，「性命無礙，但以前的傷怕是白養了。」

雲遲抿唇，鬆了一口氣的同時，低聲說，「怎麼就這麼固執倔強？我都說了停手了。」

秋月看了雲遲一眼，他的臉色也十分蒼白，她低聲解釋：「小姐是知道自己一旦收手，短時間怕是再提不起內息，今日所做，就前功盡棄了。所以，寧願自己受傷，也要將太子殿下體內的毒素除去。」

雲遲也料到了，不再言語。

秋月忍不住紅了眼眶：「小姐對太子殿下如今也是極好的了。她自小就這樣，待誰好都是掏心掏肺的，從來不顧自己安危。」話落，她哽咽地咬了咬牙說，「太子殿下既然非娶小姐不可，不惜一切代價，以後萬不要負了她。」

雲遲點頭，慎重地說：「不會的，得她我如獲至寶，寧負我自己，也決不負她。」

秋月聞言心下舒服了些，站起身，揉了揉眼睛：「我去重新調整藥方。」

雲影也站起身，退了下去。

雲遲抱著花顏待了片刻，才喊采青進來，幫花顏找乾淨的衣物換上，收拾榻上的血跡。

秋月重新調整了花顏的藥方，同時又給雲遲把脈，也重新開了一個藥方，小忠子親自去抓了藥，與采青一起，不敢離開地盯著煎了兩副藥。

雲遲喝過藥後又喂花顏喝藥，滿嘴的苦味他絲毫不覺得苦。

她這樣的人兒，誠如秋月所說，決定待誰好，便是掏心掏肺的，如今她待他好，是真真正正地待他好，哪怕自己受傷。

他心中被甘甜溢滿，覺得與她這樣相濡以沫地過一輩子，一定不枉此生。

花顏這一次昏睡，足足睡了七日才醒。

秋月每日給花顏請脈，診治她體內毒素同時也會隔兩日為雲遲請脈，調整他的藥方。

七日之後，花顏醒來，睜開眼睛，便見雲遲倚著床沿，在看信箋。

外面天氣晴好，風和日麗，窗子半開著，有隱約的花香飄進屋中。

她剛剛轉過頭，雲遲便發現她醒來了，當即放下信箋，對她溫聲說：「總算是醒了，你若是再睡下去，我連秋月這個天不絕的弟子也懷疑了。」

花顏扯動嘴角，對他笑了笑，開口嗓音沙啞：「我睡了幾日？」

「七日。」雲遲伸手扶起她，抱在懷裡，下巴貼在她臉頰處，輕輕地摩擦了兩下，低聲說，「下次萬不可再如此了，你說我不愛惜自己，你自己又何曾愛惜自己？你這般傷勢加重，昏迷不醒，我極為煎熬難受的。」

花顏靠在他懷裡：「昏睡七日而已，也不是大事兒，你體內的毒素，清除乾淨了沒有？可讓秋月診脈了？」

「診了，她每隔兩日就為我請一次脈。清除乾淨了，在她的照看下，我後背的傷勢都痊癒了一半了。」雲遲低聲說，「是看在你的面子上。」

花顏笑：「清除乾淨就好，不枉我睡這七日。」

雲遲低聲問：「要不要喝水？」

花顏點頭。

雲遲讓她靠在靠枕上，起身給她倒了一杯清水，又扶著她喝下。

花顏覺得渾身乏力，想著這副身子真不禁折騰，嬌氣著了。

雲遲又問：「餓不餓？」

花顏點頭：「有一點兒，我想吃麵。」

「清湯麵？」雲遲問。

「什麼麵都好，只要是麵就好。」花顏不挑地說。

雲遲放下水杯，對他說：「我只會做清湯麵，你既然不挑，就等等，我親自去給你做。」

花顏連忙伸手拽住他，軟軟地拉著他衣袖，笑著說：「讓廚房做就是了，君子遠庖廚，更何況堂堂太子，怎麼能下廚呢？」

雲遲失笑：「我不是君子，太子如何不能下廚？」

花顏看著他，見他一副認真的神色，笑著問：「你做的麵好吃嗎？」

雲遲搖頭：「不知道，只做過一次。」

「什麼時候？」花顏問。

「十三歲我生辰時。」雲遲想了想說。

花顏眸光動了動，戲謔地說：「我記得你是在十三歲生辰時為趙清溪畫的美人圖吧？難道那時也做了清湯麵給她？」

雲遲失笑，伸手點她眉心：「是那一日從趙宰輔府回去，我獨自一人去了廚房，做了一碗生辰麵，但是後來沒吃。」

花顏揚著臉看著他：「為什麼沒吃？什麼緣故？」

雲遲笑說：「你要是吃我給你做的麵，我就跟你說說。」

花顏頓時笑了：「好啊，那你快去。」

雲遲起身，說了句你等著，便出了內殿。

他剛離開，秋月就歡喜地進來了，紅著眼睛說：「小姐，你總算是醒了，你若是再不醒，太子殿下就該懷疑我的醫術了。」

花顏看著她才沒來幾日，生生熬瘦了一圈，笑著說：「你的醫術不必懷疑。」

秋月眼睛更紅了：「奴婢都快被你嚇死了，再這樣來幾次，奴婢會短命的。」

花顏笑起來：「下不為例。」

秋月輕哼了一聲，向外瞅了一眼，神祕地說：「太子殿下去廚房了。」

花顏抿著嘴笑：「我說想吃麵，他說去給我做清湯麵了。」

秋月睜大了眼睛，有些不敢置信：「太子殿下會下廚做麵？」

雲遲說會自然是會的，花顏也覺得天方夜譚，就不知到時做出來的麵能不能吃了。

秋月立即說：「我去廚房看看，若是不能吃，總不能真讓你吃啊，會吃壞的。」說完，她轉身跑了出去。

花顏連攔都沒來得及，不由好笑，暗想著雲遲清湯麵還沒做出來，就被嫌棄了。

不過也沒辦法，誰叫他是太子呢，以他的身分，無論是皇宮的御膳房，還是東宮的大廚房，任誰見他去廚房，都會誠惶誠恐地將他跪地三拜請出來的。

讓太子殿下下廚，那是多了不得的事兒啊！

花顏頗有興致地靠著靠枕想著，不知雲遲的清湯麵要等多久能端來，會被秋月扼殺在搖籃不過來？她還是祈盼能端來，不好吃也沒關係，她餓了，可以吃下去的，只要熟了就行。

嗯，生一點點也行的。

一頓飯的功夫，秋月跑了回來，氣喘吁吁。

花顏看著她，她臉上的表情十分複雜，不知是驚嚇還是驚喜，便笑著問秋月：「怎麼了？你這副樣子，難道他做出的東西……不能吃？」

秋月癟癟嘴，幾乎要哭出來：「奴婢從來就沒想過太子殿下竟然會下廚，而且那一碗清湯麵比咱們花家的花娘做的還要好，味正湯濃，色澤也好看極了……」

「原來是做得極好啊！」花顏放心了，又不解地看她，「他做得好，你這副表情做什麼？」

秋月要哭不哭要笑不笑：「公子喜歡吃清湯麵，奴婢跟花娘學了多久，怎麼也學不出她做的味道。太子殿下這個從不下廚的人，怎麼就能做得這麼好呢？」

花顏大笑：「和著原來是戳到你的傷心處了，在這裡嫉妒呢！」笑夠了，安慰秋月，「乖哦！是哥哥挑食，我就覺得你做得比花娘做的好吃。」

秋月破涕為笑：「小姐最會安慰人。」

雲遲親自端了清湯麵進來，托盤裡放了兩碟小菜，他笑著看了秋月一眼，轉而對上花顏更是彎了眉眼，溫聲說：「需要涼一涼，正巧你要梳洗一下，一會兒正好吃。」

隨著雲遲進屋，清湯麵的香味也飄散了滿室。

花顏盯著他手中的托盤瞅了又瞅，聞了又聞，誠然地覺得秋月說的對極了，沒下過廚房的人，怎麼能做出這麼好的清湯麵呢？

不得不說，有一種人，做什麼都是有天賦的，讓人嫉妒。

秋月早已嫉妒得心裡冒泡了，瞅著那碗清湯麵，恨不得是自己做的，伸手扶花顏下床梳洗。

雲遲放下清湯麵，走到床前，對秋月說：「我來吧！」

秋月這些日子是見識到了雲遲怎麼對待花顏的，無微不至的照顧讓她都覺得太子殿下對小姐的這份心十分不容易，貴為太子，卻親力親為，才更難能可貴。

她點點頭，鬆開了手，走了出去。

雲遲為她淨面後，又拿過梳子，幫她簡單地綰了髮髻，然後也跟著她坐下，坐在她身旁，拿起筷子，挑了麵餵她。

花顏看著送到她嘴邊的麵終於忍不住笑起來，軟軟地說：「太子殿下啊！您若是對我這般個侍候法，會把我養廢了的。」

雲遲莞爾：「養廢了也不怕，以後就這樣一直養著你。」

花顏嗔了他一眼：「四肢不勤，五穀不分，可不是什麼好事兒。堂堂太子的威儀往哪裡放呢。」

說完，奪過他手裡的筷子，自己慢慢地吃了起來。

雲遲任她奪了過去，便倒了一杯茶水，笑著問：「好吃嗎？」

花顏「唔」了一聲，「好吃死了。」

雲遲面上笑意濃了幾分：「好吃就行，我真怕做出來讓你食不下嚥。」

花顏偏頭瞅著他笑：「怎麼會呢？你做出這清湯麵來，把秋月都打擊得嫉妒死了。她為我哥哥學做清湯麵，怎麼也做不出更好的味道，一直都覺得自己笨。」

雲遲低笑：「是嗎？倒是沒想到，她去廚房後死死地盯著我，那模樣似乎生怕我做出毒藥給你吃。」

花顏大樂。

雲遲微笑地看著她：「快吃吧，一會兒涼了。」

花顏點頭，一根根地挑著麵吃著，慢悠悠的，一點兒也不怕吃涼了的樣子，同時對他說：「講故事啊！」

雲遲放下茶盞，笑著問：「當真要聽？」

「自然。」花顏面色揶揄地笑看著他，「少年心事兒，不會不好意思說吧！」

雲遲失笑，眉目染上了九天之色，青青的雲彩，似住進了他眸光裡，他笑著說，「算不得是少年心事兒，沒有不好意思之說。」

花顏挑眉，笑著說：「那我就洗耳恭聽了。」

雲遲笑道：「那一年，我生辰之日，父皇在病中，我不想他費神，推脫了他要在皇宮為我辦生辰宴的提議。趙宰輔聽聞後，便對父皇說，他與我算是半個師徒情分，便在趙府為我簡辦生辰宴，父皇准了，於是，下朝後，我就被請去了趙府。」

花顏點頭，暗想著故事由此發生了，她十分感興趣地瞧著他。

雲遲微笑：「我提前與趙宰輔說了，不喜人多，趙宰輔也應了，果真在那一日，沒請幾個人，除了姨母和蘇子斬，還有梅府的幾位表兄弟姐妹，還有我三位皇兄兩位皇姐幾位弟弟妹妹，以及與我交情還算不錯的安書離、陸之凌以及幾位世家公子和他們的姐妹。」

花顏頷首。

雲遲見她聽到蘇子斬的名字不見異樣，笑著繼續說：「那一日人少，鬧騰了些，我喝了不少酒，打算回東宮，陸之凌卻拽著我說回去那麼早做什麼？我整日拘束著自己，不累嗎？非拉著一眾人說要陪我玩個盡興。」

花顏笑著接話：「陸之凌是個喜歡熱鬧的性子。」

雲遲點頭：「從投壺到鬥技，無所不玩，贏了的人有彩頭，輸了的人罰喝酒，到後來，演變成了不想喝酒或者喝不下的人，不要彩頭，答應贏的人一個要求。」

花顏忽然抓住了重點，含笑看著他：「你輸給了趙青溪？」

雲遲笑著看了她一眼，搖頭：「於蕭上，我輸給了蘇子斬。他提了一個要求，讓我為趙青溪畫一幅美人圖。」

花顏一怔，有些訝異，沒想到當年雲遲為趙青溪畫美人圖是這麼個起始和初衷。

雲遲似想起了當年，笑容淡了下來，嗓音也微微染了絲溫涼：「我本要喝酒，趙青溪起身拜我，求我為她作畫，趙宰輔和夫人在一旁欣然贊同，趙府設宴本就是為我操持，我那時年少，得了這個人情，給了他這個面子，若是當眾駁了趙青溪，也就駁了趙宰輔和夫人的顏面。於是，權衡之下，我沒喝酒，便應允了。」

花顏頷首，分析說：「騎虎難下，自然要應允，一幅美人圖而已，總不能讓趙宰輔失了顏面，對於朝局，對於你，對於東宮，都有影響，不是好事兒。畢竟你那時年少，還沒掌控朝局。」

雲遲眸光暖了暖，微微點頭，輕歎：「是啊！那時父皇一年有大半年纏綿病榻，趙宰輔多年來輔助父皇支撐朝局，功不可沒，於我也算是半個老師，不可輕易得罪。然後我便為她作了幅畫，本就喝了酒，再加之有幾分少年心性，既然作畫，自然不想讓人說不好，所以，那幅畫便傳神了些。」頓了頓，又道，「趙青溪見了大約是喜不自禁，一時踩了裙襬，險些落湖，她就在我身旁，我隨手救了她免於落水。」

花顏眨眨眼睛，吃著麵，腦補了一下當時畫面，揶揄地笑著說：「少年少女，當時情形，必定是風景如畫的，才被傳成了一段風月情事兒。」

雲遲淺笑，淡淡溫涼：「也許吧！當時我雖然喝了不少酒，但腦子也還算是清醒的，所以，趙清溪道謝並討要那幅畫時，我隨手收了起來，說沒畫好，羞於拿出手，便遞給了小忠子，帶回東宮了。」

花顏笑問：「後來什麼時候毀了的？」

雲遲溫聲說：「進了東宮，我在宮門口站了許久，後來胃裡難受，想起昔日母后會在我生辰時為我煮一碗清湯麵，我便依照她做麵的記憶，去了廚房自己做了一碗麵，但做完後，又不想吃了，便吩咐小忠子將麵倒了，順帶讓他連那幅畫也一起毀了。」

花顏沒想到是這樣的過程，疑惑地看著他：「那時你看著那碗自己親手做出來的麵，在想什麼？卻下了不娶趙清溪的決定？」

雲遲目光有些飄遠：「普天下的人，都稱讚母后母儀天下，是天下所有女子的典範，京中一眾閨閣小姐，以趙清溪為首，似乎都在或多或少地被教養著仿效母后的樣子。可是，母后年紀輕輕，便已成紅顏枯骨，被無數人稱好有什麼用，她不能陪著我長大，看我東宮落成，不能看我有朝一日娶太子妃，更不能每年在我生辰之日都為我做一碗清湯麵。」

花顏心下動容，吃盡了最後一根麵條，一滴湯後，拿過帕子，輕輕地擦了擦嘴角，笑看著他問：「你生辰是冬至日那一日吧？那時以南楚京城來說，湖水已經結冰了，趙清溪落湖，也不會被淹的，那時，你是稍微有點兒喜歡她的吧？」

雲遲淡淡地笑了笑：「也許吧！已經不記得了。」

花顏抿著嘴笑：「那般年少，卻將自己束縛得深，斬情乾脆，真是果決的很。怪不得後來漸漸地有了涼薄的名聲。」說完，她眉眼含笑看著他，柔聲說，「以後你生辰日，你負責做兩碗麵，我陪你一起吃。」

花顏覺得雲遲這一碗清湯麵，連花家的花娘做的都不及他好。

他能做得好，她又何必費力氣非要學著去做？

有一個人會做就夠了！

她只陪著他吃應該也就夠了。

雲遲聞言笑容如三月春風，笑著伸手將她抱在懷裡，揉著她的頭柔聲說：「好，以後每年生辰，我就做兩碗清湯麵，你陪著我吃。今年入冬前，我們一定要大婚，以後，我的每一個生辰，你都陪著我。」

花顏笑著點頭：「好。」

雲遲笑著說：「我記得你的生辰是三月初三，當初皇祖母提到婚期不能繼續拖著時，我給你傳話，說派人去臨安接你進京，那時便算著日子想著在東宮給你過生辰，後來你在進京的路上走了一個半月，生辰也就錯過了。」

花顏笑著說：「我以前每年都是不過生辰的。」

雲遲一怔：「為何？」

花顏目光有些飄忽，不過一瞬，便笑著說：「三月初三，王母娘娘的蟠桃會嘛，是神仙過的節日，我又不是神仙，與神仙同賀，被神仙怪罪怎麼辦？」

雲遲敏銳地捕捉到她眼底的那一抹飄忽，這抹飄忽他很是熟悉，那一日，她犯了癔症，便是這種神色，他壓下心中的疑惑，失笑：「哪裡有這樣的說法？」

花顏笑著說：「怎麼沒有這種說法？你身為太子，高高在上，即便體察民情，也不見得體察得面面俱到，你自然不懂民間的習俗。」

雲遲笑著說：「好，我不懂民間的習俗。」頓了頓，把玩著她一縷青絲說，「你的生辰是上天所生，賀生辰神仙又怎會怪罪？以後，我陪你一起賀生辰。」

花顏抿了一下嘴角：「還是算了，一個生辰而已，你也不必替我記著。你以後每天都對我好，比陪著我過一個生辰要好千萬倍。」

雲遲瞧著她半晌，才低笑：「好，聽你的。」

花顏靠在雲遲懷裡，轉了話題，對他笑問：「我昏睡這些天，外面情形如何？南疆王和公主葉香茗你如何處理了？」

雲遲溫聲道：「安書離和陸之凌收編了二十萬勵王軍後，兵分兩路，分別去對付西蠻和南夷了。南疆王和葉香茗如今還被押在天牢裡，我未曾理會。」

花顏算計著陸之凌離開南疆都城的日子，如今已經過去十多日了，他在雲遲面前也算是立了軍令狀，一個月徹底收服西南，時間緊迫，與安書離兵分兩路，著實能省時間。
她點點頭，問：「你打算怎樣處理南疆王和葉香茗？」
雲遲搖搖頭：「還沒想好。你可有主意？」
花顏想了想說：「南疆王下罪己詔，最起碼幾年之內，他一定要活著，廢了他，圈禁他活幾年好了。而葉香茗，能渺無聲息離開蠱王宮去找勵王，回來後即便被你困在機關密道裡，出來後仍舊使得本已經乖覺了的南疆王刺殺你，不是個簡單的女人，殺了吧！」
雲遲頷首：「好。」
花顏挑眉，笑看著他：「太子殿下這便採納了我的主意？要知道，我隨便說說的，皇家不是自古便有女子不得干政嗎？」
雲遲微笑：「那是以前，自我起，你干政自然是可以的。」
花顏失笑：「女人干政，為禍社稷啊！」
雲遲目光溫柔地看著她：「你會嗎？連太子妃都不想做，怎麼為禍社稷？」
花顏抿著嘴笑，想到了什麼，笑容漸漸地消失了，轉頭埋在他懷裡，嘟囔了一聲：「我又犯睏了。」
雲遲抱著她起身，來到床邊，將她放在床上，隨著她躺下，擁著她說：「你睡了七日剛醒來，精神不濟也是正常，睏就睡吧，我陪著你。」
花顏點點頭，閉上了眼睛。
雲遲見花顏不多時便在他懷裡睡著了，暗暗地想著，她的心裡到底藏了什麼，埋藏的那麼深？她的生辰日，可與癔症有關？

他起身，走出房門，對小忠子問：「秋月呢？」
小忠子連忙回話：「回殿下，秋月姑娘在藥房。」
雲遲點頭，向藥房走去。
小忠子連忙跟上：「您若是想喊秋月姑娘，奴才去喊她來就是了，殿下不必親自去。」
雲遲搖頭：「我有事情要問她。」
小忠子住了嘴。
雲遲來到藥房，見秋月正在擺弄藥材，他站在門口，並沒有進去，對她說：「秋月，我有一樁事情要問你。」
秋月立即起身，疑惑地看著雲遲：「小姐又睡了？」
雲遲點頭。
秋月猜想雲遲要問什麼，試探地說：「殿下問吧，若是能回答的，奴婢一定回答。」言外之意就是不能說的，她是一個字也不會說的。
雲遲負手而立，對她的話沒意見，溫聲問：「她的癔症，是怎麼來的？」
秋月沒想到雲遲問的是這個，她已經從賀言口中聽說花顏犯癔症之事了，這幾日也在想著小姐的癔症不是好了嗎？怎麼又會犯了？她都有一年沒犯癔症了呢。
她咬了一下嘴角，琢磨片刻，覺得此事可以與雲遲說說，畢竟以後小姐是要嫁給他的，若是小姐再犯了癔症，有他在身邊，也能及時照看。
於是，她低聲說：「小姐的癔症是生來就帶的。」
雲遲眸光微縮：「生來就帶的？她的生辰是三月初三，也就是說，她出生之日，就有癔症，不能治的癔症？可有緣由？我知你師父天不絕給她配了藥，天不絕怎麼說她的癔症？」

秋月點頭：「是生來就帶的，小姐的生辰的確是三月初三，奴婢識得小姐時，她六歲，帶著花家的人困了師父為公子治病，公子同時讓師父為她看診，師父說公子的病雖然也是出生就帶的，但那是來自父母之因，昔年，老爺曾中過一種十分罕見的毒，夫人是在老爺中毒時懷了公子，所以，這是因母胎裡的毒異變，才使得公子出生就有怪病，但小姐，沒有緣由，就是生而帶來的，師父說他也探不出病因。」

雲遲不解：「怎麼這般罕有聽聞？」

秋月歎了口氣：「公子說，小姐的癔症與命有關。」

雲遲問：「什麼命？」

秋月琢磨著，不知道該不該將花灼的話說給雲遲聽，她猶豫半晌還是搖頭：「奴婢也是聽公子這般說的，具體的，奴婢也不知，若是殿下想要探尋，待有朝一日見了公子，問他好了。」

雲遲挑眉：「你不能說？」

秋月點頭：「奴婢也只是聽公子說過隻言片語，怕誤導了殿下您，畢竟事關小姐，還是小姐或者公子說給殿下聽吧！」

雲遲頷首：「也罷！」

秋月想了想，又說：「小姐已經有一年多沒有犯癔症了，不知為何，竟又犯了，我原以為小姐的癔症已經好了，畢竟小時候，她是隔一段時間就會犯一次的，犯癔症的時候，似整個人都沉靜在自己的世界裡，任誰也進不去。」

雲遲溫聲說：「那一日，我先睡了，她似是在看我，看著看著，便犯了癔症了。」

秋月驚詫：「竟是這樣？」

雲遲頷首：「不過我覺得，她在看我，又不似在看我，似透過我在看遠處。」

秋月躊躇半晌，還是說了句：「公子說太子殿下是小姐命定的劫，生而帶來，既是癔症，也是她的命。這話奴婢不懂，但細思極恐，想必，癔症是與太子殿下您也有關聯的。」

雲遲愣住。

秋月咬了咬唇：「奴婢跟隨小姐這麼多年，隱約知曉她心中是藏著很深的東西的，但沒有人能撬開。殿下既非娶小姐不可，萬望您能包容她的一切，小姐如今便待您好，她這個人就是這樣，待誰好，會越來越好，以後會待您比如今更好的，您千萬不要負她。」

雲遲看著秋月，這是她第二次對她說不要負花顏的話，他微微點頭。

花顏就如一本上好的稀世珍寶，拂去一層層灰塵，露出璀璨的光華。他珍之視之，一直以來，夢寐求之。又怎會負她？

他對秋月說：「與我說些她的事兒吧，從小到大的，什麼都行。」

秋月聞言想起了花灼給蘇子斬的那些卷冊，每一卷都記錄著花顏的事蹟，有聽小姐說的，有她講給公子聽的，還有花家的兄弟姐妹們講給公子聽的，從小到大，一百多冊，都是公子親筆所錄。那時候，無論是公子，還是她，還是花家的一眾人等，都以為，蘇子斬會和小姐終成眷屬，所以，公子對蘇子斬，未有半點藏私，拿他當了妹婿。

可是沒想到，兜兜轉轉，小姐還是與太子緣分深厚，扯不開，定要嫁給他。

那些卷冊，既然給了子斬公子，便是他的了，不能再拿回轉給太子殿下。

而他也只有那些卷冊了……

秋月為蘇子斬心疼，卻又覺得雲遲也極好，臉色變幻了一會兒，點點頭，輕聲說：「若是殿下願意聽，奴婢自然可以與您說一些的。」

雲遲聞言對小忠子說：「去搬一把椅子來。」

不多時，小忠子搬來了椅子，雲遲坐下，一副洗耳恭聽的模樣。

秋月拿了個軟墊，墊在臺階上坐下，與她說起了花顏的一些事兒。

她隨著花顏從小到大沒少鬧騰，脾氣秉性學了她幾分，時常出入茶樓酒肆，說書先生的書沒少聽，更甚至，缺銀子時也不總去賭場，有時候倆人易容去說書賺些銀子，所以，她說出來的事兒也是極生動有趣聲情並茂的，甚至比說書先生講得還要好。

雲遲聽得有趣，時而笑出聲。

小忠子、采青也在一旁跟著聽得開了眼界，沒想到人還可以有這般有趣的活法。

花顏做過很多事兒，六歲帶著花家的人困住了天不絕，拘著他為花灼治病，從小到大，想方設法地欺負花灼讓他有生機，激勵他活著的意志，拉著秋月逛青樓，下賭場，去茶樓說書，甚至還賣身入鏢局做鏢師跟著人押鏢走鏢……

諸多事情，不勝枚舉。

花顏給雲遲講起的那幾個小段子，不過是無數中的小小的一件。

雲遲聽得有趣，天黑下來時，似還沒聽夠的樣子，小忠子、采青也與他一樣。

秋月卻是口乾舌燥說不動了，對雲遲做了個告饒的手勢：「太子殿下若是想聽，以後就讓小姐隔三差五和您說說吧，奴婢再說下去，嗓子要廢了。」

小忠子在一旁連忙遞上茶水：「秋月姑娘，喝口水，再說些嘛。」

秋月無語地接過茶水，對小忠子說：「不是你的嗓子，你不心疼是不？」

小忠子撓撓腦袋，有些不好意思。

雲遲含笑起身，溫聲說：「罷了，今日就到這兒吧！把她累壞了，太子妃要心疼怪我的。」

小忠子頓時住了嘴，覺得這話極對。

秋月長吐了一口氣，總算解放了。

雲遲回到房間，花顏依舊在睡著，不過睡得似乎不大安穩，他褪了外衣，上了床，將她抱在懷裡，輕輕地拍了拍她。

花顏眉目舒展開，不一會兒，睜開了眼睛。

雲遲微笑：「吵醒你了？」

花顏「唔」了一聲，搖頭，見屋中光線昏暗，她啞著嗓子問：「何時了？」

雲遲溫柔地說：「天快黑了，到了用膳的時間了，你可餓了？」

花顏搖頭：「不太餓。」

雲遲想了想說：「那也要吃些，讓小忠子吩咐廚房熬些清粥吧，多少吃一些。」

花顏點頭：「好。」話落，伸了個攔腰，對雲遲軟喃喃地說，「你幫我揉揉，渾身痠軟，不能再躺下去了。」

雲遲笑著伸手幫她揉按胳膊腿腳，同時說：「一會兒吃過晚膳，我帶你去院中遛遛。」

花顏哼唧一聲：「是走走，說什麼遛遛？聽著跟遛狗似的。」

雲遲失笑，改口：「好，是走走！」

花顏醒來之後的飯菜廚房賣了力氣，粥就做了好幾樣，小菜更是擺了滿滿的一桌子。

雲遲伸手要將花顏抱下床，她卻搖頭，推開他，慢慢地自己下了地。

雲遲只能扶著她走到清水盆前看著她自己淨了手，又扶著她走到桌前坐下，無奈地說：「怎麼就不讓我幫你呢，累了自己一身汗。」

花顏軟趴趴地趴在桌子上，笑嘻嘻地說：「我怕習慣了啊！如今你每日有大把的時間，這日子就跟偷得浮生半日閒一樣，待回了南楚京城，你又會忙得腳不沾地了。屆時，把我慣出了毛病，可怎麼辦？」

雲遲失笑：「原來是擔心這個，這個好說，我每日將你帶在身邊就是了。」

花顏一副敬謝不敏的表情：「不要，我以前不怕御史台彈劾，不怕朝臣對我不滿，不怕皇上太后找我麻煩，那是因為我不想做你的太子妃，以後可不一樣了，我還不想再在京城四處樹敵，無立足之地。」

雲遲淺笑：「你的易容功夫不是絕妙得很嗎？屆時易容跟著我就是了。」

花顏眨眨眼睛，好笑地看著他：「這也行？」

「行的。」雲遲微笑，「免得到時候你整日在東宮無趣。」

花顏托腮說：「我可以出東宮四處溜達嗎？」

雲遲淺笑：「待我休沐之日，可以帶著你出宮四處溜達，尋常時候，你陪著我一起，否則你自己溜達也沒趣不是？我自己上朝處理政務，也枯燥得很。這樣一來，兩全了。」

花顏大樂：「太子殿下，您還挺會為以後打算啊！」

雲遲揉揉她的頭，軟軟的秀髮讓他心尖溢滿溫柔：「我捨不得將你關在牢籠，我自己雖然走不出那個牢籠，註定背負江山的重擔和責任，但也希望你陪著我過得快樂。」

花顏心下觸動，笑吟吟地看著他：「那我是易容成護衛好呢？還是暗衛好呢？還是小太監好呢？」

雲遲失笑，想了想說：「小太監吧！」

花顏瞧著他，笑著說：「你從小到大，只小忠子一個小太監隨身侍候，若是多出一個人，別人不會揣測嗎？」

雲遲搖頭：「不是只小忠子一人，他不過是我慣常得用，時常帶在身邊的，鳳凰東苑有好幾個的，屆時擇一人提到我身邊給你用來做幌子就是了。」

花顏抿著嘴笑：「好，那就這麼定了。」

雲遲點點頭。

用過晚膳，雲遲扶著花顏走出房門，在院中慢步。

秋月瞧見二人，夜色下，兩人相攜的身影風景如畫，她暗暗地想著，小姐與太子殿下這樣看，真是十分般配的。

接下來兩日，秋月為花顏調整了藥方，一步步地為她祛除體內的毒素，花顏每日要睡上大半日，但體內的毒素卻日漸減少。

雲遲的傷勢好了大半，體內的武功也被秋月調理得一點點恢復到了五六成。

在花顏醒著的時候，雲遲便陪著她閒談聊天，每日讓她說兩樁自己小時候的趣事兒，有時也偶爾說說自己的事兒，他的趣事兒不多，多年來，大多數時候，都是枯燥無味平淡如水的。

三日後，看守天牢的侍衛遞消息進行宮，說葉香茗想見花顏。

花顏有些意外，葉香茗要見她做什麼？她看向雲遲。

雲遲看了小忠子一眼，小忠子立即走了出去，對看守天牢前來報信的侍衛詢問了一番，只得到一句話，葉香茗不斷地說，她想見花顏。

花顏聞言笑了笑，對雲遲說：「行啊，她想見見我，我就見見她吧！」

雲遲道：「我讓雲影將她提來行宮。」

花顏搖頭：「咱們去一趟吧！順帶我也出去走走，透透氣。」

雲遲想著以她不拘束的性子，如今整日裡因養病被悶在行宮裡，的確是難為她了，點點頭：「也好。」話落，吩咐小忠子備車。

不多時，小忠子就備好了車，二人出了行宮。

第四十九章　熔爐百煉天下

雲遲在被刺殺當日，便命人將南疆王和葉香茗祕密地押入了天牢。如今，二人已經在天牢裡待了差不多半個月。

路上，花顏猜測著葉香茗為什麼見她，難道是南疆王見了她之後，與她提了她，所以，她好奇，想看看她？還是另有別的目的？

雲遲見花顏面露思索，微笑著說：「她不是愚蠢之人，應該能料到我不會留她性命，如今要見你，大約是為活命做打算。」

花顏笑了笑：「我不覺得我身上有什麼值得她打算的活命機會。」

雲遲溫聲說：「見了她就知道了。」

花顏點頭。

雲遲握住花顏的手下了馬車後，緩步走進天牢。雲影和秋月跟在二人身後近身保護。

南疆王和葉香茗是單獨關著的，一人一間，比鄰關押。

雲遲和花顏先路過南疆王的牢房，只見南疆王再無王者風範，萎靡頹廢，靠著牆坐著十分邋遢，本已經重返年輕，此時鬢角卻似有幾縷銀霜的髮絲。

他聽到動靜，抬眼便看到了雲遲和花顏，當看到雲遲容色清華，姿態自如，面色不見蒼白虛弱，身體不見半絲受傷的痕跡時，臉色一灰，未曾言聲。

雲遲只淡淡看了一眼南疆王，便越過他，向裡面的牢房走去。

花顏也掃了一眼南疆王，隨著雲遲來到了裡間。

葉香茗的姿態和面容比南疆王看起來要好很多，她同樣靠著牆坐著，但面色平靜，容色不見萎靡，依舊如往昔一般豔色照人，妖嬈風情。

聽到動靜，她半闔著的眼睜開，看向牢房外，通過鐵鑄的柵欄，看到了雲遲和花顏。

她聽聞花顏傳遍天下的名聲許久，也猜測許久那個讓太子雲遲非她不娶的女子到底是何模樣，如今一見，傳聞與眼前的女子相較一番，腦中只有一句話擰在一起，原來這就是臨安花顏。

她看起來不過二八年華，容色明媚，如上天能工巧匠鬼斧神工雕刻而成，淡施脂粉，輕掃娥眉，沒有滿頭珠翠裝飾，自成一幅上好的稀世名畫。

她站在雲遲身邊，分毫不被雲遲傾世姿容所掩蓋，如明珠一般，璀璨奪目。

她從出生以來自詡美豔天下，第一次有了一種自慚形穢之感。

她目光凝定地看了花顏許久，才啞著嗓子開口：「臨安花顏？」

花顏在葉香茗看她時，也同時在打量著她，不得不說，公主葉香茗的這份鎮定比南疆王要強上許多。她任葉香茗打量許久，見她終於開口，淺淺淡笑：「不錯，我是花顏。」

葉香茗盯著她又看了片刻，才轉眸去看雲遲，見他容色寡淡，目光溫涼，看著她不帶一絲情緒，而他的手卻攥著花顏的手，從走進來後再未鬆開。

她嘲諷一笑：「毀我南疆千年傳承的蠱王宮，能讓太子殿下喜歡的女子，果然不一般，我就在想，太子殿下怎麼會喜歡如此名聲不堪一無是處的女子。」

雲遲不語。

花顏淡笑：「公主想見我，不會是想說這麼兩句沒用的話吧？」

葉香茗點頭，又轉向花顏：「自然不是。」

花顏看著她：「洗耳恭聽。」

葉香茗盯著她，一字一句地道：「蠱王傳承千年，想奪蠱王的人，不計其數，但從來沒有人成功過，蠱王宮內外，不知道埋葬了多少鮮血白骨，你能闖入蠱王宮，奪了蠱王，可見本事，但也有天意在。蠱王一脈，大約是該絕於你手裡。」

花顏笑了笑：「也許吧！」

葉香茗看著她淺淡含笑的臉，眼含複雜地說：「你奪蠱王，是不是為了救人？太子殿下來南疆後，一直派人看顧蠱王，以西南的情形和我父王的配合，他彼時定然沒有要蠱王有失的打算。但那一日，你奪蠱王時，太子殿下的人明明遇到了你的人，卻不作為不攔阻，有意為你的人讓了路，才讓你和你的人順利地闖入了蠱王宮。」

花顏偏頭瞅了雲遲一眼，點頭：「你說得沒錯，我是為了救人。」

葉香茗見她承認，道：「這樣說，是我猜對了，蠱王除了是蠱毒的傳承外，它還能救人，不止能救中了蠱毒的人，只要是人有一口氣，哪怕閻王爺的生死簿判定了死，但有它入體，也能改造本體，祛除一切病痛死神，讓那人完好地活著。我想，你只能是為了這個來奪蠱王。」

花顏頷首：「公主很聰慧。」

葉香茗冷笑：「我不聰慧，若是聰慧，我早就在自己無緣無故被陸之凌攔截找碴刺傷時就該警醒了，早該在采蟲由葉蘭琦的身體莫名地進入到了梅舒毓的體內時父王動用血引使得采蟲重回葉蘭琦體內時便該警醒了。也不至於使我南疆失了千載傳承，蠱王一脈滅絕。」

花顏看著她：「你能猜到我是為了救人，雖然事後諸葛，但也足夠聰明了。比大多數糊塗的人強太多。」
葉香茗收起冷笑，看著花顏：「你真會誇人。」
花顏淡笑。
葉香茗轉頭對雲遲問：「太子殿下，你會如何判處我和父王？」
雲遲目光溫涼，嗓音也淡如涼水：「南疆王廢，圈禁，你，處死。」
葉香茗眼底露出果然的情緒，對雲遲說：「我還不想死。」
雲遲挑眉：「公主手裡可還有與本宮談判的籌碼？若是籌碼夠大，本宮可以饒你不死。」
葉香茗看著他說：「我手中的籌碼，興許對太子殿下無用，但是對花顏，想必有用得很，就看殿下為了她的有用，能不能饒過我了。」
「哦？」雲遲瞇起眼睛。
葉香茗轉向花顏，對她說：「你想必看過了蠱王書，知曉蠱王傳承以來，都是以每一代的南疆王和公主之血為引，一生要喂血兩次，一次是喂血認主，一次是終老以血傳承。」
花顏點頭：「沒錯。」
葉香茗忽然一笑：「但是你知道嗎？我自小修習蠱媚之術，是以噬心蠱魅惑蠱王來練的，即便你帶走了蠱王，去救了你要救的人，但是他得了蠱王入體後，每個月的月圓之日，都要受蠱媚之術掌控。」
花顏目光陡然地鋒利：「說明白點兒。」
葉香茗笑容燦然：「你要救的人即便用蠱王救活了，但以後每個月圓之日，都會為蠱媚所控，男子久而久之，會成為死在女人床上的那個人，女子會成為千夫所指的浪蕩婦。」

花顏心底陡然一寒，面上卻不露聲色，只眼神更鋒利地看著葉香茗，揚眉：「這倒是令我意外的一個消息，你的意思是，用這個，來換你的命？」

葉香茗看著花顏，不得不敬佩她聽到這個消息的鎮定，笑著點頭：「不錯，只有我能祛除你要救的那個人體內的蠱媚之術，若是太子殿下殺了我，早晚有一日，你要救的人，男子精盡人亡，女子也不得好下場。」

花顏看著葉香茗沉默許久，才緩緩笑了：「南疆公主葉香茗，果真名不虛傳。不止精通蠱毒之術，還練成了蠱媚之術，被你施了術的人，任誰也逃不出你的手心。彼時倒沒想過蠱王這隻蠱子也不例外。」

花顏是真沒想到葉香茗還有這樣的底牌，怪不得她十分鎮定，也覺得葉香茗的確算得上是個人物了，而這個條件，她不能不答應，為了蘇子斬，她毀蠱王宮奪蠱王，九死一生，甚至與雲遲交換，才拿到蠱王，她想讓他健健康康地活著，既然如此，她便不能讓他往後即便活著，去了寒症又添蠱媚之術折磨生不如死。

她轉眸看向雲遲。

雲遲在葉香茗開口時，便明瞭葉香茗的底牌和倚仗，也讚賞她竟然早已經將自己的蠱媚之術與蠱王牽連在了一起，怪不得有底氣。

他對上花顏看過來的目光，淡淡一笑，對葉香茗說：「你拿此來換本宮饒你一命可以，但是救了人後，你若是為禍，本宮一樣會殺了你。」

葉香茗倔強地一笑：「除了我的命，還不能讓我父王成為廢人，圈禁他可以。這是我作為女兒應有的孝道，望太子殿下一併成全。至於以後，我沒想過，如今我只是還不想死而已。」

雲遲頷首：「好，本宮一併成全你。」

葉香茗看著雲遲，又轉向花顏：「太子殿下對你可真好，你要救的人，是南楚武威侯府公子蘇子斬吧？當年我父王為武威侯夫人解寒蟲蠱時就說過，她所生之子活不過二十，如今算起來，也差不多到了期限。」

花顏點頭：「不錯。」

葉香茗忽然一笑：「讓我猜一下，你喜歡的人是蘇子斬，所以，不想嫁給太子殿下，弄糟了自己的名聲，只為悔婚。如今落在了太子殿下的手中，以太子殿下對你之心，既然你送上門，他自然不會再放開你。所以，他將所有的罪名都扣在我父王的身上，包庇你毀了蠱王宮之罪，欺騙了所有西南境地的人，他為你做到這個地步，你只能嫁給他了。」

雲遲面無表情地看著葉香茗，未開口阻止她這番猜測。

花顏迎上葉香茗的目光，淺淺一笑，雲淡風輕地說：「你雖然聰明，我也承認你聰明，但有時候聰明過了頭，就會變成自作聰明了。」她背轉過身淡聲道，「我會儘快安排送你去救人，能活一時之命和能活一世之命，差別大了去了，但願白髮蒼蒼時，你還能與我面對面這般說笑。」

葉香茗臉上的笑瞬間消失了。

花顏對雲遲柔聲說：「走吧！」

雲遲頷首，握著花顏的手出了天牢。

葉香茗從鐵鑄的柵欄內看著二人身影消失，面容霎時露出頹然的情緒。

太子雲遲……

臨安花顏……

再好的天牢，長久地陰暗無天日，也滿是腐蝕之氣。

花顏出了天牢後，吐了一口濁氣，呼吸著新鮮的空氣，迎著明媚的陽光，她抬手擋在額頭上，望天看了一眼萬里無雲的天空，對雲遲輕聲說：「不謝。」

雲遲揚了揚眉梢，緩緩地笑了：「我以為你要對我說謝謝，還是這句不謝好聽順耳些。」

花顏放下手，轉身對他微笑，明媚的陽光照在她的臉上，她對雲遲說：「葉香茗就交給臨安花家吧！即便救了蘇子斬，讓她繼續活著，有哥哥在，不會讓她為禍的，她想再復興南疆，永無那日。」

雲遲點頭：「好。」

花顏轉頭對秋月說：「給哥哥傳信，告知此事，再讓十六安排人來送葉香茗去給天不絕，以他的醫術，蠱王有異，他此時應該也會發現了。」

秋月想著這可是一件了不得的大事兒，她重重地點頭：「奴婢這就給公子和十六公子傳信。」

花顏頷首，交代完秋月，對雲遲說：「回去吧，出來一趟，雖然透氣了，但還是有些累。」

雲遲聽她說累，攔腰將她抱起，上了馬車。

花顏上了馬車後，窩在雲遲的懷裡，安靜地閉上了眼睛，似是真的很累，不多時，就在車上睡著了。

雲遲低頭看著她，目光溫柔，心底卻不可抑制地蔓起酸意，也許這一生，她怕是都不會對蘇子斬棄之不顧。

誠如花顏所猜測，蠱王入蘇子斬體內後的第三日，天不絕便發現了一件嚴重的事兒，他沒與蘇子斬提，私下找到了花灼，對他說了蠱王的異常。

花灼聽罷，眉心緊蹙，思忖片刻，說：「我聽聞南疆公主葉香茗自小修習蠱媚之術，難道這蠱王與她的蠱媚之術有牽連？」

天不絕凝重地道：「這蠱媚之術，與蠱王血液凝合，如今蘇子斬用了蠱王入體，即便有朝一日拔除了寒症，但是這蠱媚之術怕是也會要了他的命，必須要趁現在，想到辦法祛除。」

花灼臉色微寒：「妹妹費盡心血只為了救他，讓他如我一般好好地健康地活著，若是得知此事，怕是會受不住。」

天不絕道：「為今之計，只能找到那葉香茗，看看是否如公子猜測一般，蠱王與她修習的蠱媚之術有牽扯。所謂解鈴還須繫鈴人，也許見到她，老夫就有辦法拔除蠱媚之術。」

花灼想了想說：「妹妹如今定然還不知，你先想辦法穩住蘇子斬身體，別讓其發作，我著人探探葉香茗。」

天不絕點頭：「公子要儘快。」

花灼頷首。

就在花灼命人查探葉香茗的第四日，收到了來自秋月的飛鳥傳書，他打開信箋，看罷之後，微鬆了一口氣。果然蠱王異常與葉香茗的蠱媚之術有關，既然葉香茗願意以性命相換來解蘇子斬的蠱媚之術，最好不過，他終於可以略微放下提了幾日的心了。

安十六收到秋月傳信，震驚不已，他不敢耽擱連忙命人喊來安十七，將護送葉香茗前往桃花谷之事交給了他，並囑咐他事關重大多帶些人，務必要將葉香茗安全送到桃花谷交給公子。

安十七也知曉此事重要，若辦不好此事，就白費少主救子斬公子的一番心血了。他鄭重地應承，帶著人騎快馬進了南疆都城。

花顏見安十七親自來，拿出了兩瓶藥，遞給安十七：「一瓶裝了無色香，一瓶裝了十日醒。葉香茗聰明，見了她後，不必與她多話，先給她用無色香，迷倒後，喂她服十日醒。」

安十七接過：「是，少主。」

花顏又說：「要小心葉香茗這個女人，恐怕不止那些被太子殿下在南疆王宮除去的公主暗人，外面應該還有人，你們這一路上必會遇到截殺救她之人，不必手軟，天不絕的毒藥雖好，但也別不捨得用。務必將她完好無損地交給哥哥和天不絕。」

安十七頷首：「少主放心，我一定將她完好地送到公子和天不絕的手中。」

雲遲看著安十七，這時在一旁說：「本宮派出一半雲衛，將你們送過臥龍峽吧！」

花顏偏頭笑看著他：「葉香茗在外面的人怕是不少，若有一半雲衛能更保險些。」

安十七聞言連忙道謝：「多謝太子殿下！」

雲遲喊來雲墨，吩咐：「你帶著一半雲衛，護送他們過臥龍峽。」

雲墨垂首應是。

安十七並不耽擱，與雲墨一起，帶著臨安花家的人與東宮的一半雲衛前往天牢提出了葉香茗，將她迷暈又喂了十日醒後，帶上了馬，離開了南疆都城。

雲遲在葉香茗被帶走後，吩咐人將南疆王帶去了南楚在西南境地設的峽道禁地，將其軟禁了起來。

安十七帶著葉香茗離開南疆的路上，果然遇到了三波大批截殺相救葉香茗之人，這三批人馬都是訓練有素的南疆暗人，十分厲害。他依照花顏的囑咐，並未手軟，與雲墨帶著的一半雲衛一起，將三波人馬悉數剿滅，一個未留。

期間，葉香茗一直昏睡未醒，並不知道這一路上，她的人已經悉數折損。

雲墨依照雲遲的吩咐，將安十七等人順利地送過了臥龍峽，才折返回了南疆都城。

安十七與雲墨告辭後，對身旁的安陌三說：「太子殿下著實不錯，待少主極好了，這一路上若是沒有雲墨他們的相送，我們即便出了西南境地，也要有所損傷。」

安陌三點頭：「以前我在皇宮為太后當值時，覺得太子殿下清心寡慾，涼薄冷情，他似乎天生就是為了龍椅而生，真沒想到遇到了咱們少主，太子殿下會重情至此，有人情味多了。」

安十七哈哈大笑：「英雄難過美人關唄！」

安陌三也大笑：「太子殿下若是想找美人，照鏡子看他自己就夠了。」

安十七笑著說：「咱們少主的美，可不是空有其表，只能說太子殿下眼光毒辣，普天下選太子妃，他偏偏選中了咱們少主。」

安陌三琢磨了一下，收了笑，說：「我忽然想起了一件事兒，也許與太子殿下選少主為太子妃有關。」

「哦？何事兒？」安十七好奇。

安陌三道：「我記得五年前，川河口大水，堤壩決堤，數萬人罹難，咱們少主那一年從家裡偷偷跑去永唐縣找二小姐玩，恰巧趕上災情，被困在了川河口。」

安十七點頭：「是有這麼回事兒，當時公子得到消息，不顧身體未癒，帶著花家所有人趕往川河口，公子到時，少主已經被困了八日，遍地洪水，無糧可食，生生被餓了八日，多少人死了，多少人易子而食，偏偏少主一個小姑娘生生挨著餓，活了下來。」

安陌三點頭：「對，就是這件事兒，我記得當年，川河口知州府衙隱瞞災情，朝廷得到消息時已晚，太子殿下那時還未監國，得到消息，十分震怒，不顧自身安危，不顧皇上太后勸阻，力排朝臣眾議，親自趕去了川河口。」

安十七驚異了：「難道太子殿下那時見過少主？」

安陌三搖頭：「太子殿下沒見過少主，我清楚地記得，當日太后派了萬奇帶著我等跟隨太子，皇上也派了人，太子殿下帶了東宮的人，從京城押送了大批物資趕往川河口，但到了地方時，發現災情已解，已經有人先一步調動了大批物資賑災。」

安十七立即說：「那是公子和我們臨安花家所為，當時我也跟去了，公子一夜之間調動了上百糧倉，帳篷、衣物、飲水，一應所用，更是多不勝數。」

安陌三點頭：「正是，當時太子殿下帶著人到了之後，看到一切時不敢置信並派人徹查，但是沒有人知道那些大批物資是哪裡來的，百姓們都以為是朝廷給的。可是明明太子殿下帶的大批物資分毫沒用上。」

安十七一拍大腿：「當年的川河口之難，除了我們臨安花家，誰能那麼快救災？若非我們花家，等朝廷物資到的時候，川河口怕是早已經浮屍遍野了。」

安陌三感慨：「太子殿下得到消息時雖晚，但是日夜兼程，到得也不算太晚，那時他未監國，年少無多少自主權利，處處受朝臣掣肘，能以最快的速度帶著人趕到，已經是十分不易了。我當時就覺得，他是一個好太子，將來也會是一個好皇帝。」

安十七也不得不承認這一點，點頭：「的確是個愛民如子的好太子。」
安陌三道：「太子命東宮的所有人祕密徹查，查了半個月，都沒查到是哪裡來的物資，就連當地的官府也以為是太子殿下以迅雷之勢賑災，後來，太子殿下下令斬了知州府台在內十多位瞞而不報的官員，接手了川河口一帶災後重整之事，破格提拔了數名秀才學子不經舉薦科考直接任職，在花家所做的基礎上，順利地恢復了川河口一帶民生。皇上下了數道文書催促太子返程，但太子悉數擱置不理，一面修整川河口，一面查物資來源。」
安十七忽然福至心靈：「你的意思是，太子殿下後來查到了我們花家？」
安陌三搖頭：「這我就不知道了，太子殿下當年在川河口足足逗留了三個月，安頓好一切，才啟程回京。咱們花家賑災一事，他分毫未提，知道的人也都被他封口了。」
安十七眨眨眼睛：「太子殿下可不像是一個不將此事弄清楚明白的人。」
安十七一拍腦門：「太子殿下當年一定知道是我們花家所做的。」
安陌三面色有些凝重：「我們花家勢大，做了事情後，悉數撤離，不留痕跡，但既然做過，只要有心揪著徹查，難保不會查出蛛絲馬跡。更何況當年少主在難民營裡待了八日。」
安十六皺眉說：「少主從川河口回到臨安後，便接手了花家事務，公子因不顧身體去救少主折騰一場，再受不住，足足在床上躺了幾個月。太子殿下當年查花家之事，不知少主是否知曉，待我們回到桃花谷後，與公子提一提吧！」
安陌三頷首：「當年我給老爺送回過消息，老爺說知道了，我便不知後來如何了，如今既然被我又想起，是該再提一提。」
二人話落，再不耽擱，縱馬一路從臥龍峽直奔桃花谷。

進了南楚地界，一路再相安無事，無人截殺，兩日後，順利地回到了桃花谷。

不夠十日，葉香茗自然昏迷未醒，安十七逕自扛了她進了桃花谷。

花灼正在自己與自己對弈，見安十七帶了人回來，他扭頭瞅了一眼，好聽的聲音微揚：「這是葉香茗？西南第一美人？」

安十七將葉香茗扔在地上，叩首見禮：「公子，正是她。」

花灼上下掃了一眼躺在地上昏迷不醒的葉香茗，嗤笑：「什麼女人都能當得起第一美人嗎？比我妹妹差遠了。」話落，收回視線，問，「她服用了十日醒？」

安十七頷首：「正是。」

花灼問：「妹妹可有書信讓你帶給我？」

安十七立馬從懷中拿出一封書信，遞給花灼。

花灼接過書信，擺擺手，隨意地說：「將她送去給天不絕。」

安十七立即又扛起葉香茗，去了天不絕的住處。

天不絕正在給蘇子斬行針，聽到動靜，他當即放下了手中的金針，快步衝到門口，對安十七晶亮著老眼問：「這是南疆公主葉香茗？」

安十七點頭：「是她。」

天不絕立即讓開了門口，說：「快，將她給我弄進來，老夫好好研究研究她。」

安十七扛著葉香茗進了屋，將她往地上一扔，拱手對床上的蘇子斬見禮：「子斬公子！」

蘇子斬面色蒼白，眼神卻清澈，先是瞅了葉香茗一眼，又看向安十七，嗓音微啞地說：「南疆公主葉香茗，自小修習蠱媚之術，我體內蠱王有異，躁動不安，可是與她修習的蠱媚之術有關？

你將她帶來，是為給我解蠱媚之術？」

天不絕剛要蹲下身子研究葉香茗，聞言轉頭看向蘇子斬，用鼻孔哼了一聲：「臭小子聰明得讓人討厭，老夫與公子瞞著你，沒想到還是被你知道了。」

蘇子斬淡笑：「我自己的身體，有什麼不對勁，我自然清楚的。」

在蠱王入體，蘇子斬便感覺出了身體於冰寒中似升起了一股熱，燒灼得他五臟俱疼，開始時，他以為這是蠱王在祛除寒症，但漸漸的，他覺出不對勁來。

這麼多年，為了身體的寒症，他對南疆的蠱毒之術可謂是瞭解甚深。

自然也知曉葉香茗修習蠱媚之術。

在天不絕面色有異凝重地跑去找花灼商議時，他便確定了，蠱王有異，他體內怕是有蠱媚之術。

他看著安十七，能將葉香茗這麼快便帶到了桃花谷，定然不是花灼，應該是花顏知曉了此事，派他送來了葉香茗。他輕聲詢問：「是奉了你家少主之命送她來的？」

安十七點頭：「是。」

「她可還好？」蘇子斬又輕聲問。

安十七再點頭：「少主很好。」

蘇子斬似笑了笑，聲音低了幾分：「她很好就好。」

安十七看著蘇子斬，一時間不知道該不該與他說說花顏在南疆的事兒，他躊躇間，見蘇子斬閉上了眼睛，似沒有再問的打算，他只能將話悉數吞了回去。

此時，天不絕已經研究完了葉香茗，站起身，嘖嘖了兩聲：「這小丫頭年紀輕輕，便修習成了這麼厲害的蠱媚之術，挺本事的。」話落，他問安十七，「她來這裡，不是自願的吧？這蠱媚之術，若不是她自願，要用她解起來有點兒麻煩。」

安十七立即說：「她是自願來的，跟少主以條件相換的，你將她弄醒，她應該會配合。」

天不絕聞言好奇了：「什麼條件？」

安十七道：「以她活命，換為子斬公子解蠱媚之術。」

天不絕哼了一聲，不客氣地說：「臭丫頭與人交換條件上癮嗎？這又來一個。」

安十七頓時住了嘴。

蘇子斬彷彿沒聽見，閉著眼睛，似是睡著了，無聲無息的。

安十七瞅了蘇子斬一眼，回頭瞪天不絕，對他壓低聲音說：「反正，她交給你了，你將她弄醒後，趕緊為子斬公子解蠱媚之術，做不好，少主饒不了你。」

天不絕哼唧了兩聲。

安十七轉身出了房間。

花灼此時已經看完了花顏寫給他的信箋，這封信比早先那封信簡短，簡略地說了她和公主葉香茗協議過程，最後她以活命為由換救蘇子斬解蠱媚之術，她只能請雲遲答應放了她。

雖然放了她，但是她已經向雲遲保證，葉香茗落在花家手裡，定不讓她為禍。

所以，在她解了蘇子斬的蠱媚之術後，只能交給哥哥安置她了。

另外，她又提了雲遲想在今冬大婚，距離婚期，不足半年，她已經決定了，大婚後，自逐家門，此事哥哥不必再說了，臨安花家絕不能因為一個她，壞了累世千年的規矩，花家不能沾染皇權。

花家不止她一人，不止哥哥一人，還有無數花家人，本來都好好的過日子，不能因她而亂了整個花家井然有序的生活。

另外，她已經與陸之凌說好，待回京之後，與他八拜結交，以報昔日在京城對不住敬國公和夫人之處，以及陸之凌的相助之情。讓花灼放心，她也算是在京中給自己找了個娘家。

另外又提了，雲遲待她厚重，她也會還以厚重。

末尾還是那句，請花灼代為好好照看蘇子斬，她知道即便她不提，哥哥也會照看好他的，但她還是希望他一切安好。

花灼讀罷信箋，心中十分惱怒，這惱怒掩飾不住地上升到了臉上。

所以，在安十七從天不絕處出來來見花灼時，便看到了他臉上顯而易見的怒意，他一怔，試探地問：「公子？出了何事兒？」

花灼憤怒地說：「她是打定主意自逐家門了？」

安十七自是知道此事，沉重地點點頭：「少主說，為了花家，她只能如此，公子永遠是她的哥哥，花家養育之恩，她畢生不忘，但為了花家，她必須做此決定。」

花灼揮手拂掉了案桌上的棋局，棋子嘩啦啦地落了一地，他怒聲道：「她這般自逐家門，難道也想逼我與她一起？」

安十七大驚：「公子萬不可如此。」

花灼恨聲說：「當初她悔婚太子雲遲，選擇蘇子斬，我遵從她心意，同意她去南疆為蘇子斬奪蠱王，她在蠱王宮被暗人之王所傷，九死一生被雲遲所救，鬼門關前被雲遲拖回來，答應嫁給他，我不說什麼，無論是滴水之恩當湧泉相報，還是以條件公平相換，她也沒錯。我這個做哥哥的，自然不會反對。因為這是她的命。但是自逐家門這種事兒，她休想，有本事讓她到我面前來說，我看看她敢不敢！」

安十七無言地垂下頭，心想著少主敢的。

花灼伸手揉碎了信箋，風吹來，粉碎的信紙隨風飄散了一地，咬牙切齒地說：「我只有她這麼一個妹妹，她說不要我就不要我了，要去認別人做哥哥，做夢！」

安十七後退了一步，生怕花灼把火撒到他身上。

花灼兀自氣怒半晌，依舊壓不住怒意，轉眸對安十七說：「你歇兩日，再啟程去南疆，告訴她，就說她有本事，自己來我面前說自逐家門的話，信不信我將她圈禁在花家，不讓她嫁給雲遲了？她自己作了自己的主，將我這個做兄長的置於何地？我是長兄，就不信做不了她的主。反正她毀了與太子的約，也是她自己的事兒。」

安十七垂首應是，想著公子這回真是氣得狠了，這樣的話都說出來了。

花灼對安十七擺擺手：「你去歇著吧！」

安十七如蒙大赦，麻溜地跑了。

轉日，天不絕喂了葉香茗十日醒的解藥，在她醒轉後，盯著她看了一會兒，對她說：「小丫頭，你若是乖乖地解了蘇子斬那小子的蠱媚之術，我家公子也許能給你一個好安置，你若是不好好配合，保管你死無全屍，來世連個投胎的機會都沒有。」

葉香茗扶著額頭坐起身，迷茫地看著眼前的天不絕，問：「你是何人？」

天不絕揚起下巴：「天不絕。」

葉香茗先是一怔，然後驚訝地看著他，仔細地打量了他一遍，說：「原來你就是妙手鬼醫天不絕，很多人都傳言你死了，你竟還活在這世上。」

天不絕鬍子翹了翹：「老夫我活得好好的，一時半刻死不了。」

葉香茗掃了一眼四周，迷惑地問：「這是哪裡？」

她的記憶只記得自己是在天牢裡，有人來帶她離開，但她還沒踏出天牢的門，便中了迷香暈倒了。期間怎麼到這裡的，沒有記憶。

天不絕道：「這裡是哪裡你不必知道，我剛剛說的話，你聽進了心裡沒有？你若是沒聽進心裡，我可以再說一遍。你要知道，有我在，你耍不出什麼花樣。」

葉香茗看著天不絕，因昏迷太久，臉色奇差，對他說：「我聽進心裡了。」

天不絕點頭：「你聽進心裡就好，要知道，這裡不是能撒野的地方，我家公子脾氣不怎麼好，你若是不配合，仔細他扒了你的皮。」

葉香茗敏感地抓住他話中重點，問：「你家公子？誰？蘇子斬？」話落，她搖頭，「不對，不是蘇子斬，若他是你家公子，這麼多年，你早該想出辦法救他，不會等到現在。」

天不絕揚起眉毛：「你很聰明嘛，可惜，除了我家少主，我家公子不喜歡聰明的女人。」說完，他起身向外走去，「你跟上我，這就陪我去給蘇子斬解蠱媚之術，解完了蠱媚之術，你才有飯吃。」

葉香茗昏迷數日，其實渾身無力，但乍然到了陌生的地方，面對的人又是天不絕，他那一張看起來就冷硬得不近人情的臉讓她沒得選擇，於是，她站起身，只能跟上他。

出了房門，便是青山綠水，一排排房舍，以及處處桃花香。葉香茗四處望了一眼，知道這裡不是西南境地，因為西南的桃花早已開敗了。這裡種的桃樹，似不是尋常桃樹，這異常的桃花香似隱約帶了絲藥香，顯然桃樹是用藥水餵養的，估計四季常開不敗。

天不絕見葉香茗沒跟上，回頭瞅了她一眼，不滿地喊：「還不快跟上！」

葉香茗只能收回視線，快步跟上天不絕。

今日未行針，蘇子斬穿了一件寬鬆的軟袍，半靠著靠枕坐在床上，蠱王入體，使得他周身不再有冰寒和冷意，卻另有一種難言的靜寂。

天不絕踏進房門，瞅了蘇子斬一眼，對他說：「準備好了沒有？我將她弄醒了，這就讓她來給你解蠱媚之術。」

蘇子斬平靜無波的目光瞅了眼跟著天不絕走進來的葉香茗，聲音如古井，不起半絲波瀾：「你如何給我解蠱媚之術？」

葉香茗進了屋中後，一眼便看到了半靠著靠枕躺在床上的蘇子斬，緋紅軟袍，襯得他清俊絕倫的容貌更顯蒼白，白得近乎剔透，他安靜地躺在那裡，眉目沉寂，孱弱卻無人敢忽視和小視。

她愣了一下神，用儘量平靜的聲音說：「太子雲遲要殺我，我還不想死，所以便以解臨安花顏想救之人的蠱媚之術為由，交換活命的機會。沒想到她喜歡你這個被寒症纏身的武威侯府子斬公子，真是令人意外。」

蘇子斬面無表情地看著她，待她說完一番話，淡如水地問：「我問你如何解蠱媚之術，再從你口中聽到別的，你就不必活了。」

葉香茗忽然笑了一聲，這笑聲不知是對蘇子斬的嘲諷還是對自己的嘲諷：「解蠱媚之術容易，半日的時間，我就能為你運功解個乾淨。但解了蠱媚之術後，是否有礙蠱王治癒你身體寒症，就不好說了。」

蘇子斬淡淡道：「你只管解就是了。」

天不絕翳子翹了翹：「你既然來了這個地方，就別想脫身，他若是因蠱媚之術治癒不了寒症，你也別想活著離開。」

葉香茗平靜地說：「我國破家敗，這天下也沒有我立足之地，我即便活著，還能去哪裡？但我也不想死，你不必再威脅我，我既然答應了花顏，自然會解淨他的蠱媚之術。」

天不絕豎起眉頭看著她：「小丫頭倒是能屈能伸。」

葉香茗不再言語。

天不絕伸手入懷，掏出一個瓶子，倒出三顆藥丸給蘇子斬服下，冷哼道：「你自己的身體，你清楚得很是不是？我就在這裡看著她如何給你解蠱媚之術，若是這個小丫頭對你動什麼手腳，而我沒察覺到，你察覺了要及時告訴我，你的命可珍貴得很，別自己不當回事兒。」

蘇子斬頷首：「曉得。」

天不絕對葉香茗招手：「過來吧！」

葉香茗點頭上前。

這時，房門被推開，花灼從外面抬步走了進來，他看了一眼蘇子斬，掃過葉香茗和天不絕、青魂，緩步走到桌前，坐在了椅子上。

青魂見到花灼一喜，提著的心落下了一半，暗想著有臨安花家的這位公子在，一定不會讓葉香茗有機會搞鬼讓他家公子出事兒的。

葉香茗見又有人來，轉身去看，當看到花灼，那一張日月在他面前失色的容顏讓她頓時驚怔地愣住：「你……是……」

花灼伸手倒了一盞茶，不理葉香茗，姿態隨意地喝了一口，淡聲說：「開始吧！」

天不絕咳嗽一聲，板著臉對葉香茗說：「這是我家公子，開始吧，別廢話了。」

葉香茗收回視線，似定了定神，對天不絕點了點頭。

南疆的蠱毒之術，本就是個玄妙的東西，葉香茗運功解蘇子斬的蠱媚之術，就是絲絲地化去蠱王牽扯媚術入了骨血的痕跡。

天不絕不錯眼睛地盯著葉香茗，同時一隻手放在蘇子斬的胸前，護住他的心脈，以防葉香茗使壞，他能及時救他。

青魂更是屏息凝神，盯著葉香茗。

屋中幾人，只有花灼最是自在，他慢慢地喝著茶，喝了兩三盞茶後，乾脆地拿出棋盤擺在案桌上，自己與自己逕自下起棋來。

在夕陽西下時，葉香茗臉色已經白如薄紙，終於撤了手，轉頭大吐了一口鮮血，緩緩地倒在了地上。

天不絕連忙給蘇子斬探脈。

花灼揮手一推棋盤，起身站了起來，走到蘇子斬身邊，問：「你覺得如何？」

蘇子斬對花灼點頭，聲音有些發虛，但比葉香茗吐血要好太多：「似是乾淨了。」

花灼又看向天不絕。

天不絕不敢大意，仔仔細細地為蘇子斬把脈，眉眼舒展開，對花灼說：「這一回怕是這小子要因禍得福了！本來他若是想徹底根治寒症，養好傷損的身體起碼也要個三五七八年，如今嘛，這小丫頭以一身功力為他解蠱媚之術，反助他經絡體脈恢復，不止蠱媚之術祛除殆盡，就是寒症的根本似也治了大半，這枯木腐朽的身體，用不了一兩年估計就能康復的活蹦亂跳。」

花灼聞言也笑了：「這樣還真是極好。」

蘇子斬淡淡一笑，看了一眼地上的葉香茗說：「她也算是言而有信，留她一命吧！」

花灼頷首，對天不絕說：「你給她看看。」

天不絕也很好奇葉香茗如今身體什麼狀態，蹲下身，為她把脈。

葉香茗咬著牙不讓自己昏睡過去，她生怕自己閉上眼睛後，就再也醒不過來了。她不想死。國破家敗，沒有了蠱王，但他和父王還是南疆王室的傳承，蠱王一脈斷了，但是人脈之根不能斷。

所以，她想活著，必須活著。

天不絕為葉香茗把了脈後，說：「難得她誠信救人，致使自己身體枯竭，經脈受損極大。不過有我在，保她一命容易。」

花灼淡聲說：「蠱媚之術害人，幫她廢了吧，自此再不得用，至於命，就留著好了。」說完便轉身走出了房門。

葉香茗聞言臉色霎時灰敗，終於昏死了過去。

對於天不絕這個妙手鬼醫來說，要廢一個人實在太容易，他在葉香茗昏死過去之後，聽從了花灼的吩咐，輕而易舉地廢了她丹田內修習的蠱媚之術之源。

自此，南疆的蠱王與三大蠱毒、以及蠱媚之術自此消失在了世間，對南疆來說是劫難，但對於世人來說，也算是造了福。

兩日後，安十七歇夠了準備啟程。

花灼沒有書信，只有一句話：「我那日與你說的話，可還記得？」

安十七點頭：「記得。」

花灼頷首：「將我那日說的話，見到她後，一字不差地與她說一遍。」

安十七連忙答應：「公子放心，我記性好著呢，定一字不差地轉給少主。」

花灼點點頭。

安十七又將路上與安陌三閒談時說起的五年前川河口大水之事提了。

花灼聽罷，凝眉：「確有此事？」

安十七頷首：「公子可喊陌三前來仔細詢問一番當時情形，他在太后身邊當值，是以知曉些當年之事。」

花灼面露沉思，點點頭：「我知道了，見到妹妹，與她提提。」

安十七應是，轉身去見蘇子斬。

蘇子斬只說了一句話：「告訴她，我一切安好，她好我便好，不必掛心。」

安十七鄭重地將花灼的話帶到了花顏的面前，一字一句，分毫不差。

花顏聽完，無奈地扶額，又是酸澀又是溫暖，不自覺地紅了眼圈。

安十七看著她，輕聲說：「公子是決計不准許少主自逐家門的，公子捨不得少主，少主與太子殿下雖然是解不開的緣分，宿命天定，但與公子的兄妹之緣也是難得修來的。公子惱怒少主如此決定，也是人之常情。更何況，少主也知道，公子比您的倔強有過之而無不及，他說不准許，那是一定不准許的。」

花顏眼中閃起淚意，用力地壓了回去，仰頭望天，是夜星空萬里星辰，她目光中如落了星光點點，便那麼看著，沒再言語。

安十七安靜地站在她面前，低聲說：「花家累世千年雖不易，但是天道輪迴，該有的運數怕也是註定，少主又何必自苦兩難，更何必非要遵守先祖古訓不改？我想，花家所有人都不會怪您的，一定都能理解您的。」

花顏輕聲說：「從我第一次踏進花家的祖祀，我便萬分敬佩花家先祖，敬佩累世千年傳承的閨訓。若是這一代因我而改，讓花家走上以後傾軋的命運軌跡，那我就是花家的罪人，枉生於花家長於花家。」

安十七默然。

花顏又說：「被雲遲選中為妃，我從未料到，我自己千方百計悔婚不成，只能請哥哥相助，迫得家裡因我受累，又因我為救蘇子斬，讓家裡的人牽扯進了西南更大的風波，我心中已然有愧，但彼時，雖牽扯了皇權，但也無礙，我們花家還是有這個擔當的，不懼天家找來的麻煩，但是，這與我嫁入東宮，嫁給太子殿下又不同，是真真正正地與皇權糾纏在了一起。」

安十七道：「那也不怕的，我看太子殿下對少主極好，他為救少主，不惜以身涉險闖入蠱王宮，以太子之尊，親自帶出了少主，他娶了少主，不見得不容花家。」

花顏輕歎：「有我在，哪怕雲遲有心，我自然也不會容許他動花家，但是以後呢，數代下去呢？我想讓花家再累世個千年，這軌跡若是因我而改，這千年要想延續，何其容易？自古以來，那些靠近皇權的富貴門第，有幾個傳承了千年？當世，唯我們臨安花家而已。」

安十七看著花顏，無從反駁，片刻後說：「就沒有兩全之法嗎？少主既能不自逐家門，還能不牽扯花家？」

花顏失笑，輕聲說：「有什麼兩全之法呢？我不脫離花家，花家便是我的娘家，此後都將牽扯不斷。唯有我自逐家門，脫離花家，花家與皇室也才能撇清個乾乾淨淨。」

安十七歎了口氣：「此事少主與公子見面後再議吧！如今少主身子骨不好要少憂思才是。」

花顏無奈：「哥哥聰明，什麼都明白的，他就是捨不得我而已，若他執拗起來，我還真沒法子勸他。」

安十七也覺得花灼是無論如何都不答應的，這麼多年，少主在他心中便是那最重的人了，他覺得哪怕將來娶妻生子，也比不過。

他想起川河口之事，四下看了一眼，身邊無人，他便依照花灼的話，將與安陌三說的事兒壓低聲音與花顏提了。

花顏聽罷後愣了愣，仔細地在腦中回想了一遍，模糊地說：「是有這麼回事兒，當年，我回去後大病了一場，哥哥病情也加重了，家裡的人都急得不行。陌三給家裡傳回消息後，我是知道的，覺得哥哥和我離開川河口一帶時收尾做得乾淨，也就沒當回事兒。」

安十七想著少主果然知道，但看她這模樣，似乎也早就忘了，便低聲說：「少主，您看，太子殿下是不是後來真的查到了咱們家？」

花顏覺得雲遲不是一個會讓自己糊塗著的人，更何況身為太子，五年前又是他第一次獨自出京擔起了那麼重的擔子，在得知有人先他一步對川河口做了那麼大的救災，上百糧倉，物資不計其數，當年連朝廷能拿得出的救災之物怕是也不及哥哥調派的那些東西，對他的震撼可想而知，他一定會查到底的。

哪怕他當時年少，處處受朝臣掣肘，權柄有限，但以他的聰明才智手段，當時沒查出來，之後幾年，也一定會想方設法追查出來的。

若是他早知道是花家插手了當年川河口一帶之事，後來選她為妃……

她打住思緒，對安十七說：「這件事兒我曉得了。你奔波一趟，想必累得很，先不急著去找十六，去歇著吧，歇夠了我們再說。」

安十七點頭，去歇著了。

花顏向書房看了一眼，遠遠地書房亮著燈，隨著安書離和陸之凌、梅舒毓三人出兵，戰報是一日一日地往行宮裡送，如雪花一般飄進來，可見外面的戰事如火如荼，一日一個變化。

雲遲這幾日也明顯地不如前些時日養病時輕鬆悠閒，很是繁忙了起來。知道她身體不好，怕來戰報的人吵到她休息，便挪去了書房處理。

花顏看了片刻，轉身進了屋。

秋月端了藥進來，放在桌子上：「小姐，十七公子來了，可帶了公子的信函？」

花顏搖頭：「沒有，哥哥這回沒給我回信。」

秋月不解：「怎麼會呢？公子掛念小姐，不該沒有回信啊！」

花顏無奈地坐在桌前，看著藥碗說：「我得罪他了，他生著氣呢，而且這氣怕是不會容易消。」

秋月聞言立即說：「小姐怎麼得罪公子了？公子近年來，脾氣好多了呢，輕易不和您動怒的，更何況如今您遠在南疆。」

花顏趴在桌子上，懶洋洋地說：「我自逐家門，哥哥不同意，發了很大的脾氣，傳話給我，他是長兄，若是我不聽他的，她就不讓我嫁給雲遲了，把我圈禁起來，說我與雲遲自定主張，毀了約是我自己的事兒。」

秋月恍然：「原是這事兒，公子鐵定不會同意的，小姐就不要想太多了，您若真自作主張自逐家門，公子發起怒來，誰也攔不住。」

花顏深深地歎了口氣，用手敲了敲那碗藥：「十七說讓我想個兩全的法子，可是我如今，有什麼兩全的法子可想呢？」

秋月也苦下臉，坐下陪著花顏發愁。

雲遲從書房回來，見花顏一副無精打采的樣子，面前擺著的藥早已涼了，他微笑著說：「藥都涼了，怎麼不喝？」

秋月連忙站起身：「呀，是奴婢忘了提醒小姐喝了，這便去熱。」說完，連忙端了已經涼了的藥碗小跑著出去。

花顏抬眼看雲遲，他頂著月色進來，一身天青色錦袍，雅致清華，如玉的容顏上，眉目溫和，淺淺含笑，似醉了春風西雨。她目光凝了凝，對他彎起嘴角，笑著說：「與秋月說著話，便不小心忘了，今日的事情都處理完了？」

雲遲頷首，坐在她身邊，笑看著她，她雖然神色一如既往，但他敏感地覺得定然出了什麼事兒，否則秋月這個每日盯著她用藥的人，不會忘了讓她喝藥。

他心中打了個轉，笑著問：「安十七回來了，解蠱媚之術可順利？」

花顏點頭：「葉香茗算是個識時務的，也很有誠信，費了大力為蘇子斬解了蠱媚之術，本來即便有蠱王也要多治幾年的寒症，此次卻是因禍得福了，天不絕說一二年便可治好痊癒。哥哥守約留葉香茗一命，但為保日後安寧讓天不絕廢了她修煉的蠱媚之術根源。」

雲遲笑了笑：「如此甚好。」

花顏不知道他說的這句如此甚好是說蘇子斬因禍得福，還是說葉香茗被廢除了蠱媚之術根源，或許兩者都有。她淺淺地對他笑了一下：「你今日想必累得很，早些上床歇著？」

雲遲笑著點頭，吩咐小忠子沐浴。

秋月又重新端了藥碗進來，放在花顏面前，叮囑：「小姐，這回可不能再涼了，稍後溫了就趕緊喝。」

雲遲接過話：「我會盯著她喝下。」

秋月點點頭，放下心，走了出去。

小忠子帶著人抬水進來，雲遲站起身，解了外衣，進了屏風後。

花顏依舊趴在桌子上，聽著屏風後傳來簌簌的脫衣聲以及輕輕的撩水聲，她大腦思緒不由得放空。

過了片刻，雲遲的聲音在屏風後響起：「時候差不多了，該喝藥了。」

花顏「嗯」了一聲，端起藥碗，痛快地一仰脖，一口氣喝了個乾淨，喝完後，她用帕子隨意地擦了擦嘴角，繼續懶洋洋地趴在桌子上。

雲遲沐浴很快，走出來時穿了一件寬鬆的軟袍，帶著沐浴後的皂角香，從椅子後伸手將她抱住，頭放在她頸窩處，吻了吻，低聲問：「可是出了什麼事情？」

花顏身子向後一仰，乾脆靠在他懷裡，想著你既然問起，便乾脆的如實告知他也好免得他往歪處想：「你知道的，臨安花家累世千年的規矩，千年以來，這規矩從沒破過，這一代，我破了規矩，自然要逐出家門，但家裡人素來愛護我，無人會主動提起，也只有我自逐家門了。可是今日哥哥讓十七傳話，死活不同意。」

這事兒其實不太好說的，雲遲是太子，執掌天下，所謂普天之下莫非王土，率土之濱莫非王臣。在皇權至上的角度看來，沒有誰的規矩敢挑釁皇權。

但花家又不同，花家有挑釁皇權的資本，累世千年的根基讓花家有話語權。

他們之間本來隔著的是天塹鴻溝，他非要搭起橋梁娶她，對他來說也許這不算什麼事兒，但對於花家和她來說，這是亙古少有的大事兒。

雲遲聰明，心中本來的確想歪了那麼一點兒的濃霧煙消雲散，他低聲說：「花顏，嫁給我，你很怕嗎？」

花顏搖頭：「以前是很怕，如今不怕，但是花家生我養我，我總要為花家考慮。」頓了頓，她輕聲說，「這話與你說，似不太應該，畢竟你如今是太子儲君，將來登基為帝，是執掌天下的帝王，普天之下，不該沒有帝王掌控不了的事兒。」

雲遲微笑：「太子儲君如何？執掌天下的帝王又如何？花家立世千年，有本事對皇權說不。」

花顏轉身看向他，盯著他的眼睛說：「雲遲，花家是你心中的一根刺嗎？不除不快嗎？」

雲遲抬起頭，迎上她的目光，緩緩地搖頭：「不是，花家累世千年，歷經數個朝代，南楚建朝也不過三四百年而已，對比花家，差了幾個歷史長河，若花家要皇權，這天下也輪不到太祖皇帝。且花家不作惡，安安穩穩，不會成為我心中的一根刺。」

花顏看盡他眼底，輕聲問：「既然花家不是你心中的一根刺，那你心中有刺嗎？」

雲遲抿了一下嘴角，與花顏目光交會，片刻後，他點點頭：「有。」

花顏問：「什麼刺？我是否能知道？」

雲遲慢慢地點了點頭，目光蒙上一層暗流，低聲說：「你是我的太子妃，此生唯你一人可做我枕邊人，是我誠心求娶的妻子，自然能知道。」

花顏靜看著他。

雲遲一字一句地說：「我五歲時，母后不是死於病危，是暴斃，我十五歲時，姨母不是死於病危，也是死於暴斃。」

花顏一怔。

雲遲看著她，眸光蒼涼：「我雖生來就是儲君，但不是所有人都想讓我坐穩這個儲君的。母后和姨母兩條命，便是我一直在這儲君位置上的代價。所以，蘇子斬對我心中惱恨！花顏，我永遠不能為了你棄了帝王之位，不能自廢儲位，不能讓你因花家不為難。我能做的就是用最大的力氣拉著你陪著我，皇權太孤寂，我真的不想一個人走在這條路上，枉此一生。」

「皇后和武威侯夫人的死，與你的儲君之位有關？」花顏有些驚異。

雲遲頷首：「我五歲時，與蘇子斬一同中毒，母后將唯一的養命之藥，一分為二，為太醫爭取了時間，救了我們。待我們毒解了之後，母后突然就暴斃了。」

「突然暴斃？什麼原因？難道也是中毒？」花顏問。

雲遲搖頭：「查無因由，太醫院的所有太醫都查不出來，但母后死時很安詳，因在午睡，似就那麼睡過去了，後來被定為猝死。」

花顏凝眉：「猝死一症，倒是古來有之。」

雲遲點點頭，繼續說：「我十五歲時，川河口水患，我在川河口待了三個月，回京之日，姨母前去東宮看我，與我剛說沒幾句話，也突然暴斃而亡。」

花顏驚異：「原來武威侯夫人死在了東宮？」

雲遲頷首：「太醫院的所有太醫也都查不出來，姨母與我說話時還帶著欣喜的笑意，誇我川河口治水有功，極有出息，又說可惜蘇子斬和我自小就彆扭互相看不慣，否則他若是跟了我去，有他幫襯，我也不必一個人在川河口那麼苦，還說我年長他一歲，讓我與他儘量和睦相親，以後他也會是我的助力。只這幾句話，笑還沒收起，便那樣軟倒在了地上去了。」

花顏立即說：「難道皇后和武威侯夫人都有遺傳之症？」

雲遲搖頭：「梅府往上數代，無人有猝死之症，外祖父和外祖母舅舅們都活得好好的，母后和姨母相隔十年，就算我年幼時相信母后是因自小體弱猝死，但姨母怎麼會與她一樣？十五歲的我，不再是五歲智齡，所以，我不信。」

花顏終於明白蘇子斬為何見了雲遲就冷臉以對了，任誰也受不了自己的母親死在東宮，她沉默了片刻，輕聲問：「當時蘇子斬沒有跟去東宮嗎？」

雲遲看了她一眼，搖頭：「沒有，他與我自小就不太對盤，能不去東宮便不去。那一日，自是沒去。後來他極為悔恨自己當日沒去，沒見到姨母最後一面。」

花顏站起身，伸出手臂，抱住他的腰，低聲說：「太醫院所有太醫都查不出來，那麼江湖上的醫者呢？沒請去查嗎？」

雲遲道：「請了，不止太醫院的所有太醫，就連神醫谷的人也都請去了。蘇子斬不查明緣由不讓出喪，我也自然不准，姨母屍骨以冰棺停屍一個月，所有醫者都查不出來，只能定為猝死，最終武威侯做主，出殯了喪事，此事也就作罷了。」

花顏皺眉：「猝死之症，雖不是多新鮮，但兩姐妹隔十年都是猝死，還是少見，雖然也不排除這種巧合，但未免太匪夷所思。若是天不絕當日見了，一定能看出原因，他的醫術，可是冠絕天下。」

雲遲低沉地說：「蘇子斬出生後，彼時天不絕未成名，他成名後，遊歷四方，行蹤不定，不喜進京，無論是父皇還是武威侯甚至梅府的人以及京中各大府邸。那些年都想找他，但一直找不到，後來十年裡，他更是銷聲匿跡，再無蹤影，連神醫谷都不回。當日姨母暴斃，我也派了人找了他，沒找到。」

花顏低聲說：「十年前，他名聲響徹大江南北，但脾性怪異，行蹤不定，我為了哥哥，研究了半年他出現過的地方，後來帶著花家的人追蹤了他半年，總算讓我找到了他。之後，我就將他禁錮在了一處地方，專心為哥哥醫病，等醫好哥哥後，他乾脆也不出去了。」

雲遲微笑：「那時你六歲吧，六歲稚齡，能拿住天不絕，真是聰明。」

花顏笑了笑，小的時候八姑姑曾說她古靈精怪，多智近妖，這話被哥哥聽到了，與那位八姑姑翻了臉，自此，再沒人敢說她太聰明。

她出生後，花家無論是嫁出去的女兒，還是生活在家裡的人，都和和睦睦，幾乎臉紅都不曾，那是她知道的第一次哥哥與家人翻臉，也是唯一一次。

後來，那位八姑姑對小小年紀的哥哥道了歉，又對她道了歉，哥哥繃著臉不理那位八姑姑，那位八姑姑懷著身孕，足足在家裡耗到孩子出生，滿月後抱了小嬰孩給哥哥瞧，哥哥才原諒了她，八姑父才盼星星盼月亮地將妻兒接回了家。

想起幼年時，她因雲遲的話湧上心頭的難過情緒才消散了些。

雲遲輕輕地拍她的背，溫聲說：「姨母死後的一年，我監國後，才漸漸地明白了，這儲君之位，鋪著母后和姨母兩條命為奠基石。她們的死，都因我是儲君，是未來南楚的掌權人。」

花顏輕聲說：「有什麼蛛絲馬跡嗎？讓你查到了？為何如此說？」

雲遲搖頭：「沒有，沒有蛛絲馬跡，但是我就是知道，早晚有一日，我會查出來的。」

花顏聞言輕歎一聲：「皇權傾軋，如大海波濤，陽光下是祥和萬里，黑暗中是刀鋒利刃。稍有不慎，便是粉身碎骨。」

「是啊！」雲遲低頭瞅著她，她的身量纖細，身高比一般女子要拔高些，但也只到他胸口，腦袋埋在他胸前，似貼進了他心尖處。他心中濃霧暗沉漸漸褪去，溫柔地說，「我那一根刺，不是花家，你放心，而是我總有一日，要洗牌天下各大世家，掰開了，揉碎了，熔爐百煉這個天下。」

花顏陡然一驚，聰明地瞬間頓悟，她抬眼，看著雲遲：「你的意思是……」

雲遲對她微笑：「就是你聽到的意思，也是你心中了悟的意思。」

花顏見他肯定，一時沉默，過了片刻，她重新將頭靠在他懷裡，低聲說：「會很辛苦的，也會很危險的。」

雲遲笑著說：「不怕，我有你。」

花顏頓時又抬起頭，忽然又氣又笑地看著他：「雲遲，你實話告訴我，你也許沒那麼喜歡我，只不過是為了你要的天下，我才是那個最適合你的人，對嗎？除了我，也許，無人能勝任你身邊的位置，至少，沒有自保之能，你不想你今日的太子妃，明日的皇后，需要你來保護，也不希望成為你的拖累。你心志遠大，要創千載清平盛世，必須要有一位與你一樣，不怕大浪傾軋的人陪在你身邊。」

雲遲目光變幻，看著花顏低聲說：「起初是的，我不想我要娶的太子妃如我母后一般，溫良淑雅，婉約端方，連死都無聲無息，不知其因。我想要的太子妃，是足以與我比肩，迎風破浪，堅韌果敢，普天之下，你的確是最適合的人選，無人如你一般。」

花顏笑看著他：「你何時覺得我是最合適的人選的？你以前所說，單憑御畫師到臨安花家，單憑一幅以書遮面的畫冊，絕對不能讓你做下如此決定，畢竟，你對你的太子妃，十分慎重，連趙清溪都不要的，哪能輕易決定要我？」

雲遲目光凝定上一抹清幽之色，眼底的波紋深深淺淺，低聲問：「真要知道原因嗎？」

「不能說？」花顏挑眉。

雲遲微笑：「也不是不能，但我不想現在告訴你。」

花顏氣笑：「那要什麼時候？別跟我說白髮蒼蒼。」

雲遲低頭，呵氣在她耳邊，低笑著輕聲說：「用不到白髮蒼蒼，在你我同房之日吧！你若是今夜應了我，我今夜說與你聽也罷！」

花顏伸手推了他一把，一下子跳開，瞪著他，又羞又惱：「我都答應嫁給你了，你不想說就算了，我還不想知道了呢，左右對現在你我的關係來說，也是無關緊要的事兒。」

雲遲笑看著她，臉頰因羞紅染上胭脂色，讓他心猿意馬，他向前走了一步。

花顏立即後退了一步，一雙水眸瞪著他，堅決地說：「不行！」

雲遲快速地伸手，花顏頃刻間躲開，雲遲只抓住了一片袖角，捏在手裡，失笑地說：「躲得這般靈敏，看來恢復得不錯，秋月的醫術的確也值得稱讚了。」

花顏拽著半截衣袖，又氣又笑：「你還來真的是不是？好好的衣服，被你毀了。」

雲遲隨手將那一截袖角扔在了案桌上，伸手扶額，低笑著說：「你知道我每晚這樣抱著你，我要用多大的自制力才能不對你想入非非，再這樣下去，我怕真等不到大婚了。」

花顏臉紅如火燒，咬唇：「我去找秋月睡。」說完，轉身就走。

雲遲快一步地伸手去拽，這回比剛剛的速度要快，花顏再躲，已然躲不開了，他無奈地說：「別去找她，我忍著些就是了。」

花顏不相信地看著他：「當真？」

「當真。」雲遲深深地歎了口氣，「你身體未好，我也不敢過分不是？」

花顏對上他眼睛，目光也漸漸地柔潤如春水，對他扯開嘴角，輕輕地笑，小聲說：「我已經是你定下的人了，早晚都是，你的確是不必急的。」

雲遲低聲說：「你與我悔婚時，小忠子勸我，再見你時，定要與你生米煮成熟飯，那時，我深以為然。」

花顏呆了呆，伸手用力地掐了雲遲腰間一把，又羞又氣：「他一個小太監，懂得什麼？憑白地把你教唆壞了，你堂堂太子，哪裡用得著強硬手段？」

雲遲低聲地說：「對別人不用，對你用的。」

花顏默了默，伸手抱住他，輕聲說：「以後不用了。」

雲遲笑容蔓開，慢慢地無聲地笑，點點頭：「好，我記下了。」

花顏任心跳平復了片刻，伸手輕輕推雲遲：「你重著呢。」

雲遲將身體重量壓在她身上，笑著說：「為了讓你不嫌棄我重，以後我每頓飯少吃些吧！」

花顏失笑，嗔了他一眼：「來西南這一趟，本就折騰得清瘦得不成樣子了，再瘦下去，回南楚該無人識得你了。」

雲遲眸光輕盈地看著她：「那你不准嫌棄我重。」

花顏抿著嘴笑：「其實也不重的，是我如今沒多少力氣，待我毒素清除了，武功恢復了，也就……」她猛地頓住，紅著臉，不繼續說了。

雲遲卻是愉悅地彎起嘴角，眉眼皆是濃郁的笑意，抱著花顏躺上床輕聲說：「明日我就讓秋月再盡心些，趕緊將你體內的毒素清除身子骨養好。」

花顏伸手捶了他一下，紅著臉說：「不用你說，秋月也足夠盡心了，你今日忙了一日，竟還有這般閒心，趕緊睡吧，明日你的事情也未必少了。」

雲遲笑著點點頭，揮手熄滅了燈，落下了簾幕，閉上了眼睛，柔聲說：「好。」

第五十章 玄妙卜算

花顏一夜好夢，第二日醒來時，雲遲已經不在身邊。

采青聽到裡面的動靜，連忙推開房門進來，帶著三分爽利和乾脆，說：「殿下一早就去書房了，似戰事出了狀況，來的是急報。」

花顏蹙眉，想著有陸之凌和安書離在，戰事能出什麼緊急大事？難道是梅舒毓？她立即說：「我這就梳洗去書房看看。」

采青點頭，連忙幫花顏梳洗換衣。

花顏快速地收拾妥當，出了房門，向書房走去。

行宮的書房有重兵把守，見花顏來到，齊齊見禮，甚是恭敬：「太子妃！」

小忠子聽到動靜，從裡面小跑著跑出來對花顏說：「太子妃，殿下請您進去。」

把守的重兵立即讓開路。

花顏抬步進了書房。

雲遲正站著案桌前，案桌上放著西南境地的地勢圖，一旁放著戰報，見花顏進來，他抬起頭向她看來，溫涼的眉目溫柔了幾分：「怎麼醒得這麼早？」

花顏掃了一眼書房內的情形，對他問：「是梅舒毓出事兒了嗎？」

雲遲點點頭：「你怎麼猜到是梅舒毓出事兒了？」

花顏立即說：「安書離和陸之凌都不是等閒之輩，不說有八風吹不動的本事，即便事情有些棘手，也決計不會落入險境，我醒來後聽采青說來了急報，想必應該是梅舒毓的。」

雲遲伸手扶額：「我想讓他歷練，將來以堪大用，但若是他真出什麼事兒，我怎麼向外祖父和梅府交代？」

「出了什麼事兒？」花顏走到他身邊。

雲遲伸手將急報拿給她，同時說：「荊吉安本來已經降順了我，但是聽聞南疆王被我祕密圈禁，公主葉香茗被我送出南疆，又生了反我之心，他暗中聯絡召集了西郡十萬兵馬，他知道安書離和陸之凌不好對付，便專門地挑上了梅舒毓，將他繞翠霞谷轉道去南夷後方灰雁城的三萬兵馬困住了，已經開戰三日夜，三萬兵馬折損過半，送戰報的那名梅府隱衛突圍而出，渾身是血地將戰報送到我手上後便氣絕而亡了。」

花顏接過急報，快速地掃了一眼，眉目也擰起。

雲遲沉聲道：「安書離和陸之凌手中雖然都有大軍，但距離得遠，即便得到消息，遠水也救不了近火，營救不及，而這南疆都城守城的三萬兵馬早在你闖蠱王宮之日，便被我派了出去，如今都城內只剩下不足一萬之數。梅舒毓已經撐了三日，怕是最多再撐不過兩日，我即便立即帶著這不足一萬人馬前去，也來不及了。」

花顏聞言琢磨片刻，說：「我與荊吉安的阿婆和妹妹算得上是故交，四年前，他外婆染了重病，是秋月救了她，來西南的路上，他妹妹小金給荊吉安做了衣服鞋子，讓我捎給他，當時我沒想到會在路上遇到陸之凌和梅舒毓，本來是想藉由荊吉安之手入南疆都城的，便答應了，後來，因遇到他們二人，此事便被我擱下了，至今沒見荊吉安。」

「哦？」雲遲偏頭看向花顏。

花顏說：「即刻召集京中不足的這一萬兵馬，我們立即啟程前去翠霞谷，同時讓十七拿了小金昔日交給我的東西，帶著花家暗衛，去見荊吉安。」說完，她看向地勢圖，用指尖劃出一條線，抿唇堅毅地說，「都城距離翠霞谷一千五百里，這條路不是最近的路，我知道一條最近的山路，只需要一千里，我們急行軍走我知道的那條山路，兩日夜一定能到達，而十七只需要多拖住荊吉安一日，我便有辦法讓梅舒毓脫困。」

雲遲聞言目光凝定地看著她，輕聲說：「你身體還未……」

花顏仰著臉說：「小瞧我是不是？我身體毒素雖然未徹底清除，但也不是手無縛雞之力。急行軍趕路我受得住，更何況還有秋月，她也跟著，翻山越嶺也不怕的。我欠梅舒毓的人情還沒還，他無論如何也不能出事。」

雲遲抿唇：「好！」

花顏對他笑笑：「這南疆都城已沒有了南疆王和公主葉香茗，就等於是座廢城，我們今日離開，也沒必要再折回來了，你要平順西南，在哪裡坐鎮都一樣，目前在這裡無非是為了我袪毒養傷，將這書房裡你機密的東西都帶上，我們即刻啟程。你點兵，我去找十七。」

雲遲也露出笑意：「好。」

花顏抬步出了書房。

雲遲的聲音在身後響起：「小忠子，傳令，點兵。」

安十七歇了一夜，清早醒來，十分精神，見花顏匆匆而來，驚詫了一下：「少主，出了什麼事情？」

花顏快速簡潔地與他說了梅舒毓被困之事，小金當初交給她的東西在阿來酒肆，讓他帶著花家暗衛立即去拿了東西啟程，前去見荊吉安，將東西交給他，他若是顧念阿婆和小金，就讓他立即收手，他若是不顧念，反抗到底，那麼，就想辦法控制住他，若是控制不了，拖住他一日。

安十七對梅舒毓是熟悉的，也知道梅舒毓曾經幫了花顏大忙，當即點頭，半點不敢耽擱，帶著人出了行宮。

半個時辰後，雲遲點兵完畢，小忠子早已經命人快速地收拾好了行囊與重要的物品，秋月和采青帶齊了藥材。他們都知道這一行要去援救，急行軍走山路，馬車不能行，必須騎馬輕裝簡行，所以，身上都背了大大的包裹。

小忠子對雲遲說：「殿下，有些東西不能帶走，奴才覺得，待救了毓二公子後，派人回來取吧，那些都是殿下慣常用習慣的事物，可不能扔了。」

雲遲頷首：「救了人之後再說，東西是身外之物。」

小忠子應是，再不多言。

花顏走到一匹馬前，雲遲伸手扣住他的手：「你自己騎馬怎麼行，我載你。」

花顏搖頭：「不用，這馬匹上墊了厚厚的馬鞍，我還沒那麼嬌氣，一匹馬載兩個人走不快。我們必須要快。」

雲遲放了手。

花顏翻身上馬，攏著馬韁繩，說：「走吧！」

雲遲也上了馬，見花顏雖是尋常穿戴的一身淺碧色織錦衣裙，但這般騎在馬上，卻給她平添了幾分灑意和英氣，與懶洋洋地躺在貴妃椅上曬太陽的她十分不同。

那時，日光照耀下，他不止一次見過她，慵懶、嬌軟、柔弱無骨如喵咪一般。

此時，同樣是日光下，他第一次見，她坐姿端正，雖也纖細嬌軟，但灑意、輕揚、英氣、奪目……

這是花顏，她似有千百姿態。

急行軍出了南疆都城，依照花顏引路，在出城三十里後，進了深山，走的是在地形圖上完全沒有的一條路。

這條路是羊腸小徑，兩旁樹木深深，但人馬可以攀行。

雲遲下馬攀走時，見花顏額間鼻尖有細密的汗，有些心疼，鬆開韁繩任馬自己走，伸手握住花顏的手，柔聲說：「是不是受不住了？」

花顏搖頭：「不是，身子虛，出了點兒汗而已，不至於受不住。」

秋月從懷裡拿出一個玉瓶，倒出一丸藥，上前遞給花顏：「小姐，吃這個。」

花顏還沒伸手，便被雲遲接過，徑直喂到了花顏嘴角，花顏張口吞下，用袖子抹了抹汗說：「這麼酷熱又悶的天氣，怕是夜間要有一場大雨。」說完，她看了眼天空，肯定地點頭，「嗯，午夜子時後，會有一場大雨。」

雲遲也看了一眼天色，轉頭問小忠子：「可帶雨披了？」

小忠子立即拍著胸脯說：「殿下放心，這時節隨時都會下雨，奴才帶著雨披了，就怕路上有雨淋了太子妃。」

雲遲微笑：「不錯，回去賞你。」

小忠子頓時眉開眼笑，若不是行在山路上不便下跪，他怕是立馬就要跪地謝恩。

夜間，誠如花顏預料，的確是下起了大雨。

雨水很大，山路泥濘難行，雲遲怕花顏的身子受不住，給她裹了兩個雨披，幾乎從頭到腳將她包裹得嚴實，由人牽著馬，而他緊緊地扣著花顏的手，拉著她一步一步地往前走。

走了一段路後，雲遲看著花顏：「我背你吧！」

花顏堅決地搖頭。

雲遲低聲說：「昔日你讓蘇子斬背你夜行三十里，如今我背你怎麼就不行呢？」

花顏聞言氣笑了，頂著細密的雨簾瞪著他說：「昔日我沒有武功，又來了葵水，隨他騎馬顛簸了三十里後，幾乎軟成了一灘爛泥，是一步都走不動了，不得已讓他背，如今我能走得動，何必累你？」話落，又說，「你若是想找回場子，待我什麼時候也軟成一灘爛泥走不動時，讓你背個夠。」

雲遲微笑：「好。」

花顏覺得雲遲這個人尋常時候看不出來吃味和醋意，但總是在不經意間，就會算舊帳。偏偏他算起舊帳來不會真正的翻臉生氣，三言兩語就能讓人哄好。

他這個人的脾性，有時候也是彆扭得可愛。

大雨足足下到第二日天明時分方才歇止，但即便大雨，也未耽擱行程。

天亮後，急行軍擇了一處平坦之地稍作休息後，便繼續趕路。

在晌午時分，來到了翠霞谷外三十里的奇峰峽。

花顏停住腳步，站在奇峰峽的山頂歇了片刻，說：「下了這座奇峰峽，就是翠霞谷了，我想梅舒毓被困之地，應該是在翠霞谷的迷障林，他只有三萬兵馬，在這裡遭遇了荊吉安的攔截，折損了半數之多後，被逼迫之下，只能進入迷障林。」

「迷障林？」雲遲瞳孔微縮，「毒障之地？」

花顏頷首：「毒蟲極多的一個地方，形成了天然的瘴氣，尋常人進去，十有八九會受不住中瘴氣之毒，即便抗過了瘴氣之毒，還有許多毒蟲。」

雲遲面容微涼：「這樣說來，半數人馬也所剩無幾了。」

花顏道：「也不見得，吸入瘴氣極深到不能救時，需要十二個時辰，不是被極毒的毒蟲咬到，當時也不會有性命之憂，我們來的還不算晚，運氣好的話，能救下大半也說不定。我知道一條能避開荊吉安駐紮在翠霞谷出入口的兵馬，可以直接穿進迷障林的路。」

雲遲偏頭看花顏：「昔日你走遍了西南各地嗎？為何對這裡這麼熟悉。」

花顏笑著說：「算是吧！」

秋月在身後說：「那些年，公子治病要用許多上好的藥材，但大多數上好的藥材都藏匿在深山老林，普通採藥者採不到，藥鋪千金都購買不到，小姐便帶著我走遍了許多地方，西南境地的深山裡有一種血人參，用於活絡經脈促生心血最好，所以，小姐和我幾乎將西南境地的血人參都挖光了，足足在西南境地待了大半年呢。」

雲遲失笑：「難怪！」

花顏琢磨片刻說：「十七即便帶著人拿了小金的東西去見荊吉安，他怕是也不會善罷甘休放過梅舒毓，所以，他只能拖住他，為我們爭取時間，這九千兵馬原地休息，我們帶著暗衛進去迷障林，將梅舒毓和他帶的兵馬悄悄帶出來。」

雲遲點頭：「聽你的。」

花顏看著他，揚起臉問：「太子殿下是打算帶出梅舒毓和他手中的兵馬後立即收拾荊吉安，還是不急著收拾，等著後面再算？」

雲遲溫聲詢問：「我若是打算儘快收拾荊吉安，以如今九千兵馬再加上梅舒毓受了折損的少數兵馬來說，可有辦法？」

花顏點頭：「有辦法的，只是自古以來，以少勝多之戰，用的都是極端的殺戮法子。荊吉安和他手中的十萬兵馬你若是心狠不想再收服的話，我有法子能以火攻讓他十萬兵馬覆滅，但這方式殺戮太大了。更況且，荊吉安這人雖然愚忠南疆王，但據說是個人才。」

雲遲沉聲道：「當初招撫荊吉安，就是因為愛惜他是個人才，在臥龍峽，安書離放過他一次，我又放過他一次，但是沒想到他愚忠至此，看不清形勢，又起反心，所謂一次不忠，百次不用。」頓了頓，道，「不過十萬兵馬，殺戮太大，養兵不易，能收服的話，還是要收服，至於荊吉安，必死，不能留。」

花顏聞言抿唇：「我來南疆途中，受了小金和阿婆的一飯之恩，這般殺了荊吉安，真愧對小金和阿婆與我的情分，阿婆年歲大了，只他一個孫子，他還未娶妻，未留後，而小金還未嫁人。祖孫二人若是知道我們殺了荊吉安，怕是受不住傷心欲絕。」

雲遲看著她，溫聲說：「梅舒毓和三萬兵馬遭他對付，南楚士兵因他傷亡慘重，那些死在他此舉手下的妻兒老母，不計其數，不殺他，我也無法對他們交代。」

花顏頷首，輕聲說：「個人恩義是小，家國是大，我明白的，你身為太子，他犯了降而又反之罪，你要殺他，無可厚非，不殺他才說不過去，畢竟殺一儆百。」話落，她輕輕一歎，「但如今總歸是我藉由小金給他哥哥之物的心意而讓十七帶著東西去拖住他，利用了小金，我如何對她交代。」

雲遲握住她的手：「與你無關，是我要殺他，他死不足惜，你來是為救梅舒毓，即便不利用她送給她哥哥的東西，因為他降而又反，我早晚也要殺了他。」

花顏不再多言，對他說：「走吧，我們下去，進迷障林，先救出梅舒毓。」

雲遲點頭，命雲意帶領一半雲衛和九千兵馬原地休息，他則與花顏帶了雲影和另一半雲衛以及秋月、采青下了奇峰峽。

出了奇峰峽後，便沒有了山路的羊腸小徑，漫山遍野，灌木荊棘，山石林立，花顏指了要走的路，雲影和雲衛揮劍斬斷荊棘，在前方開路，將荒無人跡的山林生生開闢出一條路來。

三十里，用了一個時辰，未時，一行人進了迷障林。

花顏停住腳步，秋月拿出避毒丹給每個人服用了一顆。

花顏靠著雲遲歇了片刻，對他說：「南楚皇室的武功是由雲族術法演變而來，傳承了一息，你會傳音入密吧？」

雲遲點頭：「不是十分精通。」

花顏說：「迷障林有方圓五十里，你且傳音試試，若是不行，我卜一卦，看看他在哪個方向。」

雲遲點頭，當即盤膝而坐，凝神運功。

雲衛與花顏、秋月、采青連忙屏息凝神。

過了片刻，雲遲額頭冒出細密的汗，眉頭緊鎖，花顏見此，上前一步，扣住他的手：「收功吧，看來遠得很，我卜一卦。」

雲遲只能收了功：「方圓十里，沒有人跡。」話落，又說，「沒帶卦牌，你怎麼卜卦？」

花顏從懷中摸出三枚銅錢，笑著說：「我有這個，足夠了。」

雲遲一怔：「那日你……」

花顏莞爾：「這三枚銅錢自然不及德遠大師送你的那副卦牌。」

雲遲立即說：「卜卦的話，你的身體可受得住？」

花顏盤膝坐在了地上，說：「卜算一卦而已，小事一樁。」

秋月神色動了動，默默地走到了花顏身後，將手掌放在了她後背，低聲說：「小姐，您身體如今不好，我還是為您助功吧！您小心些。」

花顏點頭，收了笑意。

雲遲薄唇微抿，沒再說話。

雲影等都好奇地看著，他們發現，花顏會的東西很多，懂兵法，觀天象，卜卦……也許還有他們沒見過的更多的東西。

三枚銅錢被花顏輕飄飄地把玩在手中，她先是眉目端正地隨意地把玩了一陣，漸漸的，銅錢在她手中如變戲法一般地隔空交會著轉了起來，且越來越快，快到令人看不清。

即便是雲遲，一盞茶後，眼前只剩下銅錢劃出的圈影，他不由得眨了一下眼睛，在他眨眼睛的那一刻，只聽「啪」地一聲，一枚銅錢跳了出來，落在了地面上。

雲遲立即睜開了眼睛，第一時間去看花顏。

花顏臉色有些發白，額間落下了豆大的汗珠子，秋月臉色也有些白，但二人這時都去看那枚銅錢。

花顏瞅了眼，目光落在西方：「往西三十里外，梅舒毓受了重傷，似不太好。我們趕緊走！」

雲遲聞言一怔。

雲影等人也不由得怔住。在他們看來，那就是一枚普通的銅錢，落在地上是反面，他們什麼也沒看出來，怎麼太子妃就能看出毓二公子受傷了呢？

花顏瞧著雲遲微怔的神色，笑著揚眉，語氣儘量平靜如常：「怎麼？不相信我說的話？」

雲遲驚醒，立即上前一步，蹲下身，伸手握住她的手，這時發現她的手骨冰涼，滿是涼汗，立即問：「你怎樣？」

花顏撿起地上的銅錢，將三枚銅錢揣進懷裡，笑著說：「沒事啊！」

秋月默默地撤回手，站起身，沒說話。

雲遲轉向秋月，盯著她。

秋月受不住雲遲的目光，咬了下唇，歎了口氣：「太子殿下，小姐怕是這回真得讓您背著了，她這些日子的傷又白養了，剛剛損耗極大，若非奴婢相助，以她的身體，卜算不來這一卦。」

雲遲面色微變。

雲影躊躇了一下，還是上前，恭敬地說：「屬下來背。」

雲遲伸手扶起花顏，對雲影擺手：「用不到你，你開路就好。」

雲影只能又退了回去。

雲遲蹙眉看著花顏蒼白的臉，有些低怒地說：「你瞞著我做什麼？早知如此，我便不該讓你卜算這一卦。」

花顏見沒瞞住他，索性泄了氣，對他虛弱地笑了笑，柔聲說：「這迷障林滿是瘴氣，若是我們無頭蒼蠅似地亂找，怕是找到明日早上也找不到，只能用此一法，才能儘快地找到人。我們是為救人而來，不能白費功夫反而救不到人，我白養幾日的傷不要緊，大不了救了人之後再養好了。」

雲遲無言反駁，無聲地背轉過身子：「上來。」

花顏軟軟地爬上了他的後背，摟住他的脖子，低笑著說：「早先是你說要背我的，如今我給了你機會，你還鬧起了脾氣，這可不對啊！」

「我沒想著你這麼快就給我機會，且這麼快就讓自己又傷著了。」雲遲無奈地說。

花顏笑著說：「太子殿下有命，太子妃也莫敢不從呢。」

雲遲氣笑：「這話我記住了，但望你以後真的對我說的話都莫敢不從。」

花顏低笑，將腦袋靠在他後背上，不再說話。

同樣是三十里路，彼時，蘇子斬背著花顏走在半壁山的山上時，花顏想了很多，想葵水來的真不是時候，想蘇子斬的身體可真冰寒啊，想他這般身體，能背著她順利走到地方嗎，又想著萬一布包不等到地方就漏了染了他一身血怎麼辦，又想著雲遲何時追來，還想的是他這身體雖冷，但卻讓她心裡感覺到了溫暖……

此時，她只覺得十分的安穩，什麼也不想，不用想梅舒毓，因為她看到了，他受了重傷，狀態不太好，但有秋月在，他死不了，圍在他身邊的士兵也都掛了彩，傷了個七七八八，但似乎也還好。雲遲的身子清瘦，但是不覺得硌骨頭，十分的溫暖，他行走得快，但腳步平穩。

她想著堂堂太子呢，能為她做的事兒，他一樣沒少做，恨不得都要親力親為。

她想著想著，實在是疲累，不自覺地睡著了。

秋月跟在花顏身後，見花顏睡著，從包裹裡拿出了一件衣裳，輕聲對雲遲說：「殿下稍等，小姐睡著了，奴婢給她身上搭一件衣服，免得染了寒氣。」

雲遲立即停住了腳步。

秋月給花顏搭了一件衣裳，花顏一動不動地睡著。

雲遲微微偏頭瞅了一眼，見花顏的頭緊貼著他的背，手摟著他的脖子，軟軟的，卻緊緊的，他容色一暖，又快步地走了起來。

有早先花顏指明的方向，秋月拿著羅盤，一行人一路向西。

迷障林內不止濃霧彌漫，果然有許多的毒蟲，但因為眾人都服用了秋月給的避毒丹，所以，毒蟲靠近之後，又遠遠地避開。

三十里路，一個時辰，申時，雲遲等人便到了梅舒毓所在之地。

前方傳來梅舒毓警惕的低喝聲：「什麼人？」

雲遲聽到梅舒毓的聲音，心想著果然是正好三十里，花顏的卜算之卦，實在是匪夷所思得驚人，他腳步頓住，沉聲說：「是我。」

梅舒毓驚詫：「太子表兄？」

雲遲「嗯」了一聲，饒是他目力極好，但這裡濃霧太重，依舊看不到前面的梅舒毓，但他知道，他距離梅舒毓不過百步。

梅舒毓聽到這聲確定的聲音大喜：「太子表兄，真的是你？」話落，他似乎要掙扎著站起來，但用力過猛，似乎又摔了回去，痛呼了一聲。

雲遲沉聲道：「你待著別動。」

梅舒毓齜著牙痛苦又高興地說：「大夥兒們，是太子殿下來救我們了，趕緊的，都起來。」

隨著他聲音落，似乎有人陸陸續續地從地上爬了起來，不能爬起來的，由人攙扶著起來。

雲影開路，雲遲抬步，走向梅舒毓。

百米不過片刻，雲遲便看清了梅舒毓所在的位置，他躺在樹下，渾身是血，半邊臉青紫，顯然是中了毒，他目光又掃向其他人，士兵們大多數也與他一般，看到他都是一臉驚喜，沒想到太子殿下親自進了迷障林找到了他們。

有人扶著梅舒毓站了起來，他歪歪晃晃的想走向雲遲，這時也看清了雲遲背了一個人，愣了愣說：「太子表兄，你背的是……」

「先都坐下，讓秋月給你們看診。」雲遲擺手，將花顏從後背抱到了身前，擇了一處坐下，說，「是花顏。」

梅舒毓睜大了眼睛，吶吶半晌，立即驚問，：「她怎麼了？」

雲遲簡潔地說：「為了找你，受了傷。」

梅舒毓還想再問，秋月已經走到了他面前，對他伸出手：「毓二公子，請脈。」

梅舒毓住了口，費力將手臂伸給他。

秋月為梅舒毓把脈，然後皺著眉說：「傷勢太重，中毒已然不輕。」說完，她拿出玉瓶，倒出一顆藥遞給梅舒毓，「二公子先吃下這個。」

梅舒毓伸手接過，張口吞下，對秋月說：「勞煩姑娘，我這些兄弟們，你給看看。」

秋月自然不必梅舒毓說，轉身給受傷中毒的士兵把脈，一連給幾個人請脈之後，對雲遲說：「太子殿下，我身上帶的藥不夠，這麼多人，都中毒不輕，若是讓他們自己行走，怕是走不出這迷障林。唯一的辦法，就是就地取材，這迷障林內有毒蟲，自然也有相應的藥材解毒，可是時間上，怕是要耽擱了。」

「三個時辰可夠？」雲遲計算了一下時間回問。

秋月掃了一眼四周中毒受傷的士兵，看向梅舒毓：「要問毓二公子如今還有多少人了。」

梅舒毓面色一痛，愧疚地說：「太子表兄，我帶了三萬人馬，如今只剩下不足一萬人了，是我無能，愧疚太子表兄的信任。」

雲遲目光溫涼，沉聲說：「也怪不得你，荊吉安帶了十萬兵馬，早先沒有防範，你不是他的對手很正常。」說完，她看著秋月，「不足一萬兵馬，三個時辰的時間可夠？」

秋月立即說：「奴婢剛剛看了一下，有半數人都是輕傷輕微中毒，有一味解迷障之毒的草藥很好辨認，讓能走動的人隨我一起找，三個時辰的時間應該夠的。」

雲遲頷首：「那就快些吧！」

這些士兵們沒想到太子殿下會親自進了迷障林找到了他們，有了生路，能走能動的士兵們都趕緊地跟上了秋月去尋找解毒的草藥。

雲影將雲衛也都打發了出去，只自己守在雲遲和花顏身旁。

梅舒毓服下解藥後身體輕鬆了不少，都覺得自己這回怕是難逃去見閻王爺了，沒想到雲遲親自來救他。

他覺得自己很沒用，以後不能再這樣渾渾噩噩下去了！

他亂七八糟地想了很多，待回過神來時，見雲遲抱著花顏靠著樹幹閉目養神，比他離開南疆都城時，雲遲似清瘦了極多，眉目間顯而易見的疲憊，而花顏睡在他懷裡，似也瘦了極多，臉色蒼白，氣息濁弱，似嬌弱不堪一握。

他試探地開口：「太子表兄，你說她為了找我受了傷……傷得是不是很重？」

雲遲「嗯」了一聲，閉著眼睛不睜開，淡聲道，「她在蠱王宮受了極重的傷，昏迷了半個月，本來養好了些，為了給我解毒，白養了，後來又養了些天，養回了些，但聽聞你被荊吉安截殺被困，跟著我來找你，在迷障林內，為了不亂轉儘快找到你，她卜算了一卦，如今傷勢又白養了。」

梅舒毓沒想到他只問一句，素來惜字如金的雲遲會對他說了這麼多，他愣了愣，小聲問：「她會卜算？是不是跟半壁山清水寺的德遠大師一樣？」

雲遲睜開眼睛瞅了他一眼，又閉上：「德遠不及她。」

梅舒毓眨眨眼睛，聽聞了花顏卜卦連德遠都不及，他也不太驚訝，只好奇地問雲遲：「太子表兄，她是如何卜卦的？」

雲遲搖頭：「太過玄妙，不可言說。」

梅舒毓聞言更是好奇死了，難得雲遲這麼好說話，追問：「怎麼個玄妙法，連你也說不出來嗎？」

雲遲搖頭：「說不出來。」

小忠子在一旁敬佩地開口：「太子妃只用了三枚銅錢，就卜算出二公子您在西方三十里外，受了重傷，不知是怎麼看出來的，我們只看到一枚普通的銅錢。」

梅舒毓嘖嘖稱奇：「好厲害。」

雲遲睜開眼睛，低頭看著花顏，她睡得沉，他們如此說話都不醒，他伸手碰碰她額頭，依舊是細密的涼汗，他蹙眉，眼底湧上一絲心疼，低下頭，貼著她臉頰蹭了蹭。

梅舒毓睜大眼睛，震驚地看著雲遲，他看到了什麼？太子表兄待人何時這般……

他很想知道，花顏若是醒著，太子表兄這樣對她，她該是如何反應。

雖然他已經聽陸之凌說過花顏奪蠱王前後的經過結果，但昔日在京城時，花顏對雲遲的抗拒實在是讓他記得深，不過震驚歸震驚，他還是沒忘了如今的情形境地，他定了定神，看著雲遲問：「太子表兄，你們是如何進來的？荊吉安的兵馬可退了？」

雲遲搖頭，簡略地將花顏帶路找來的經過說了一遍。

梅舒毓聽罷，憤恨地說：「太子表兄，一定不能饒了荊吉安，他降而又反，著實可恨，若沒有這片迷障林，我們昨日就全軍覆沒了。」

雲遲默了一瞬，又低頭看了花顏一眼，慢慢地頷首：「自然。」

梅舒毓見雲遲點頭，知道他累了，不再說話打擾他休息。

雲遲又閉上眼睛，眉目較早先溫涼了些。

三個時辰的時間雖然緊迫，但秋月還是帶著人在迷障林內找到了草藥，解了大批兵士的毒，只剩下少數人，由強健的人背著離開。

花顏依舊沒醒，雲遲繼續背起她，由秋月帶路，沿著原路返回，大批人馬跟在其後。

一個時辰後走出了迷障林，兩個時辰後來到了奇峰峽。

雲意帶著九千兵馬等候到深夜，不見雲遲花顏救梅舒毓出來，心中已經十分著急，如今見他們回來，大喜。

雲意上前剛要說話，雲遲忽然看向左側方，瞇起了眼睛。

花顏這時忽然醒來，睜開眼睛，也看向左側方，凝神靜聽下，對雲遲說：「快，有大批人馬從左側方而來，怕是荊吉安的人馬，立即向東南走，五十里外有一處萬毒無回谷，你不是要拿下荊吉安嗎？進了萬毒無回谷，就有辦法拿下他。」

雲遲猛地轉頭看向花顏：「醒了？」

花顏「嗯」了一聲，說：「秋月快帶路，去萬毒無回谷。」
秋月點頭，連忙提前帶路。
大批人馬快速地跟在秋月身後，穿著草叢而過，發出極大的沙沙聲響。
左側方有人高聲大喊：「荊副將，發現了南楚軍蹤跡，東南方向，快追！」
雲遲的容色冷了冷。
花顏對雲遲說：「放下我，我自己走。」
雲遲搖頭，背著花顏快步跟在秋月身後，
荊吉安帶的大批兵馬追得很快，五十里路拼的是雙方的體力，幸好跟隨梅舒毓的士兵十有八九都解了迷障之毒，再加之是保命的關口，所以，都跑得極快，只有少數幾個人掉隊。
子夜時分，秋月帶著人衝進了萬毒無回谷。
花顏對秋月說：「去第九回，帶著人馬直接出第九回的出口，在出口等著。」
秋月點頭，毫不猶豫地依照花顏所說，進了第九道山彎處。
梅舒毓帶著人馬立即跟在了秋月身後。
花顏對雲遲說：「放我下來，我布一個陣，將荊吉安和十萬兵馬困在這萬毒無回谷的陣中任你施為。」
雲遲停住腳步，對她問：「布陣不會受傷了吧？」
花顏搖頭：「不會。」
雲遲放下花顏，還是不放心地說：「我也學過許多奇門陣法，你要布什麼陣，我來做。」
花顏聞言瞧著他，想著這還是因為她卜算之事不放心她呢，生怕她因此再受傷吧？她點頭：

「也好，那就你來，布天羅地網陣加有來無回陣。」說完，她分別伸手一指八個方位，正東正西正南正北布大乾坤天羅地網，東南、西南、東北、西北布小乾坤有來無回。除了九曲迴腸的出口，八個谷口，都封死。

雲遲頷首，將花顏交給雲影，吩咐：「保護好太子妃！」

雲影點頭。

雲遲又吩咐：「雲墨帶著十二雲衛，隨我去布陣。」

十二雲衛齊齊應是。

「我與雲影去第九曲山頂等你。」花顏看著雲遲，伸手一指，「在那裡，半里地。」

「好。」雲遲點頭，與十二雲衛快速地離開去布陣。

花顏看向雲影：「走，我們去第九曲山頂。」

雲影應是，說了一聲「太子妃得罪了。」便帶著花顏風一般地掠去了第九曲山頂。

來到山頂，雲影落腳，放開了花顏。

花顏舉目下望，只見萬毒無回谷外火把通明，大批人馬如洪水一般地湧進了萬毒無回谷，密密麻麻，在夜間，幾乎都能將夜空點亮。

山頂上的山風有些大，花顏身上雖然多披了一件衣服，但還是感覺到了涼颼颼的冷意。

雲影說：「太子妃，山頂風大，您身體不好，還是尋一處避風處等殿下吧！」

花顏伸手攏了攏衣領，搖頭：「無礙。」

雲影只能上前一步，擋住花顏的半個身子，為她遮擋些冷風。

花顏看著荊吉安帶著的兵馬無知無覺地進入到了萬毒無回谷，想著可惜了小金的這個哥哥，挽得一手好弓，且力大無窮，熟讀兵法，是個有才的，奈何頭腦太一根筋。

即便她與小金與阿婆有著深厚的交情，但在荊吉安降而又反殺了南楚兩萬多兵馬之後，她也沒辦法保他一命不死，畢竟她是雲遲的太子妃，以後要想他所想，為他所為，才對得起這個身分。

雲遲帶著十二雲衛布好陣，沒有立即去第九曲山頂找花顏，而是根據秋月的蹤跡去了第九回的出口。

梅舒毓與士兵們由秋月帶領著已經等在了第九回的出口，他憋了一肚子的氣，問秋月：「秋月姑娘，太子表兄布陣，難道能攔得住十萬兵馬？」說完，他望著群山疊伏的萬毒無回谷，「這裡多大？夠裝得下十萬兵馬嗎？」

秋月點頭：「若是太子殿下布的陣厲害，自然能攔住，這萬毒無回谷大得很，別說十萬兵馬，二十萬兵馬也能裝得下。」

梅舒毓看著黑漆漆的山巒，敬佩地看著秋月：「秋月姑娘，你真厲害，竟然能帶著我們繞出了出口，若是我，非迷路不可。」

秋月說：「這萬毒無回谷裡毒蟲多，好藥也多，當年小姐和我在這裡待了兩個月，自然每一處地方都熟悉得很，閉著眼睛都可以走。」

梅舒毓羨慕：「你們兩個小姑娘，可真是厲害，小小年紀，便滿天下地亂轉，竟然還來這種危險的地方。」

秋月笑了一下，想起了什麼，歎息地說：「小姐說她不要被關在高牆大院裡，即便不為公子採藥，她也不會困居深宅一世的。」

梅舒毓聞言有些惆悵：「可是如今她答應做太子表兄的太子妃了，東宮宮苑深深，將來皇宮也是宮牆深深。」

秋月收了笑：「這是小姐的命。」話落，感到有人來了，立即住了嘴。

梅舒毓剛要再說，順著秋月的目光，看到了雲遲，也連忙打住話，迎上前：「太子表兄，你是不是布陣已經把荊吉安和十萬兵馬困住了？」

雲遲頷首。

梅舒毓一拍大腿，腿上有傷，他受不住地「嘶」了一聲，摩拳擦掌說，「不能便宜了他，我和弟兄們都憋了一肚子火想收拾他，奈何敵眾我寡，只能任他收拾，但如今既然已經將他困住，就讓我們出出氣唄。」

雲遲挑眉，看著渾身是傷依舊精神的梅舒毓問：「你想親手報仇？」

梅舒毓點頭：「我險些死在他手裡，說什麼也不能放過他，想親手殺了他。」

雲遲淡聲說：「你如今渾身是傷，而荊吉安精神十足無病無傷，我即便給你一個與他單打獨鬥的機會，你能殺得了他嗎？要知道他力大無窮，你可別反被他殺了。」

「能！」梅舒毓咬牙恨聲道，「太子表兄，你就給我一個機會，我不報此仇，怕是會抱恨終生，殺不了他，死在他手裡，我也無怨無悔。」

雲遲淡淡溫涼地說：「好，我就答應你，給你一個單獨與他單打獨鬥的機會，你若是殺了他，此事了，回京後，我破格提拔你入兵部，若是你殺不了他，死在他手裡……」

梅舒毓接過話：「死在他手裡，是我無能，有愧太子表兄看重栽培，就當梅府沒我這個不孝沒出息的子孫。」

「好！」雲遲點頭，對雲意吩咐，「先帶他去第九曲山頂見太子妃。」

雲意應是，帶著梅舒毓去了第九曲山頂。

雲遲在梅舒毓離開後，看著自己帶來的九千兵士與梅舒毓剩下的九千多士兵，清聲說：「除卻重傷者，其餘人，分八隊，守死八個谷口，有闖陣者，殺無赦。」

「是。」士兵們熱血沸騰，發出震天動地的響聲。

以一萬八千人對付十萬兵馬，如此以少勝多，占據萬毒無回谷地勢，太子殿下親自布陣，必定載入史冊。

雲意帶著梅舒毓來到第九曲山頂，便看到花顏攏著衣服立在山風中。

他鬆開梅舒毓，拱手：「太子妃，殿下吩咐屬下送毓二公子過來，他要與荊吉安單打獨鬥，生死不論。」

花顏聞言蹙眉，慢慢地轉過頭，看著梅舒毓，山風將她的臉龐吹得有些冷清，但她看著梅舒毓的目光卻溫和：「太子殿下布的陣法，十分厲害，困住荊吉安十萬兵馬，殺了他，再讓十萬兵馬降順，不是難事兒。你重傷在身，何必非要與他單打獨鬥？」

梅舒毓看著花顏，明明看起來纖細嬌弱的一個人，但偏偏給人一種峰巒秀木的堅韌獨挺之感，怪不得太子表兄死活不放手。

他撓撓腦袋，憤恨地說：「因為荊吉安降而又反，我帶出來的近兩萬兄弟死於他手裡，若是不親手殺了他，我難以對死於九泉下的將士們交代，也枉太子表兄對我栽培磨練一場，更枉費梅府的門楣。」

花顏不說話，看著他。

梅舒毓堅定地道：「以前我是沒出息，紈褲不知事物，如今來西南，經歷些事兒，方才明白，人活著，不能太糊塗。我今日若是糊裡糊塗地為了自己保命等著太子表兄收拾處置荊吉安，而我自己則袖手悠閒，連我自己都看不起自己，將來又如何立得穩坐得端正？」

花顏微笑：「一個是陸之凌，一個是你，你們二人，我還真沒看錯。」話落，她點頭，「對付天生力大無窮的人，不要與他硬碰硬，要懂得靈巧借力，不怕周旋，瞅準機會，一擊必中。機會往往是稍縱即逝，一定要把握好。」

梅舒毓重重地點頭，知道花顏這是在點她克敵之法。

花顏忽然輕柔地出手，不見她招式如何變幻，直取梅舒毓面門，她明明手骨無力，身體乏力，甚至山風一吹似乎就要刮倒，梅舒毓一直看著她，第一時間躲開了，他自認為躲得很快，但花顏的手指雖然沒點在他面門處，還是點在了他左肩處。

他身子猛地一僵，臉色瞬間漲紅，她手中若是有一柄劍，他此次左肩胛骨已經被她刺傷了。

花顏笑了笑，手指離開，又直擊他右肩胛骨，梅舒毓不想再被花顏小看，以更快的速度躲開了。

但花顏的再次出手，招式變幻多樣，梅舒毓躲了這招還有那招，一時間氣喘吁吁，有幾次都沒躲開。

一盞茶後，花顏收手，梅舒毓身子一軟，倒在了地上。

花顏笑著說：「我方才沒有用半絲武功，卻讓你無招架之力，所以，有時候內功不足，身體有傷，不是不能贏人的主要原因。我方才對你一味強攻，顧不及防守，露出了三處破綻，可惜你一味躲閃，沒看到我那三處破綻，以至於，如今是你倒下，我站著。」

梅舒毓聞言猛地從地上爬起來，對花顏說：「再來一遍。」

花顏不反對，又照著早先出的招數，對梅舒毓用了一遍。

這一遍，梅舒毓比早先躲避的動作快了極多，靈巧了極多，在花顏露出第一個破綻時，他就抓住了，拼著被她點中了左肩胛骨廢一條手臂的風險，將手掌劈在了她的脖頸處。

若是兩人手中都有劍的話，梅舒毓傷了一條胳膊，花顏掉了腦袋。

一條胳膊的代價換一條命，值得。

梅舒毓收了手，驚喜得嘿嘿直笑，敬佩地看著花顏：「我懂了，多謝你教授！」

花顏淺笑，伸手入懷，拿出一個瓶子，倒出三顆藥丸給梅舒毓：「你受傷太重，失血太多，與我一番動手，又觸動了傷口，耗費了力氣，這三顆藥，給你補回來。但望你手刃荊吉安，為九泉下的兩萬將士報仇，給他們的亡魂一個交代。」

梅舒毓接過三顆藥丸，悉數吞進了肚子裡，鄭重地點頭。

雲遲來到山頂，看著梅舒毓臉上再不是早先視死如歸的神色，取而代之的是信心滿滿，他淡淡地掃了梅舒毓一眼，對雲意吩咐：「荊吉安已經被單獨困在迷障林，讓秋月帶你們去。」

雲意應是，帶了梅舒毓，尋了秋月，去了迷障林。

雲遲走上前，將花顏抱在懷裡，低沉柔軟的聲音說：「多謝你讓我殺了荊吉安。」

花顏回抱住他，吸取他身上的溫暖，淺淺而笑著說：「我做你的太子妃，以後自然要想你所想，為你所為，才對得起這個身分。以前家國天下我可以不顧，但以後，你的家便是我的家，你的國便是我的國，我自然不能婦人之仁因私心而拖你後腿。」

雲遲聞言心下觸動得無以復加，心海翻潮，緊緊抱住花顏，久久難以平靜。

無論是懿旨賜婚後那一年明裡暗裡的爭鬥，還是懿旨悔婚後他反省自責，亦或者是從蠱王宮將重傷奄奄一息的她帶出，以及她昏迷不醒的那一段時間他親力親為，還有之後他以蠱王與她交換以身相許，等等的，這麼長時間，他從來就沒有奢望她能這般待他。

他所求不過是她站在她身邊，陪著他，誠如他所說，帝王之路太孤寂，她合他心意，唯她一人，誰也代替不了，此一生，非她莫屬。

這是他強求來的緣分，但是他從沒有想過，她在這之後能給予他這麼多。

想他所想，為他所為，讓他驚喜心喜得幾乎失控。

他身子微顫，將頭擱在她頸窩處，低低呢喃：「花顏，花顏，花顏……」

一切想說的話，似乎都在這一聲聲喊出的名字裡，繾綣在舌尖，藏裹在腹中。

山風呼嘯，很大很冷，但是花顏卻在風聲中聽得清楚，雲遲的一聲聲喊她的名字，低沉悅耳，飽含無數情緒，似要溢滿出來，無所控制，讓她的心似也跟著化在這一聲聲裡。

這一刻，她心尖顫動，似隱約地明白了什麼。

她任他靜靜地抱了一會兒，待他心海平復，她微笑著說：「尋一處避風的地方吧！等天明時分，你好接受十萬降兵的戰果。」

雲遲點頭，攔腰將她抱起，下了山頂，尋了一處避風處，抱著她坐了下來。

花顏靠在雲遲的懷裡，伸手摟著他的脖頸，低聲說：「背著我走了那麼遠的路，三十里又三十里再三十里，很累吧？」

雲遲低頭看著她，夜色下，她眉眼溫柔，他微微笑著搖頭，眼波也似春水：「不累，甘之如飴。」

花顏將臉貼在他胸口，低聲喊：「雲遲。」

雲遲應了一聲「嗯。」

花顏又學著他喊：「雲遲，雲遲，雲遲……」一聲聲，似細雨，似低喃，似喊給他聽，又似喊給她自己聽，細細碎碎的溫柔融化了月光和山風。

雲遲點點頭，低低柔柔地「嗯」了一聲。

花顏抬眼瞅他，玉色的容顏在夜色下泛著剔透的光，華美清貴得難以描繪，她呼吸窒了窒，低聲說：「你也著實累了，睡一會兒吧！」

花顏不再說話，她睡了許久，並無睡意，靜靜地靠在雲遲的懷裡。

雲遲著實累了，不多時就睡了。

花顏怕壓麻了他的腿，待他睡熟後，慢慢地輕輕地從他懷裡出來，走到一旁，低聲說：「來人！」

采青和小忠子一直躲在遠處，聽花顏喊，連忙齊齊地走了過來。

花顏溫聲說：「從包裹裡拿一件披風來。」

小忠子也發現雲遲睡著了，他連忙點頭，立即從包裹裡拿了件稍微厚些的披風遞給了花顏。

花顏接過，轉身走回雲遲身邊，將披風展開，輕輕地蓋在了他身上。

小忠子在不遠處瞧著，想著以前他說錯了，太子妃不是冷血無情的，是只有真正進入了她心裡的人，才會被她用針織出細細密密的網，掏心掏肺的對那人好。

花顏給雲遲蓋好披風後，自己則坐在了他身邊，等著梅舒毓對付荊吉安的結果。

她相信哪怕他如今渾身是傷，哪怕他力氣不如荊吉安，但他是聰明的，有了她早先的一番點撥，他應該是能殺了荊吉安的，只不過自己也會傷勢加重，需要秋月救罷了。
想起阿婆和小金，她只能暗暗地抱歉，誠如雲遲所說，荊吉安降而又反，若不殺了他，如何對兩萬士兵的妻兒老母交代？又如何對九泉下的士兵交代？更如何立他這太子殿下的威望？
法不容情，合該如此！
有的人能救，有的人不能救。
一個時辰後，雲意帶著渾身是血幾乎成了血人的梅舒毓到了雲遲一行人所在處，花顏聞到了濃郁的血腥味，看著雲意將梅舒毓放下，她立即站起身，走了過去。
梅舒毓臉色在夜色下如白紙一張，但一雙眼睛卻明亮至極，見花顏走來，對她啞著嗓子說：「我將荊吉安殺了！」
花顏蹲下身，看著他微笑：「好樣的！」話落，對隨後跟上來的秋月問，「可給他診脈了？這麼重的傷，可有大礙？」
秋月的臉色不大好，顯而易見的疲憊，聞言搖頭：「小姐放心，毓二公子沒有性命之憂，只是他怕是短時間內不能自己行走了，少說也要養一個月的傷。」
花顏鬆了一口氣：「以一個月的重傷換荊吉安一條命，值了。」
梅舒毓點頭，眉眼都是亮光：「幸好有你早先對我的點撥，否則我定會死在荊吉安手下，論單打獨鬥，若是以前的我，打不過他。」
花顏淺笑：「你今日重傷在身之下還能殺得了他，已經是值得炫耀之事了。」說完，她對雲意吩咐，「快帶他去避風之處，趕快讓他休息吧！」
梅舒毓實在是太累了，雲意將他放好後，便歪著頭睡去了。

花顏站起身，對秋月問：「荊吉安的屍首呢？」

秋月立即說：「他被毓二公子用劍削掉了腦袋，死不瞑目，似是沒想到就這樣死了，滿臉的不甘。屍首我讓人先收了起來，回來問太子殿下和小姐如何處置。」

花顏道：「屍首讓人裝棺，讓人送回去給阿婆和小金見他最後一面吧！畢竟是骨血至親，不能就這樣將他埋在這裡。他雖然人愚忠，但也算是個英雄，南疆國號埋葬由他的血落幕，也能載入史冊，千載留名了，他比南疆王估計要受後世褒獎得多。」

秋月點頭：「可憐了阿婆和小金。」

花顏歎了口氣：「白髮人送黑髮人，但願阿婆挺得住。」話落，她伸手拍拍秋月，「你也累了，快找個地方歇著吧，明日一早，太子殿下收了十萬兵馬，我們就要離開這裡。」

秋月看著花顏，問：「小姐，我們離開這裡後去哪裡？」

花顏想了想說：「梅舒毓是因為要去灰雁城，而被荊吉安困在了這裡，我們明早應該會去灰雁城，配合陸之凌和安書離的計畫行事。」

天明時分，雲遲醒來，睜開眼睛，日出照紅了第九曲山頂，紅光燦燦。

他微微偏頭，便看到花顏靠在他身旁，閉著眼睛在睡著，睫毛貼服在她臉上，濃密如兩把刷子，睡顏靜謐如一幅畫，瑰麗素雅，在清晨的日出下，染著微微光華，美好得令他移不開眼睛。

他靜靜地看了她許久，終於忍不住，低頭去吻她嬌嫩的唇瓣。

花顏睫毛顫了顫，並未醒來，繼續睡著。

雲遲怕擾醒她，只蜻蜓點水地輕輕碰了碰她，便慢慢地輕微地將身上的披風蓋在了她身上，緩緩起身。

小忠子在遠處聽到動靜，連忙起身，小聲說：「殿下，您醒了？」

雲遲「嗯」了一聲，問，「梅舒毓呢？」

小忠子連忙說：「毓二公子殺了荊吉安，渾身重創，秋月姑娘說怕是要養一個月的傷勢。」

雲遲淡笑：「還好。」

小忠子點點頭：「是啊，真沒想到毓二公子本就重傷下還能殺了荊吉安，連奴才都佩服，換做尋常人，那般重傷可能連爬都爬不出迷障林。」

雲遲笑著頷首：「他是個可造之材。」

小忠子暗想有太子殿下這一句話，以後毓二公子前途不可限量了。

雲遲向東方天際看了一眼，吩咐小忠子：「你們在這裡看顧太子妃，我去看看荊吉安那十萬兵馬。」

小忠子應是：「殿下小心些。」

秋月此時已醒來，走上前，說：「奴婢隨太子殿下去吧！萬毒無回谷內毒物頗多，有些地方進不得，殿下身體也還未痊癒，奴婢一來可以引路，二來也可幫著殿下給傷兵看診。」

雲遲頷首：「也好！」

秋月轉頭對采青說：「照顧好小姐，我去幫太子殿下，咱們也好早些離開這裡。」

采青點點頭：「姑娘放心，奴婢寸步不離地看顧著太子妃。」

秋月放下心來。

等花顏醒來時，天色已經大亮，她睜開眼睛，不見雲遲，只見采青和小忠子陪在她身邊，二人正翹首往山下望，皆是一臉的興奮。

她動了動身子，笑著問：「你們在看什麼呢？」

二人連忙轉過頭，小忠子立即說：「太子妃，您醒啦？奴才和采青在看太子殿下收服十萬兵馬呢，從這竟然能看到殿下的所在之地，昨日夜裡太黑，竟然沒發現，原來那些兵馬都被困在一道道山谷裡，任他們如何走，有殿下的陣法在，都在谷內亂轉，走不出去，這個地方實在是太好了。」

采青笑著走過來，扶起花顏，一臉敬佩地說：「您真厲害！咱們才這麼點兒人，竟然讓荊吉安和十萬兵馬折在了這裡。」

花顏隨著采青攙扶站起身，失笑：「不是我厲害，而是四年前，我與秋月採藥在這裡生生待了兩個月，開始進來時，生生迷路轉悠了六七日，幸好帶了足夠的乾糧和水囊，才沒被餓死渴死，後來算是將這地方轉遍了，吃透了，閉著眼睛走也能不迷路了。」

采青依舊敬佩地說：「那您也是極厲害呢，四年前，您才十二歲吧？秋月姑娘比您還要小些呢。」

花顏淺笑著道：「我仗著武功和所學，又仗著秋月是天不絕的徒弟，那些年是天不怕地不怕了些，更何況為了給哥哥找藥，哪裡都敢去的。」

采青看著她：「您對花灼公子真好。」

花顏輕笑：「一母同胞，哥哥對我也是極好的，從小到大，他可以訓斥我，但是看不得別人說我一句半句。正因為有他這個長兄護著，花家的一眾長輩們才管不了我。」

采青羨慕地說：「有哥哥真好，奴婢自小就是孤兒。不過與奴婢一起在東宮長大的人，也是肝膽相照的兄弟姐妹的。」

花顏含笑看著她：「從小一起長大的兄弟姐妹，情分也是不差，一樣的。」

采青笑著點頭：「是呢。」

小忠子笑嘻嘻地問：「太子妃，您要去看看嗎？奴才從高處下望，見殿下是極有豐儀的。」

花顏好笑：「他何時沒有豐儀了？什麼時候都有的。」

小忠子吐了吐舌：「是奴才說錯話了，殿下的確是何時都有豐儀的，但今日更甚，十萬兵馬，無一人敢反抗，看起來十分乖順。」

花顏笑著又舉目下望了一會兒，雲遲輕袍緩帶，毓秀挺拔，如青竹一般，雖距離得遠，但得天獨厚的清貴豐儀卻讓人移不開眼睛，清貴尊華，豐儀無雙。

她看了片刻，收回視線，笑著搖頭：「既然能在這裡看到，就不去了，懶得走。」

采青立即說：「奴婢可以背著您，奴婢也是有力氣的。」

「累你做什麼？咱們就在這裡看好了，離得近了，反而不能領略這種風景。」

小忠子撓撓頭，嘿嘿地笑：「也是。」

花顏笑道：「有了這十萬兵馬，咱們離開南疆的日子不遠了。」

采青小聲說：「奴婢覺得，在西南境地，比在京城好多了，在京城時，殿下總是被一幫大臣圍著盯著，來到西南後，殿下身邊清靜多了。」

花顏抿著嘴笑：「南楚京城地處皇權中心，他是太子，一舉一動自然都有人盯著。在西南境地，有許多人鞭長莫及，但也有少數人的眼睛追來，但總歸是比京城隨心所欲了些。不過他也不能離開京城太久，以免人心渙散，生出異心。」

采青點點頭：「殿下極不容易的。」

花顏不置可否，生來就是太子儲君，豈能容易？雲遲所承受的，她以前不願意去瞭解，每每都將之遮罩在眼外耳外，但真正地入了心瞭解後，方才知道，他是真的不易。

皇權帝業，江山負重，都擔在他的肩膀上，他不能行差就錯一步半步。

為了娶她，他是極任性了些，一年裡為了壓下反對的人，承受了極多，太后悔婚懿旨下了之後，哥哥將悔婚旨意臨摹拓印萬張，天下人皆觀仰，待平順了西南，回去之後，他親自前往臨安花家求娶，是在打太后的臉，也是任天下人都看到他太子雲遲要做的事兒，太后也干涉不得，做不得主。

她可以想像得到屆時一定會掀起轟然巨浪，包括皇上、太后、宗室皇親、文武百官一眾人等，必定譁然天下。

想必屆時比懿旨賜婚時掀起的風浪還要大。

彼時，是他自己承受一切，還有她找的麻煩，屆時，有她一起與他承受。

她想著，輕輕淺淺地笑了，迎著東方照下的日色，淡淡光華。

采青看著花顏，一下子看癡了，喃喃地說：「太子妃，您真美！」

花顏低笑：「美不過你家殿下。」

采青一呆，沒忍住，笑出了聲。

小忠子在一旁聽了也偷笑不已。

花顏又站在山頂看了雲遲片刻，對二人說：「走，咱們去出口等著他。」

二人應是，采青看了一眼陡峭的山路，還是說：「太子妃，這山路太陡了，您身子不好，還是奴婢背您吧？」

采青伸手扶住她：「那奴婢扶著您。」

花顏笑著搖頭：「咱們走慢些，不著急，他要收整兵馬總要些時候。」

花顏點點頭。

三人慢慢地走下了山，在暗中護衛的雲衛抬起依舊昏睡不醒的梅舒毓悄無聲息地跟在了後面。

走到半途中，遇到幾隻山雞，花顏立即對采青說：「抓了它們，一會兒我們烤了吃。」

采青出劍，三五下便將幾隻山雞斬斷了頭，山雞沒了腦袋沒有立即死去，而是胡亂跑了一陣，滴滴答答地將這一片山石上滴得都是血。

采青提著劍目瞪口呆。

花顏也愣了愣，看著采青大樂：「山雞不是你這樣抓啦，不過也挺有意思的！來吧！撿起來，咱們拎著它們下山褪毛。」

采青收了劍，點點頭，撿起了幾隻山雞，交給小忠子。

小忠子一臉嫌棄，但還是接過來拎著渾身是血又沒了腦袋的山雞下了山。

下了山後，來到出口一處小山坳裡，有一條從山澗流下的小溪流水，花顏就著溪水給山雞褪了毛，然後讓小忠子拾了乾柴，采青生了火，三人圍坐在一起將幾隻山雞烤了。

雲遲收整完十萬兵馬，命士兵們架鍋生火做飯後再啟程，便聽雲影稟告：「太子妃下山了，抓了幾隻山雞，正在烤來吃。」

雲遲「哦？」了一聲，笑著揚眉，「帶路，去看看。」

雲影應是。

秋月聽說花顏在烤山雞，頓時犯了饞蟲：「小姐烤的山雞最是好吃，不知道抓了幾隻，夠不夠分啊！」

雲遲回頭瞅了她一眼，溫聲問：「你們以前在外時，時常烤山雞吃？」

秋月點頭，懷念地說：「不止山雞，還有野兔、野豬、野鹿、飛鳥，但凡可以烤來吃的東西，都烤過，但山雞和飛鳥最好吃。」

雲遲微笑：「那我也要嘗嘗。」

秋月看著他走在前面的身影說：「小姐烤的東西，如今一定有您的份，就是不知道有沒有奴婢的份了。」

雲遲失笑：「她既知道你愛吃，一定會給你留的。」

秋月想想也是，小姐哪怕在公子面前對她也還是一樣的好，頓時高興起來。

雲遲和秋月找到花顏時，幾隻山雞正烤了個半熟，秋月數了數，立即說：「小姐，怎麼就抓這麼幾隻，不夠吃啊！」

花顏笑著看了雲遲一眼，轉向秋月：「這幾隻是下山時順路遇到的。」

秋月立即說：「那奴婢再去抓幾隻來。」

雲遲擺手，攔住秋月，吩咐：「雲衛去！」

雲影應是，立即帶著人去了。

雲遲走到花顏身邊，看著火上烤的金黃的山雞，笑著說：「聞著就感覺不錯。」

花顏偏頭笑著看了他一眼：「你吃過烤山雞嗎？」

雲遲搖頭：「不曾。」

花顏想想也是，堂堂太子，山珍海味吃過不少，但是這種野味一定沒吃過，他從小到大離京的次數有限，出入隨扈無數，上不得檯面的東西，是一定不會端到他面前的，比如粗茶淡飯，更何況這種山野烤食。

她翻轉山雞滾烤，笑著說：「一會兒熟了你嘗嘗，若是喜歡吃，以後我經常抓了山雞給你烤。」

雲遲笑容溫暖，低柔地點頭：「好。」

雲衛又抓來幾隻山雞，秋月和采青接過，去溪水旁褪毛開膛，將清澈的溪水染紅了一片。

小忠子在一旁嘟囔：「太血腥了，有汙殿下貴眼。」

花顏大樂。

雲遲瞥了小忠子一眼，溫聲笑著說：「我不怕汙，倒是你，一臉慘白，轉過頭別看了。」

小忠子看著雲遲面不改色，覺出自己的沒用來，默默地轉過了身去。

這時，昏睡的梅舒毓醒來，喃喃地說：「什麼東西？好香。」

這時，正巧烤好了一隻山雞，花顏扯下一隻雞腿遞給雲遲，雲遲伸手接過，她又扯下另一隻雞腿，回身遞給梅舒毓，笑著說：「俗話說趕得早不如趕得巧，你醒來的倒是巧得很。」

梅舒毓立即伸手接過，張嘴就咬了一口，然後「啊」地一聲，「好燙！」

「剛剛烤好的，怎麼能不燙？誰知道你這麼急著吃，我話還沒說完呢。」花顏好笑地看著梅舒毓。

梅舒毓齜牙咧嘴了好一會兒，試了試發現自己連起身也不能了，只能躺著吃，口中連聲道：

「餓死了，這東西好香，我以前沒吃過。」

沒吃過的人不止梅舒毓一個，但雲遲卻吃得慢條斯理，極為高貴斯文。

花顏將一隻雞撕開，你一塊我一塊地給身邊的人分了，小忠子也分了一塊，雖然它嫌棄殺山雞太血腥，但是吃起來不含糊，津津有味，被秋月和采青嘲笑地看了好幾眼。

一個時辰後，雲遲下令，動身前往灰雁城。

在動身之前，雲遲詢問花顏後，便派了幾個人，送荊吉安的屍首歸家。

出了萬毒無回谷後，走的依舊是奇峰峽和翠霞谷的山道，這一次再無人阻攔，順利地過了翠霞谷。

半途中，安十七帶著人迎上了大軍。

安十七受了傷，不過不太嚴重，見到花顏後，大鬆了一口氣：「少主，您沒事兒就好，荊吉安鐵了心要與太子殿下作對到底。我剛見到他，他將小金姑娘給他的衣服鞋襪收起來後，就對我翻了臉，命人拿下我，我拼了力氣，與他周旋下，只多拖了他半日。」

花顏立即問：「你受傷了，其餘人可有傷亡？」

安十七搖頭：「有一人比我傷得重，但無性命之憂，少主放心。」

花顏也微鬆了一口氣，說：「你能在他翻臉後與他周旋了半日，已經極好了，幸好那半日的時間，救了毓二公子和一萬兵馬，昨日夜，毓二公子已經將他殺了，太子殿下收復了他帶的十萬兵馬，總算化險為安了。」

安十七點點頭，好奇地問：「少主，您和太子殿下如何以少數兵馬殺了荊吉安收服了十萬兵馬的？」

花顏簡略地將荊吉安引到萬毒無回谷雲遲布陣之事說了。

安十七聽聞敬佩地看了一眼花顏，又敬佩地看向雲遲，笑著說：「少主和太子殿下真是珠聯璧合。」

雲遲嘴角微勾，眉目淺淺光華：「本宮沒出什麼力氣，此次能能救梅舒毓和一萬兵馬脱困，又誅殺了荊吉安收服十萬兵馬，全仰仗太子妃。」

花顏笑著搖頭：「我只費費嘴皮子而已，怎麼將功勞都給我？我可不擔這個功勞。」

雲遲失笑：「太子妃居功不受，那就給秋月好了。」

秋月連忙搖頭，頭搖的像撥浪鼓：「我只引引路而已，什麼也沒做，我不要功勞。」

雲遲又轉頭笑著看花顏：「總歸，今日的功勞是你們兩個人的，她不要，只能你要了。」

花顏嗔了他一眼：「我要功勞做什麼？」

雲遲含笑，溫聲說：「你我姻緣，道途多阻，回南楚後，所受爭議怕會因我親自前往臨安花家提親還要更多，你對名聲雖不看重，但我也不想讓人非議擾你，這功勞本就是你與秋月的，無可厚非。」

花顏笑著挑了挑眉：「我以前是不看重名聲，誰說以後不會看重了？」

雲遲一怔。

花顏笑看著他：「不過這功勞就算了，女子要那麼大的功勞做什麼？你要堵住天下悠悠眾口，有的是法子，不必塞功勞給我。」頓了頓，她淺笑溫柔地說，「太子殿下要開創河清海晏的盛世，這萬毒無回谷，你以少勝多的功績才最該載入千秋史冊，這一生，我不需母儀天下任所有人都說好的名聲，只陪在你身邊跟著你一起看盛世繁榮就好。」

雲遲心下觸動，凝定花顏片刻，低低輕歎：「花顏，你這般通透聰智，讓我如何不對你愛重至極。」

花顏淺笑吟吟地看著他：「你空置東宮，空置六宮，終此一生，能做到這一點，我便心滿意足了。」

雲遲眸光璀璨：「自然，我這一生，不要別人，只要你。」

花顏目光盈盈，如碎了星光，抿著嘴微笑，如春風拂面，桃李花開。

雲遲看著花顏，凝了眉眼。

安十七並未離開，而是隨著雲遲的軍隊行路，順便養傷。

第五十一章 八拜結友

萬毒無回谷距離灰雁城五百里地，兩日夜後，大軍到達了灰雁城外三十里。

雲遲下令安營駐紮，命雲衛前往灰雁城傳話，給灰雁城總兵一日的時間，若是灰雁城總兵降順，那麼最好，灰雁城不染一滴鮮血，若是灰雁城總兵不降順，一日後，他會攻打灰雁城，屆時，反抗者，一律殺無赦。

灰雁城只有兩萬兵馬守城，幾日前，安書離、陸之凌、梅舒毓三人制定的計畫裡，梅舒毓帶著三萬兵馬去攻奪灰雁城，應該不是太難，但是沒想到半途出了個荊吉安召集了西郡十萬兵馬攔住了梅舒毓。

如今雲遲收服了十萬兵馬，再加上他從南疆都城帶出的九千兵馬，以及梅舒毓剩餘的九千兵馬，近十二萬兵馬，攻打灰雁城兩萬兵馬，自然是不費吹灰之力。

灰雁城的總兵早就震懾於太子雲遲的威儀，只琢磨了半日，便率眾打開了灰雁城的城門，降順雲遲，恭迎雲遲入城，他不像是荊吉安，懂得順應形勢。

整個西南境地的氣運已經不可更改，所以，此時此刻，識時務者為俊傑。

於是，雲遲未費一兵一卒，帶十二萬兵馬進了灰雁城，收編了駐守灰雁城的兩萬兵馬。

入住灰雁城當日，灰雁城總兵設宴，雲遲念他投誠有功，給面子地允了。

花顏本不想參宴，秋月在她耳邊說：「灰雁城最出名的菜是紅藕燒鵝，小姐若是不累，去嘗嘗唄，今夜設宴一定有此菜，且定然是這城內最好的廚子做的。」

兒。

花顏一聽來了精神，點點頭，同意了。

於是，她隨意地梳洗收拾了一番後，隨著雲遲去赴了灰雁城總兵的宴。

在宴席上，不止看到了紅藕燒鵝，還看到了頻頻向雲遲暗送秋波妙目盈盈的灰雁城總兵的女兒。

灰雁城總兵舒乾元，他的女兒舒堂嬌。

花顏這才想起來，這舒堂嬌在西南境地也是極有名聲的。這位舒堂嬌，不同於葉香茗的豔麗無邊，刺眼奪目，而是如她的名字一般，百媚千嬌，千顏萬色，嬌媚可人。

舒乾元一顆心撲在雲遲面前博好感上，舒堂嬌的一顆心撲在以求太子殿下看重上，父女二人在雲遲赴宴後，都不約而同地忽視了她身邊的花顏，以為她不過是如秋月和采青一般侍候雲遲的婢女，顯然這三名婢女身分不同，能在雲遲的准許下，坐了他身邊的一席之地。

秋月從小陪伴花顏，雖然當年打賭輸了自稱婢女，但是花顏從未將她當作婢女看待，大多數時候，都是拉著她一起入座的，所以，這次也不例外，她有紅藕燒鵝吃，自然也照顧秋月的饞嘴，拉著她一併坐下，而采青則是被秋月拉著也坐下了。

這樣一來，便讓那父女二人誤會了。

雲遲開始未在意，與灰雁城總兵以及眾人吃酒言談，未刻意介紹花顏，任她自在隨意的用膳，畢竟她本不願意來的，他不想被人叨擾她用不好飯菜。

奈何舒堂嬌頻頻送秋波，灰雁城總兵見太子殿下不似傳言一般不好親近涼薄，而是十分溫和，於是，幾杯酒下肚後，他仗著膽子開口：「太子殿下，小女還算有些蒲柳之姿，今次臣就將她獻與殿下，萬望太子殿下莫要嫌棄，垂青則個。」

花顏吃了幾塊烤鵝後正在喝茶，聞言一口茶險些噴出來，心中好笑，她這還是第一次見到這麼直白地給雲遲塞美人的，且塞的還是自己的女兒。

秋月頓時對那舒乾元怒目而視，這麼當著她家小姐的面給太子殿下送女人，找死嗎？

采青也呆了呆，似也是第一次見到這麼直白的人。

雲遲怔了一下，似也沒料到會出現這種情況，不過他素有泰山崩於前面不改色的氣度，不過一瞬便恢復了常態，轉眸去看花顏。

花顏一臉要大笑克制著儘量不噴笑的神色。

他看到她的樣子，也不由得失笑，轉過頭去，對舒乾元說：「本宮早已經立誓，弱水三千，只娶一位太子妃，那便是臨安花顏。」

舒乾元一愣。

舒堂嬌本來一臉嬌羞欣喜，聞言微變了臉色。

雲遲淡淡淺笑，目光溫涼：「舒大人的好意，本宮心領了，貴女生於西南，長於西南，所謂故土難離，還是留在西南擇一佳婿吧！」

舒乾元一愣之後，不甘心地說：「太子殿下，恕臣直言之罪，那臨安花顏，不是已經與您懿旨悔婚了嗎？」

雲遲淡聲道：「太后對太子妃有些誤會，待本宮回到南楚後，自會向臨安花家提親求娶，以解誤會。」

舒乾元聞言驚詫，大為不解：「太子殿下為何非臨安花顏不娶？臣聽聞她實在不堪太子妃桂冠，更遑論殿下前往臨安花家求娶，實在是匪夷所思……那臨安花顏，有何讓殿下心儀之處？」

雲遲淡笑：「本宮心悅她，縱使她一無是處，本宮也甘之如飴。」

花顏喝水的動作一頓。

舒乾元依舊不甘：「太子殿下身分尊貴，太子妃亦不是尋常人能勝任的，那臨安花顏真能勝任得了太子妃之冠？臣之小女不敢望太子妃寶座，但殿下身邊豈能只一女相伴？這……」

雲遲放下杯盞，桌面發出一聲輕微的細響，但在寂靜中，甚為清晰，似是砸得人心頭一跳，他寡淡地說：「本宮的太子妃與南楚的江山干係不大，能不能勝任，不勞舒大人費心，舒大人慎言，本宮不喜有人非議太子妃，更不喜有人強往本宮身邊塞人。」

這話就重了！

舒乾元不是傻子，當即臉一白，連忙跪地請罪：「太子殿下恕罪！是臣錯了！」

舒堂嬌沒想到他爹不求名分將她獻給太子殿下，他竟然都不收，覺得大為受辱，枉他爹投誠有功，她受不住地站起身，幾步就衝到了雲遲面前，直視著他：「請太子殿下告知，那臨安花顏難道是何等絕色不成？讓殿下甘願弱水三千只取一瓢飲？」

雲遲眉眼一寒。

花顏慢慢地放下茶盞「砰」的一聲，茶水四濺了舒堂嬌一身，這動靜比雲遲早先放下酒盞時重了不少，頓時所有人的目光都向她看來。

她閒適隨意地淺淺揚眉一笑，聲音如珠玉落盤，輕輕悅耳，似笑非笑：「舒小姐，臨安花顏就在這裡，你不妨自己看！」

她此言一出，滿堂皆驚。

誰也沒想到，太子殿下來灰雁城，身邊帶了臨安花顏，他們沒聽錯吧？

都齊齊地不敢置信地看著她，懷疑是自己的耳朵出錯了，早先怎麼沒聽太子殿下提及？太后懿旨悔婚後，她不是已經回臨安花家了嗎？

舒乾元也驚了，不敢置信地看著花顏，他不由地回想，這女子是什麼時候坐在太子殿下身邊的？他竟然一直沒發現。她是臨安花顏？

舒堂嬌也驚了，顧不得自己被濺了滿身的茶水，而是睜大眼睛看著花顏，同樣身為女子，一下子她就覺得自己被比了下去，不止是容色，還有姿態雖然隨意，但頗有一種立於雲端的高高在上，而她的姿態不用說，自她爹將她獻給太子殿下，而太子殿下不收她不顧臉面地前來質問時，就已經低到了塵埃。

她瞬間覺得自己羞愧得無以復加，不用花顏再說什麼，她猛地一捂臉，轉頭跑出了宴席廳。

花顏眉目動了動，暗暗想著這般就紅著眼睛跑了？她還沒怎麼著她呢。

這個插曲讓花顏覺得今日宴席上的紅藕燒鵝不太好消化，但她胃口素來爭氣，舒堂嬌跑了之後，她照樣端起茶來。

采青機靈地為花顏新添了茶水。

秋月收起了怒目而視，想著她家小姐就該如此，既然太子殿下都說了要一輩子愛重小姐，那她就不能對別的女人客氣。

滿堂鴉雀無聲，都看著她。

花顏最不怕的就是別人的眼神和目光，她十分地淡然和坦然，似乎剛剛的事情沒發生過。

雲遲在一片靜寂中忽然低笑了一聲，對眾人道：「本宮的太子妃脾氣不太好，尤其是對女子，以後這種事情，還是不要發生為好。」

眾人齊齊地倒吸了一口涼氣，默了默。

舒乾元驚醒，心中大駭，連忙賠禮：「是臣眼拙，太子妃殿下在此，臣竟不知，太子妃殿下恕罪！」

一改早先一口一個臨安花顏，如今稱呼成了太子妃殿下。

花顏抬起眼皮，瞧著舒乾元，他額頭冒冷汗，汗濕脊背，顯然被驚得夠嗆，今日投誠，送他女兒給雲遲也是表忠心，可惜太子殿下無福消受美人恩，白搭了他一番心意，如今她倒是沒有必要再做那個惡人為難嚇他了。

她淺淺淡淡地一笑：「舒大人客氣了，我是陪太子殿下赴宴，各位不必理會我。」

她雖然如此說，但是如今鬧出這一樁事兒，知道了她的身分，誰還敢不理會她？

舒乾元不敢，又連連賠罪了一番。

花顏見他心誠，想必是怕她記恨，給雲遲吹枕邊風，將來為他穿小鞋，這事兒她輕描淡寫地揭過去，他反而提心吊膽了。她無奈地想了想，笑著說：「既然舒大人非要賠禮，那麼就自飲一壇酒吧！全部都喝下，這事兒就揭過了。」

她看出了舒乾元酒量不錯。

舒乾元賠了半天禮，總算得了花顏這麼一句話，他當即大喜：「多謝太子殿下大人大量。」說完，對侍候的人喊，「快，拿一大壇酒來，要上好的烈酒。」

有人應是，立即去了。

花顏暗想沒想到這舒乾元看著一副機靈的樣子，竟然還是個實心眼的，一大壇烈酒下肚，他酒量再好，怕是也要宿醉一宿了。

秋月在一旁絲毫沒有同情心地說：「小姐別心軟，這種人就該教訓，讓他知道以後再不做這種討人嫌的事兒。」

花顏失笑，扭頭看著她，拍拍她腦袋，又捏捏她臉，笑吟吟地說：「乖阿月啊，你心腸不是最軟嗎？怎麼今兒這麼狠？」

秋月拂開花顏的手，瞪著眼睛說：「這種事情不可姑息！怎麼能心軟？」話落，她滿帶殺氣地說，「殺一儆百。」

花顏無言地好笑，伸手拿起筷子給她夾了一塊鵝肉放在碟子裡說：「行了，消消氣，人家也沒怎麼樣我，不至於這麼氣大的，當心不漂亮了。」

秋月拿起筷子，將鵝肉放進嘴裡，用力地嚼了嚼說：「以後但凡宴席，小姐都要赴宴，免得再有這種人趁機給太子殿下獻美人。」

花顏輕笑：「有人獻美人倒是不怕的，若是太子殿下收了……」

她話音未落，雲遲忽然轉過頭來，看著花顏說：「君無戲言，儲君亦然。」

花顏咳了一聲，笑吟吟地說：「我話還沒說完呢，你急什麼？」

雲遲聞言挑眉：「那你想說什麼？」

花顏笑著看了秋月一眼，故意逗她說：「你收了可以送給我哥哥嘛！」

秋月頓時睜大眼睛，低怒：「小姐！」

花顏大樂，對雲遲眉眼彎彎，笑語嫣然地說：「你看，你不必急的，你急早了，有人比你更急了吧？」

雲遲啞然失笑。

秋月跺腳，忿忿地說：「我幫您，您反過來欺負我，著實可恨。」話落，戳花顏痛腳，「你就等著回去公子收拾您吧！」

花顏頓時沒了話，過了半晌，才笑著捏她臉：「笨阿月變聰明了，我以後不敢欺負你了。」

秋月扭過頭，當沒聽見，暗想著這話她聽多了。

一壇烈酒很快就被人抱了上來，花顏一看，十斤的大酒罈，這也太實在了。

她懷疑舒乾元能行嗎？別喝壞了，因為這一樁事兒，要了他的命，那可就不好了。

畢竟如今是雲遲在西南收復人心之時，不能人家剛投誠，便被她罰酒喝死了。

「舒大人投誠有功，剛剛不過是小事兒一樁，何必拿這麼大的罈子？你若是喝壞了，我可賠不起太子殿下的臣子。」

舒乾元本來剛接過大酒罈要開封，聞言一愣。

雲遲淡笑接過話：「太子妃說的沒錯，舒大人意思意思就行了，太子妃雖然脾氣不好，但是待人心善，她說原諒你了，就是真的原諒你了。你可不能喝出了事兒，否則本宮也難辭其咎。」

這話一開口，舒乾元頓時感動不已，他酒量雖好，但這十斤的烈酒怕是勉強負重，之所以拿十斤的大罈子，不過是讓花顏看在他誠心請罪的分上饒過他，如今既然花顏和雲遲同時開口，給面子地給了他臺階下，他當然要接著。

於是，他連忙道謝，飲了半壇。

雲遲淡淡笑著叫了一聲好：「舒大人好酒量！」

舒乾元放下半壇酒，抹抹嘴角，儘量不失儀地說：「臣慚愧，慚愧！」

雲遲看著他已有八九分的醉意，烈酒太烈上勁兒極快，顯然他喝下肚後如今在強撐，未免他失態明日一早酒醒再賠罪一番，乾脆地開口：「今日已晚，宴席就到這裡吧！本宮感念眾位大人誠心投誠，諸位放心，只要為社稷想，為萬民造福，多做利民利政之事，本宮定會厚待諸位。」

眾人面上齊齊一鬆，露出喜色，這一晚上，等的就是雲遲這句話。於是齊齊起身，表忠心，鏗鏘有力：「臣等定忠心輔佐太子殿下，誓死效忠，死而後已。」

雲遲微笑頷首，轉眸看向花顏：「可吃好了？」

花顏笑著起身：「吃好了！」

雲遲伸手握住她的手，不再多言，拉著她出了宴席廳。

秋月、采青、小忠子等人連忙跟上。

梅舒毓因為養傷不能下床，自然沒來赴宴，安十七不喜歡宴席，更是沒來。

回到下榻之地，花顏淨面後，坐在鏡子前，解了釵環步搖，散了髮髻，調笑著說：「太子殿下的桃花旺嗎？以後陪在你身邊，我是不是要隨身帶一把剪刀？但凡遇到，剪個乾淨？」

雲遲低笑，菱花鏡裡映出成雙的人影，面上都帶著笑意，他對著鏡子看了裡面的影像片刻，低頭含笑說：「既然太子妃有此心剪桃花，以後就辛苦你了。」

花顏用胳膊撞他腰，失笑：「你可真不客氣！」

雲遲攔腰將她抱起，低喃說：「該不客氣時，就是要不客氣。」

花顏「唔」了一聲，伸手捶他，「你不累嗎？」

雲遲低聲說：「有點兒累，但還是想欺負欺負你。」

花顏瞪著她：「我累了。」

雲遲「唔」了一聲，「就片刻。」

夜靜靜，風靜靜，明月照進浣紗格子窗，透過帷幔，灑下點點光影。
雲遲沒敢往深裡欺負花顏，溫柔地說：「好了，不鬧你了，睡吧！」
花顏「嗯」了一聲，嗓音低啞嬌媚。
雲遲嘴角溢出淺笑。
夜，靜謐而美好。

雲遲進灰雁城時，對外打的是梅舒毓的旗號。
梅舒毓帶了三萬兵馬奪下灰雁城的消息，在雲遲刻意的操作下，傳去了南夷都城。
南夷王聽聞後大驚失色，連忙調兵前往灰雁城以圖再奪回灰雁城。灰雁城位居南夷大後方，不容有失，不然就是斷了南夷都城的供給，實乃大事兒。
一日後，南夷的十萬奪城之軍來到了灰雁城下。
南夷的大將軍穆鋭帶著十萬兵馬到來之後，這才知道坐鎮在灰雁城內的人是太子雲遲，他大驚失色，不敢強硬攻城，連忙命人八百里加急，送信告知南夷王。
南夷王收到信函，也面色大變……
他身子晃了晃，暗想著太子雲遲不是一直坐鎮南疆都城嗎？早先沒聽聞他有出來的打算，難道中間是發生了什麼事兒？
雲遲在萬毒無回谷收拾了荊吉安收服了十萬兵馬之事自然也被雲遲暫時刻意地瞞了下來，未走露半點消息，只讓幾個人祕密地送荊吉安的屍骨歸家。

所以，南夷王自是不知道這樁事兒。

南夷王急得在王帳中來回地走，想著對策，想了半日，他終於下定決心，乾脆地一咬牙，撤回了與陸之凌對抗的十萬兵馬，悉數調兵前往灰雁城，由他親自帶兵。

南疆王下罪己詔，國號被消，是給西南諸小國都提了個醒，太子雲遲是決心要吞下西南這片土地了，誰也別想再保留一土一寸之地，必須都要徹底地納入南楚版圖。

南夷王不甘心就這麼拱手讓給雲遲，在他看來，南疆王那麼窩囊的人已經對雲遲恭順到家了，但在下了罪己詔後，都被雲遲圈禁了起來，更何況他了？

他一直以來就沒對雲遲有多恭順，下場可想而知。

無論如何，他都要賭一把。

此時，他沒想過若非南疆王和公主葉香茗後來刺殺雲遲，雲遲也不見得會讓他們落得那個下場。

所以，南夷王親自帶了十萬兵馬，奔赴灰雁城。

他調走十萬兵馬後，陸之凌一下子就鮮活了，按照與安書離早先的計謀，聯合起來，功奪西蠻。

本來一切準備就緒只欠灰雁城的東風，如今東風來了，二人自然毫不耽擱，僅僅用了兩日的時間，就殺了西蠻的大將軍，奪下了西蠻，收服了西蠻的兵馬，西蠻王見大勢已去，不願苟活，引頸自刎於西蠻王宮。

陸之凌和安書離感念西蠻王的氣節，吩咐人厚葬西蠻王，收整軍隊，休息整頓了一日後，兩軍合力，發兵前往灰雁城。

他們到達灰雁城只比南夷王到達灰雁城晚了一日半。

南夷王到達灰雁城後，集合二十萬兵馬，攻打灰雁城。

雲遲坐鎮城中，不慌不忙地調兵守城，他的目的是拖延時間，等著陸之凌和安書離的兵馬到來。屆時，南夷王的二十萬大軍腹背受敵，他想不降都不行，沒有他掙扎的餘地。

南夷王自然在一日半內是拿不下灰雁城的，所以，他沒拿下灰雁城，反而等來了陸之凌和安書離的七十萬大軍。

陸之凌和安書離日夜不停地攻城奪地，兩個人都瘦了整整一圈，陸之凌也算是在雲遲的面前立下了軍令狀，一個月內收復整個西南境地，如今大半個月就取得了如此成果，他覺得不得不感謝安十六帶的臨安花家的人在他和安書離屁股後面收尾做安撫工作。

他與安書離只負責攻城，雜七雜八的戰後事兒，臨安花家都包了。

他既感慨又敬佩，臨安花家在西南累世的根基著實深廣，這天下雖是雲家的，但是花家實在是在暗中不聲不響得驚人。

陸之凌騎著通體黑色的馬，溜溜達達地走到陣前，對著對面的南夷王笑得張狂恣意：「南夷王，降還是不降，儘快做個決斷，你若是不降，本世子可就不客氣了。」

南夷王臉色灰敗，他做夢也沒想到，陸之凌和安書離的大軍隨後就到，在這裡等著他。前方是雲遲坐鎮固守得如銅牆鐵壁的灰雁城，後方是陸之凌和安書離的七十萬大軍。他只二十萬兵馬，腹背受敵，此時再打，硬拼也拼不過，無異於帶著二十萬兵馬一起葬送找死。

陸之凌等了半天，沒等到回話，不耐煩地說：「你到底降還是不降，痛快點兒，實話告訴你，西蠻已經被我們攻下了，西蠻王已經引頸自刎了，您若是不降，一是讓本世子殺了，二是自己引頸自刎。你若是降了，太子殿下興許會給你一條活路。」

南夷王這才知道中計了，原來雲遲守在灰雁城，在他帶兵來到之後按兵不出，就是等著陸之凌和安書離攻下西蠻再給他來個腹背受敵，他一時心下大悔，覺得真是回天無力了。

他琢磨了片刻，給陸之凌回話：「本王要親見太子雲遲，與他議和。」

陸之凌冷笑，吊兒郎當地說：「如今你沒資格見太子殿下，你降便降，不降我也能收拾你，你沒的選擇。所以，痛快些，別講什麼條件，本世子一概不應。」

南夷王幾乎咬碎了一口銀牙，早就聽聞敬國公府陸之凌混帳得時常將敬國公氣得嘴斜眼歪，不是個東西，原來竟還這麼油鹽不進。氣怒交加地說：「容我思量半日。」

陸之凌哼道：「本世子只給你半個時辰，若是半個時辰你還沒做好決定，本世子就揮軍踏平你的營帳。」

南夷王恨得沒法子，只能應了。

陸之凌伸了個懶腰，對安書離說：「這南夷王也不能留，得殺了，以絕後患。」

安書離點頭：「不錯，有爭雄野心的人，受辱降順，忍得一時，也忍不了長久，一定不能讓他活著以後瞅準時機再作亂，的確必須殺了他。」

陸之凌笑得不懷好意地說：「若他今日識時務地降順了，我們兵不血刃地收編了他手中的兵馬，回頭找花顏要一包毒藥，無色無味的那種毒死算了，就說他是氣血攻心，暴斃而亡。」

安書離瞧著他，好笑地說：「自從你去了南疆都城一趟領了太子殿下的命令回來，似乎心情都很愉悅，日夜攻城動兵，也不累的樣子，我一直未抽空問你，有什麼好事兒不成？」

陸之凌一聽，神神祕祕地一笑：「自然有好事兒，不過這事兒我得藏著掖著些時候，不能告訴你。」話落，補充，「別說我不夠兄弟，這事兒誰也不能告訴，只能我自己先樂著。」

安書離自然猜不到陸之凌是因為花顏要與他結拜之事兒，但他知道能讓陸之凌每日心情愉悅的事兒一定是與花顏有關。

從花顏來南疆奪蠱王到引亂了西南境地整體局勢，再到臨安花家全面相助雲遲收復西南，再到萬毒無回谷她幫雲遲收拾了荊吉安和十萬兵馬，著實讓他這個沒親眼見但也將這些事實清楚了個七七八八的人佩服。

天下女子，沒有一人能如她一般，可以算得上是素手乾坤了。

雲遲非她不娶，也是無可厚非，連他也不得不承認，趙宰輔府的清溪小姐，要差了她不止一籌，其餘芸芸女子，更是絕無再有。

更何況臨安花家的確讓人驚駭。

半個時辰後，南夷王遞了降表。

陸之凌接了降表後哈哈大笑，對安書離說：「這老東西果然能忍辱降順，讓我們省事兒不少。」

安書離點頭，笑著說：「是輕鬆不少，看來太子殿下在預期內能順利平順西南回南楚了。」

陸之凌想著雲遲的目的是為了儘快回去南楚大婚，他撇撇嘴，點頭，笑著說：「他已經急不可耐要去臨安花家求親了！」

安書離揚了揚眉，笑著說：「太子殿下娶妃，是亙古以來，儲君裡最難的一位了。」

陸之凌又大笑，頗有些與有榮焉地說：「誰讓他要娶的人是花顏呢，合該如此！能娶到人就不錯了，中間波折些，也能讓他以後更愛重她些。沒什麼不好。」

安書離好笑地看著他：「你處處向著花顏，這心如此偏頗，以後是要向著中宮站隊了？」

陸之凌翻了個白眼：「什麼中宮不中宮的？只要是她今日為太子妃，明日為皇后，我就向著她，別人都得靠邊站。」

安書離有些訝異，陸之凌不是個輕易會對誰好的人，但看這模樣，又不似男女之情，他有些費解。不過他也不是刨根問底的人，該知道的事兒，早晚會知道。

南夷王遞了降表後，陸之凌和安書離見了他一面，便將他安置了起來，同時收編了二十萬南夷軍。

二人忙了三日，在第四日時，收編完了二十萬大軍後，將九十萬大軍交由安澈和幾名副將駐軍，二人輕裝簡行地進了灰雁城。

雲遲一早得到了二人要進城的消息，攜著花顏站在城牆上迎二人。

遠遠看到兩匹馬急馳而來，陸之凌一身藍袍華服，容貌清雋，灑意風流，安書離一身白衣，端雅秀華，姿態清貴，二人縱馬馳來，踏進城門那一刻，路旁的百姓們都看呆了眼。

花顏立在城牆上淺笑地說：「不愧是陸世子和書離公子，名不虛傳。」

雲遲微笑，溫聲道：「德才兼備，且難得品行優良。」

花顏抿著嘴笑：「應該說的是難得入世為你所用，有大才，且能曲能伸。收復西南境地，他們功不可沒，回南楚後，你可是要重重封賞的。」

雲遲含笑點頭。

二人下了城牆，陸之凌和安書離已經勒住了韁繩，駐足等待在城門口。

二人先下馬拜見了雲遲，然後齊齊轉向花顏，安書離微笑著稱呼：「太子妃！」

陸之凌上前一步，對花顏蹙眉，語氣比安書離保持距離來說親近極多：「養了這許多時日，為何你氣色還這般差？反而似更差了。」話落，她不待花顏說話，看向雲遲。

雲遲淡笑，溫和地說：「此事怪我，她本養得差不多了，但為了給我拔除毒素，白養了傷勢，後來又養了些日子，因救梅舒毓從迷障林脫困，又加重了傷勢，白養了。」

陸之凌聞言瞪眼，對花顏說：「你這樣下去，什麼時候能好？」

花顏笑著說：「會好的。」

陸之凌不贊同地說：「再不能出差池了，鐵打的身子也擱不住你這樣折騰。太子殿下身邊十二雲衛各個有本事，哪用得著你衝鋒陷陣，以後還是別逞強了。」

花顏失笑，暗想著當哥哥的都愛訓斥妹妹嗎？他這還沒與她真正結拜呢，便做起哥哥的模樣來了，倒是挺像模像樣，句句關心，讓人心暖，她笑著軟聲說：「好好，我以後再不逞強了，聽陸世子的，好好養傷。」

陸之凌聽她軟聲軟語，皺著眉頭舒展開，不由失笑，想著當哥哥的感覺真好，如今雖然還沒上任，但這當哥哥的權利可以提前行使著，點頭：「聽話就好。」

雲遲含笑看了陸之凌一眼，沒說什麼，似對他與花顏這般說話沒意見。

安書離心下揣測，暗暗想著花顏昔日在京城時，將陸之凌害了個夠嗆，如今陸之凌這般毫無芥蒂地在雲遲面前坦然與花顏說訓，看來因禍得福，這情分不一般了。

當晚，總兵府為陸之凌和安書離再擺宴席，舒乾元此次十分小心翼翼，不敢再胡亂言辭半句，而舒堂嬌並未參宴，宴席在一片和諧中進行得很順利。

次日，雲遲派人前往西郡招降西郡王，如今只剩西郡，西南境地便全收復了。

招降西郡王的人走到一半，便碰到了西郡王親自帶著降表，匆匆地趕赴灰雁城。

西郡王很年輕，當初他暗中借兵給荊吉安，險些讓梅舒毓死在迷障林，他得到荊吉安身死雲遲收服了那十萬兵馬的消息後，著實忐忑難安了幾日，再聽聞陸之凌和安書離奪下了西蠻都城，西蠻王引頸自刎，西蠻覆滅的消息後，再也坐不住了，連夜起草了降表，拿著降表趕赴灰雁城。

雲遲痛快地接了降表，也沒為難他。

自此，整個西南境地徹底地劃歸了南楚版圖，史官們迫不及待地將這一日載入了《南楚國史》以及《南楚太子傳》史冊。

整個西南徹底收服後，雲遲坐鎮灰雁城，以儲君令，下了兩道詔書，一道是西南境地各小國取消國號，昭告天下，正式劃歸南楚，統一稱南楚國土；一道是對整個西南境地進行各州郡縣劃分，設八州三十六城七十二縣，以及針對各州郡縣頒布的利民政策。

詔書下達後，雲遲便忙了起來。

士農工商，各個方面，緊鑼密鼓地進行起來。

這時候，臨安花家在西南的累世根基便起了至關重要的作用，安十六秉持花灼所言全力助雲遲平順西南境地的命令，更是不遺餘力地竭盡花家所能，在處理完戰後平復事物後，開始相助雲遲將他的政策推行深入到各個方面。

安十六做的事情雖然是在暗中，但是依舊讓知情者如陸之凌和安書離等驚了又驚。

世人只知臨安花家是偏安於臨安一隅的小世家，卻殊不知，一個家族的累世傳承，堪比通天之能了。

沒見識過的人，體會不了這種震撼。

就連雲遲百忙之中抽空與花顏閒話時，都笑著感慨說：「能這麼快地平順西南，恢復西南經脈，使得西南民生步入軌跡，多虧了花家，我到臨安後，不止求娶你，還要多謝你哥哥的相助之恩了。」

花顏淺笑：「西南因我而大亂，臨安花家做這些理所當然，哥哥定不會受你的謝字。你與其想謝，不如替我想想辦法，怎麼能讓哥哥不生我的氣吧！」

雲遲失笑：「好，我想想辦法，最多再半個月，西南事了，我們便啟程回南楚。」

半個月，一晃而過。

西南十分安平，隨著政策推廣實施，西南漸漸地步入正軌，恢復生機。

南疆王被圈禁，西蠻王引頸自刎，南夷王在陸之凌與安書離的建議及雲遲的允許下，陸之凌當真找花顏要了一包沾者即死的毒藥，渺無聲息地毒死了準備忍辱負重再尋機會的南夷王，西郡王被貶為庶民，其餘王室宗室子弟，酌情處置。

自古以來，皇權帝業，本就是鮮血白骨踐踏，雲遲對於西南的大清洗和整頓，有重有輕，該殺者，絕不手軟，可留著，便留一線仁慈，輕輕放過。

花顏這半個月在陸之凌的監督下，只能乖乖地祛毒養傷。

陸之凌早先出兵累得太狠了，進了灰雁城後，說什麼也不再幹活了，乾脆地在雲遲繁忙起來時，接手了監督花顏吃藥的任務，雲遲便也由著他了。

他聽聞花顏是用卜卦之術找到了迷障林裡的梅舒毓，著實好奇，對她搓著手一臉求知欲地說：「等你毒素清除了，傷勢養好了，能不能將你這個占卜之術和易容術一起教給我？有了這兩樣，豈不是出去做壞事兒無往不利？」

花顏失笑，看著他好奇得眼睛放光的模樣，搖頭：「易容術我能教給你，但是這卜算之術，即便我教給你，你怕是也學不來。」

「為什麼？」陸之凌一臉不解，「很難？」

花顏搖頭：「不是難的原因，是要天生有六識之人，臨安花家代代傳承的東西，沒有血脈之源，是學不到的。」

陸之凌頓時大失所望：「這樣啊！」說完，又鬱鬱地說，「我怎麼就沒生在臨安花家？」

花顏好笑地看著他：「敬國公和夫人都是極好的人，你生在敬國公府也算得上是上天厚愛了，一脈單傳，自小到大，捧在手裡怕摔了，含在嘴裡怕化了，你若是不想建功立業，拼一番辛苦，完全可以繼承敬國公世襲爵位，一輩子衣食無憂。」

陸之凌翹著腿說：「雖然話是這樣說，但是你的本事著實讓我眼饞啊！」

花顏淺淺地笑：「雖然有一句話說得好，技多不壓身，我的本事，學得多是沒錯，但卻是在別人看不見的地方受了常人所不能受之苦。有些東西，我生來便有，但也是有原因的，有些東西，雖是後天學的，但也沒那麼輕鬆一見就學會了。」

陸之凌點點頭。

花顏看著他笑著說：「長在花家雖好，但從小到大，嫡系一脈只哥哥和我二人，要擔負起花家累世傳承的責任，守護好花家的子孫基業。如今我要嫁給太子，以後這偌大的擔子就會扛在哥哥一人肩上，算起來，倒不如你敬國公府擔子輕便好擔起了。」

陸之凌想想也是，他只看到了花顏的本事讓他大開眼界，只看到了臨安花家出手驚人的根基和勢力，卻沒看到累世千年的家族，大隱隱於市這份累世傳承的辛苦維持，該是多少人一代一代的守護和心血。

他點點頭：「這話倒是極對的。卜算一卦，便傷你身體至此，想來不是什麼好東西，不學也罷。」

他本就是一個灑脫的人，是以，心胸放開得很快，轉眼便放下了。

花顏便欣賞他這一點，笑著說：「觀你面相，你一生富貴，小有波折，也無傷根本，放心吧！」

陸之凌眨眨眼睛：「除了占卜，你還會相面看相？」

花顏笑著點頭：「會一些，占卜之術我比哥哥精通，但是面相之術，我沒我哥哥精通。」

陸之凌拍拍自己的臉，揉了揉，搓了搓，又說：「你再看看，我這般揉搓一番，可有變化？特別是我此時心情好，面相也好，待我心情不好，苦著臉時，面相又變了。」

花顏大樂，覺得陸之凌可真是一個活寶，與他相處，令人不笑都會被逗笑了。她故意裝作仔細地看了又看，含著笑意說：「沒錯的，放心吧，富貴之相。」

陸之凌這回是真高興了：「估計是沾你的福氣，你可是皇后母儀天下的命，我與你結拜，自然也染了你的福氣，水漲船高了。」

花顏失笑：「你生來命裡帶貴，與我干係不大的，你的品行擺在這裡，且文采武功皆出色，敬國公府又素來忠心，任誰也會器重你，富貴少不了的。」

陸之凌嘿嘿一笑：「被你這樣一誇，我覺得自己瞬間長高了不少，我家老頭子可是一直罵我混帳沒出息的。」

秋月在一旁不客氣地拆臺：「陸世子，奴婢可沒看你長高，還是那樣。」

陸之凌瞪了秋月一眼：「你眼神有問題。」

花顏繃不住，終於大笑了起來。

雲遲處理完一大堆事情回來時，便聽到了花顏的大笑聲，他腳步頓了頓，想著有多久沒聽見她這般不顧忌地暢快大笑了，怪不得她對陸之凌青眼有加，他笑著邁進門檻，柔聲問：「在說什麼？這麼高興？」

陸之凌哼哼了一聲，被秋月拆臺的事兒他自然不想讓雲遲知道。

花顏也覺得還是給陸之凌在雲遲面前留點兒面子的好，便揭過此事，笑著問他：「事情都處理妥當了嗎？」

雲遲頷首：「差不多了，唯有一樁事兒，我正回來找你們商議。」

陸之凌覺得會被雲遲放在離開西南的最後再處理，一定不是什麼小事兒，他想要立即開溜，於是，他立即站起身：「太子殿下，你們慢慢聊，我睏了，先走了。」

花顏自然明白陸之凌的心思，抿著嘴笑。

雲遲自然也明白，笑看攔住他：「本宮睜一隻眼閉一眼，任你歇了半個月，如今也該歇夠了，別急著走，這一樁事情正是與你有關。」

陸之凌腳步一頓，對雲遲打了個拜託的手勢：「太子殿下，你就可憐可憐我，我可是來西南玩的，從來了之後，為你做牛做馬累死累活地打仗，到如今，一天也沒玩上呢，有什麼事兒，你還是找別人吧！」

雲遲挑眉：「你歇了半個月，不是都在悠閒地玩嗎？」

陸之凌立即說：「哪裡有玩？我是監督太子妃乖乖喝藥。」

雲遲好笑：「她不用你監督，也會每日乖覺地喝藥。」

陸之凌一噎，強詞說：「有我陪著，她喝著藥也心情好，才更好得快嘛，你看看，她的氣色是不是比半個月前好多了？」

雲遲當真認真地看了一眼花顏，見她眉眼間的笑意如綻開的嬌花，怎麼掩飾都掩飾不住，這是一種發自內心的愉悅，他笑著點頭說：「嗯，的確是該記你一功。」

陸之凌連忙擺手：「功就不必記了，你別再讓我受苦受累我就阿彌陀佛了。」

雲遲看著陸之凌：「不算是什麼累活，你不妨聽聽。」

陸之凌見雲遲打定主意不讓他走了，只能坐了下來。

雲遲也落坐，緩緩開口：「西南境地的百萬大軍，總要有人統轄，我思來想去，還是你留在西南駐軍最為合適。」

陸之凌一怔，沒想到雲遲是與他說軍權這麼大的事兒，他當即面色凝重地說：「太子殿下，你的意思是，西南境地的百萬兵馬交給我統轄掌權？這可不是鬧著玩兒的事兒。」

雲遲淡聲道：「本宮豈會拿百萬兵馬的軍權與你鬧著玩？」

陸之凌思索了一下說：「這……給我掌軍的話，不太妥當吧！一是我目前官職低微，二是閱歷淺薄，三是經驗不足，四是年紀擺在這裡，咱們南楚有史以來，也沒有不足弱冠掌百萬軍權的將軍啊？」

雲遲淡笑：「你官職低微，本宮可以破格提拔你，更何況，平順西南，你功不可沒，本就要加功一等，論閱歷經驗，西南每一場戰事都打得十分漂亮，足以連升數級破格提拔勝任大將軍，至於年紀太輕不是理由，南楚有史以來沒有，從今以後便有了。」

「這……」陸之凌聞言搓搓手，一時無法反駁雲遲，轉眸看向花顏。

花顏也收了笑意，對此事也鄭重了起來。

整個西南境地百萬兵馬的軍權都交給陸之凌，的確不是小事兒，但雲遲離開西南，對於剛步入正軌恢復生機的西南來說，還沒有真正地安平，的確需要有人鎮守在這裡，以壓住某些藏在暗處的微微波瀾。

雲遲不選安書離，估計一是因為安陽王府這個世家大族太大了，不如敬國公府門庭簡單，畢竟雲遲說過，他有朝一日，是要洗牌天下各大世家的。

所以，百萬軍權，他不能交給安書離，哪怕安書離十分合他的脾性。

他之所以選擇陸之凌，恐怕也是有她的原因在。

她與他八拜結交，自然牽連在一起了。敬國公府是鐵血的門楣，剛正清貴，人丁簡單，敬國公和夫人都是耿直之人，陸之凌一脈單傳，無論富貴榮辱，敬國公府應該都能四平八穩，十分合適。

無論是陸之凌有了百萬軍權，還是與她結拜，都不會讓敬國公府飄起來。

既不會外戚專權，應該也不會趾高氣揚。

陸之凌如今便已經心向著她，自此後也不會差，她與敬國公府的關係牢靠，雲遲用起敬國公府和陸之凌來，也該放心得很。

畢竟，這麼長時間，雲遲也知她了，她既答應做他的太子妃，以後自然想他所想，為他所為，對得起這個身分，她哪怕願與敬國公府守望互助，也不會動輒以私情偏向敬國公府拖他後腿。

他待她厚重，她也會一心待他，那麼，這百萬兵馬交給陸之凌，相當於也算是半攥在他手中。敬國公忠心耿耿，以陸之凌的脾性，也不會做什麼危急江山不好的事兒。

所以，陸之凌如今還真是那個最合適的人。

她心思轉了幾轉，對陸之凌淺笑地說：「太子殿下將百萬兵馬交給你，是覺得你是最合適的那個人，得他信任，也能為他看顧好辛苦平順的西南，這西南如今平順，也有你的辛苦在內，總不能再讓其亂了，你既然還沒在西南玩夠，就留在西南吧！」

陸之凌頓時瞪眼：「我們已經說好，進京之後要八拜結交的，我留在西南怎麼行？更何況我可不想孤零零自己留在西南，那多沒意思？」

他聰明，不是傻子，不會猜不出雲遲的想法，雲遲可真不怕外戚專權跋扈，不怕把敬國公府捧得太高了生出異心？還是因為他相信花顏？

花顏想了想，笑著說：「那便這樣，擇日不如撞日，我稍後算個吉時，由太子殿下作證，你我八拜結交，左右我們已經說定，早晚都是一樣。」

陸之凌打住亂七八糟的想法，高興起來：「這樣也行。」話落，又說，「可是……」

雲遲截住他的話：「我將梅舒毓也留下來，與你一起，他此次也是有功，破格提拔，做你副將，你便不會孤零零的孤單一人了。」

陸之凌聞言又有了新的問題：「雖然我早就煩悶老頭子隔三差五教訓我，想遠離京城，但今時不同往日，我有了妹妹，自然要留在京裡看顧她的，萬一你欺負她怎麼辦？」

花顏聞言失笑，有哥哥的感覺她從小就深有體會，如今更加深了體會。

雲遲也忍不住氣笑了：「你怎麼這麼多問題？你放心，本宮得她如若至寶，定然不會欺負她。你領了百萬軍權，以後朝中怕是也沒人敢欺負她，畢竟她背後有大靠山不是？有百萬軍權，比你留在京城更有效用，說話也會硬氣許多。」

陸之凌的眼睛亮了亮：「倒也是。」話落，還是不太滿意，「你不會讓我在這裡待一輩子吧？那可不行！」

雲遲搖頭：「本宮只需要你在西南駐軍兩年而已，不會一直將你留在西南，兩年後，我會改軍制，屆時，便又是一番景象了，不會讓你再擔著這百萬兵馬的。屆時，便調你回京城，另有用處。」

「什麼用處？」陸之凌敏銳地抓到了雲遲的話外之音，「改軍制？」

「改軍制！」雲遲肯定地點頭，「至於什麼用處，如今尚早，屆時你就知道了。」

陸之凌暗想著雲遲怕是又有什麼算計了。如今雲遲既然不說，他也不想過早地知道免得替他操那分心：「我是要在你們大婚之日觀禮喝喜酒的，如今留在西南，還怎麼觀禮喝喜酒？」

雲遲笑道：「只要你在這之前能穩定軍心，穩定西南局勢安穩。大婚之前本宮便給你一個月的休沐之期回京，屆時，你安排人仔細看顧一個月就是了。」

陸之凌聞言又仔細地絞盡腦汁地琢磨了一會兒，覺得也挑不出什麼問題了，點點頭：「好吧，我應承了。」

雲遲淡笑，轉頭對花顏說：「明日我們便啟程離開西南。」

花顏笑著點了點頭，對陸之凌說：「你放心，敬國公府我會代你照看的。」

陸之凌對於她這話眼眶倏地一紅，但還是笑著語氣輕鬆地點頭：「老頭子一直覺得我不省心，若是有個女兒貼心，他估計做夢都會笑醒，還有我娘，一直覺得沒生女兒遺憾，如今也不必遺憾了。」

花顏淺笑：「你從來了之後，還未寫家書吧？你寫一封家書，將你我結拜之事說一聲，免得我突然找上敬國公府的門，嚇著他們。」

陸之凌想起花顏在京城時千方百計想退與雲遲的婚事而拉他下水，嚇壞了家裡的老頭子和他娘，他就拍著腿大樂：「老頭子看著膽子大，但其實膽子小的很，若不是當初風雲變化，我也跟著提心吊膽，一定會可著勁兒的好好欣賞欣賞老頭子愁眉苦臉怕太子殿下找他算帳的模樣。」

雲遲聽到這話，也不由得笑了：「本宮還沒那麼不分青紅皂白，胡亂冤枉人。」話落，笑著說，「她當時也就是因為相信我不會將你和敬國公府怎樣，才會無所顧忌。」

花顏抿著嘴笑，對陸之凌說：「安書離跑得快，所以，當日只能你倒楣了。」

陸之凌嘿嘿一笑：「我也不算倒楣，當時若是如他一般聰明地跑了，如今哪裡還能有一個白撿的妹妹？」

花顏笑著說：「我這便算算吉時。」

陸之凌迫不及待地說：「快算。」

花顏掐指算了算，說：「今日的日子正是小吉，申時一刻是大安，日子和時辰都極好。」

雲遲微笑：「本宮吩咐人設宴，讓書離等人屆時一起做個見證。」

陸之凌點頭，高興地說：「好！」

當日夜，吉日吉時，花顏與陸之凌擺設香案，八拜結交，陸之凌為兄，花顏為妹。雲遲、安書離、梅舒毓、安十七、秋月以及灰雁城的官員們一起做了見證。

誰都沒想到花顏與陸之凌會八拜結交，義結金蘭，都對陸之凌十分羨慕。
任誰都看得出來太子殿下在乎太子妃，陸之凌將來前途不可限量。
安書離也驚詫不已，沒想到讓陸之凌一直以來高興得愉悅得眉眼都是笑意的事情竟是這個，他暗暗地感慨，對於陸之凌來說，這的確是好事兒一樁。
世間之事，因禍得福，還真是玄妙得很。
轉日，雲遲與花顏啟程回南楚，陸之凌、梅舒毓留在了西南境地。
梅舒毓對於陸之凌與花顏結拜之事，十分嫉妒，若非他知道花顏是要嫁給雲遲的，以後他要喊她一聲嫂子，當時怕是自己也衝過去一起結拜了。
安書離帶著安陽王府的一眾人等，與雲遲和花顏一起回南楚。
對於雲遲將百萬兵馬交給陸之凌，讓他留在西南之事，他心裡打了幾個思量，隱隱地覺出了將來雲遲怕是要有一番大的打算，暗暗輕歎。
南楚四大公子，名聲遠播，自然都是聰明絕頂的，沒有誰是傻的那個。
陸之凌不是，安書離也不是。
安十六在離開前暗中請示花顏，臨安花顏在西南的所有勢力，在相助雲遲平順西南時，全部都暴露在了雲遲的面前，問她是否在雲遲和她撤離西南境地後，他留下來重新洗牌整頓臨安花家在西南的根基？
花顏明白安十六的意思，臨安花家累世千年，鮮少時候會暴露在皇室當權者的面前，這一代，若非是因雲遲一心要娶她，又因她為救蘇子斬闖蠱王宮被他所救，西南大亂使他陷入危機，她與哥哥也不會全力相助他平順西南，徹底將所有在西南的根基暴露得乾乾淨淨。

一旦雲遲要對付花家，那麼，西南的根基以及在西南的所有花家人，都要遭殃，怕是不比戰爭下的西南各小國藩王軍流的血少。

但是雲遲會嗎？他會對付花家嗎？

花顏搖搖頭，對安十六說：「不急，來日方長，你與十七先跟我回去見哥哥，待我與哥哥見面後，再議。」

安十六頷首，於是，與安十七帶著一部分人隨花顏離開了西南境地。

過了臥龍峽，途經小金家時，遠遠地便看到了小金家掛起的白帆，雖然已過了近一個月，但依舊沒有撤下。

花顏對雲遲說：「我與秋月去看看小金和阿婆，你先走著，在前方五里處等我們。」

雲遲知道她心裡放心不下那位老婆婆和小金姑娘，點點頭。

花顏與秋月縱馬，去了小金家，安十六與安十七對看一眼，也跟了上去。

第五十二章　太子雲遲提親去

阿婆坐在門口的臺階上，雖然鬢角似乎又多了一大片的白髮，但看起來精神還好，正在用金紙折元寶，她面前的筐簍裡已經折了十幾個，還剩下厚厚的一摞紙。

小金不在，籬笆院內只阿婆一人。

花顏停住腳步，看了一會兒，知道那些用金紙折的元寶是燒給地下的人的，他唯一的孫子荊吉安，她抿了抿嘴角。

秋月叩了叩門，大喊了一聲：「阿婆！」

阿婆耳背，自然沒聽見。

秋月又喊了一聲：「小金！在不在？」

無人應答。

秋月轉頭，對花顏說：「小姐，阿婆看起來很好，不知道小金姑娘是不是又上山打獵去了？咱們還要進去嗎？」

花顏點點頭。

秋月靈巧地解開了籬笆門扉的栓繩，推開了門。

花顏緩步走了進去，來到了阿婆面前，蹲下身，對她喊：「阿婆。」

眼前落下了人影，擋住了金紙金燦燦的光，阿婆抬頭，便看到了蹲在她面前的花顏和站在她身後的秋月和安十六、安十七。

她頓時笑了：「小顏，你做生意返回來了？」話落，又對秋月說，「這小姑娘也張開了，漂亮了，上次來時怎麼沒見你？」

花顏笑著點頭：「返回來了。」

秋月笑著說：「上次我落後小姐一步，後來追來的。」

阿婆笑呵呵地問：「這趟生意可順利？」

花顏乾脆一屁股坐在了地上，伸手拿了一張金紙，幫著阿婆折金元寶，笑著說：「還算順利。」

阿婆頓時眉眼笑開：「我記得你來時說過，走完這趟生意，就回家嫁人的，是不是？」

花顏默了一下，早先她說時，是蘇子斬，如今再說，雖然也是嫁人，卻是雲遲了。她笑著點頭：「是呢，回家就嫁人。到時我讓人給您送一壇喜酒來。」

阿婆笑起來：「嫁人好，小姑娘家家的，不能總在外面跑，總要相夫教子的。」

花顏笑著點頭：「是啊，以後我就不能總往外面跑，要好好地守著夫君相夫教子了。」

阿婆看著她：「女子有多少人能嫁給自己喜歡的人？極少的，你能嫁給自己喜歡的人是福氣。將來一定要好好地珍惜。」

花顏淺笑吟吟：「嗯，是福氣，一定會珍惜的。」

「乖孩子。」阿婆感歎一聲，「我一直盼著小安娶妻生子，可是他那孩子說什麼女人是麻煩，一直在軍營裡死活不娶妻，如今倒好，連個後也沒留下。」

花顏不知道該說什麼，只能深深地歎氣。

阿婆放下手中的金紙：「我去給你做飯。」

花顏伸手攔住她：「阿婆，我今日就不在這裡吃飯了，要急著趕回去。」

阿婆頓住動作，看著花顏：「這麼急嗎？天色還早啊！」

花顏笑著說：「要趕回去籌備大婚，天色早，好趕路，夜裡行程慢。」

阿婆笑開：「好，好，既然你急，阿婆就不留你了。」

花顏笑著問：「小金呢？」

阿婆歎了口氣：「那孩子最近心情不好，每日裡坐在後山頂的山崖上往西望，盼著把她哥哥望回來。可是人死了，怎麼能望回來呢，真是個傻孩子。」

花顏抿唇：「小金哥哥他……」她想說什麼，又住了口。

阿婆又歎了口氣：「南疆國號沒了，他為南疆盡忠，也無可厚非，畢竟他身體裡流著南疆王室的血，只是我沒想到這個孩子一根筋至此，就這麼丟下我和小金。」

花顏有些訝異，沒想到荊吉安流著南疆王室的血，她看著阿婆，忽然想起阿婆似乎曾說過，當年她看不開，躲在這片山林裡等著終老，一日一日才看開了。原來是從南疆王室出來的。

她不想細問，阿婆和小金這樣在山林生活也沒什麼不好，不沾染俗世，清靜地過一輩子。

她幫著折了兩個金元寶，放在筐簍裡，然後便告辭了阿婆，出了籬笆院子。

阿婆送花顏到門口，拉著她的手說：「姑娘嫁人後，以後怕是就難來看我老婆子了。你要好好生活，阿婆會記掛你的。」

花顏眼眶一紅，笑著說：「我也會記掛阿婆的。」說完，她往後伸手一拽，將安十六拽到了阿婆面前，大聲說，「這是我的兄弟，他瞧上小金了，阿婆若是看他還中意，就收了他做孫女婿，他一定會待您和小金好的。」

安十六連連點頭。

阿婆仔細地瞧了又瞧安十六，笑呵呵地說：「好好，你的兄弟定然是不錯的好孩子。若是他給我做孫女婿，我高興得很。」

安十六高興地說：「阿婆不嫌棄我黑嗎？」

阿婆樂著說：「長得黑怕什麼？頭腦靈活不一根筋就行，能保護老婆孩子，就是好丈夫。」

安十六覺得這老婆婆可真通透，他嘿嘿地笑著點頭：「上一次我問她，她有點兒嫌棄我黑，我一會兒再去問問小金姑娘，她若是沒意見，過些時候，我就來提親。」

阿婆笑呵呵地擺手：「好好，快去問。」

花顏也是想看看小金的，那個乾脆豪爽心腸耿直的姑娘，他哥哥的死對她的打擊一定很大，荊吉安為國捨家，不能說是錯，而她一個女兒家，以後自己照顧年逾古稀的阿婆，她真的希望她能看上安十六嫁給他，安十六一定會照顧好她和阿婆的。

來到後山頂，便看到小金坐在一處山石上，果然如阿婆所說，看著西方。

小金的肩膀瘦弱，背著身子坐在山頂上，山風吹起她的衣擺飄飛，看起來十分的孤單。

花顏看了小金片刻，小金還沒發現有人來，她收回視線，看向安十六。

安十六黝黑的臉，望著小金，難得的臉上沒有嬉笑，正經不已。

花顏看了安十六片刻，對他低聲說：「十六，你只見過小金一面，真的想娶她？方才你也聽見阿婆說了，她與荊吉安，流著南疆王室的血脈。」

安十六點點頭：「少主，這姑娘不錯。」

花顏頷首：「是很不錯，稍後我與她說會兒話，也許會將荊吉安死的事實告訴她，她若是能接受，你也好說話，她若是不能接受，你要娶她，怕是會很麻煩，而且，我們臨安花家的人，嫁娶前後，都要以誠相待，所以，你的身分也要告知她。她若是不接受你……」

安十六認真地說：「少主，她若是看不上我，不接受我，那就算了。咱們花家人，嫁娶求的是兩情相悅，不強求別人。」

花顏點頭：「好。」

安十六不再說話。

花顏走向小金，來到她身後，喊了一聲：「小金！」

小金聽到熟悉的聲音回頭，見到花顏，自然也看到了跟在她身後的秋月以及落後花顏不遠處的安十六和安十七。她愣了一下，立即站起身，對花顏說：「你回來了？」話落，看著秋月，睜大眼睛，「你不是沒跟來嗎？怎麼也來了？」

花顏見她瘦了很多，臉色不太好，眼睛發紅，整個人少了幾分精神氣，她暗暗一歎，點頭：「嗯，我回來了，路過來看看你和阿婆。」

秋月笑著說：「我是後追來的。」

小金立即說：「你不是要嫁給她哥哥的嗎？」

秋月臉爆紅：「哪有？」話落，瞪了花顏一眼，「小姐胡說，別聽她的。」

小金「哦」了一聲，「走，我去給你做飯。」

花顏伸手攔住她：「我剛剛去看過阿婆了，不吃飯了，我稍後要趕路，過來看看你，與你說一會兒話。」

「那也要吃過飯再趕路啊！要與說什麼話？一邊吃飯一邊說好了。」小金拉著她就要走。

花顏拉住她重新坐下：「不吃了，有人在前面五里處等我，不能讓他等太久。」

小金見她神色認真，說什麼也不留飯的樣子，只能隨著她坐了下來。

花顏也坐在了山石上，看著西方說：「小金，我要與你說一件事情，你哥哥的死，與我有些關係。」

小金猛地睜大了眼睛。

花顏便徐徐地將荊吉安降順了太子雲遲然後降而又反截殺梅舒毓險些致使梅舒毓和三萬兵馬全軍覆沒，兩萬兵馬死在他手中，她為救梅舒毓，派了十七送了她給他哥哥的東西，勸說他哥哥，奈何他哥哥不聽，死反到底，最終被引入萬毒無回谷，困了他十萬兵馬，梅舒毓要求單打獨鬥，他死在了梅舒毓劍下，等等該說的事情，詳略地說了一遍。

她說完之後，小金依舊睜大著眼睛，似乎不敢置信。

花顏覺得在這件事情上，她站在了國之大義面前，相助雲遲，順應雲遲，做了自己的身分該做的事兒，卻對不住與小金相交一場，也對不住阿婆待她的慈和與喜歡。

以人情來說，荊吉安是小金唯一的哥哥，是阿婆的唯一孫子，她應該保下他。

奈何，他降而又反，兩萬兵馬死於他手，以及極大限度地挑釁了雲遲的太子威儀，他若是不殺荊吉安，太子殿下的威儀何在？如何對死去的兩萬士兵及其家眷交代？

可是小金和阿婆失去至親之人，又沒了倚靠，未免太苦了些。

秋月在花顏說完，在一旁說：「小金姑娘，其實此事也怪不得小姐，你哥哥實在是一心要為南疆盡忠，小姐派十七公子拿了你的東西前去勸說他，為了救梅舒毓是沒錯，但也是為了讓他看在你和阿婆的分上，別與太子殿下死抗到底。他當時若是聽勸收手，小姐未必不能保全他活一命，可是，他偏偏不聽，還與十七公子翻了臉傷了他，無奈之下，我們才引他去了萬毒無回谷。」

小金震驚地聽著，似乎一時受驚太過，沒說話。

花顏看著她，又歎了口氣，輕聲說：「你要怪我也罷，畢竟當日是我讓十七去拖住他，十七拼了力氣，只拖了他半日，後來，他雖不是被我親手所殺，但也是因我被困殺……」

小金面色終於動了，她眼淚流了出來：「原來是這樣，當日送哥哥屍首回來的士兵什麼也沒說，我拉著人問，無人回答我，原來哥哥是這樣死的。」

花顏點頭：「我未隱瞞你分毫，他是這樣死的。」

小金哭著說：「哥哥就這麼扔下了我和阿婆……」

花顏不再說話，坐在她身邊看著她哭，卻連一句勸說她不哭的理由都說不出。

小金哭了一陣，對花顏說：「我和阿婆一直管你叫小顏，原來你叫花顏嗎？我下山去賣獵物時，聽到人在傳，南楚的太子殿下選妃，選中了臨安花家最小的女兒花顏，我當時還在想，小顏的名字也有一個顏字，不知道她有沒有你漂亮？原來你就叫花顏，是南楚太子殿下欽定的太子妃……」

花顏點頭：「是啊！我本不想嫁他，奈何兜兜轉轉，抗不過命，還是要嫁給他，我回去後，便會與他籌備大婚，將來不知道什麼時候還會再來西南了。」

小姐抹了一把眼淚說：「就是那個人對不對？那個長得很好看的人，你說他是你的未婚夫的那個人。他是南楚的太子殿下。」

花顏頷首：「是，他就是南楚的太子雲遲。」

小金紅著眼睛說：「你不是說毀了婚約又找到了一個人嗎？怎麼如今還是要嫁他？」

花顏笑了笑，目光淡淡飄遠，如天邊輕雲：「我與那個人，大約是有緣無分，而我與他的緣分是宿命天定，解不開，便認命了。」

小金看著她，哽著聲說：「那他對你好嗎？我聽城鎮裡的人們都在傳，說他很喜歡你，非你不娶，多少名門閨秀都不要呢。」

花顏失笑：「我從沒聽他說喜歡我，但是他做出來的事兒，卻是對我極為愛重。比喜歡要深得多吧！」

小金吸著鼻子說：「那就好。」

花顏看著她，拿出手帕，幫她擦了擦眼角，柔聲說：「別哭了，你哥哥為南疆盡忠，雖未顧及你和阿婆，但是個有氣節的，比南疆王要強得多。南疆王為了重返韶華，將一個年少正值青春的姑娘變成了白髮蒼蒼的老嫗，著實令人看不上，他如今即便為了南疆血脈傳承而活，雖沒有什麼不對，但也不能令人稱道，史書上對他評價也好不到哪兒去。但是荊吉安不同，他帶十萬大軍截殺梅舒毓，圍困迷障林，以他的血為南疆山河拉下序幕，也令人有幾分佩服。」

小金點點頭，帶著哭音說：「我問那幾個送哥哥屍首回來的士兵，他們什麼也不說，我就跑去鎮上打聽，有人說哥哥降而又反，該殺，有許多人都說南楚的太子殿下好，他沒來之前，各小國亂成了一片，各處都在打仗，亂七八糟，民不聊生，無人會去管百姓們死活，他來到西南境地後，很快就平定了戰亂，西南雖然真正劃歸了南楚，但是百姓們卻沒有感覺自己成為亡國奴。」

花顏點點頭：「太子殿下是真正為了江山天下萬民百姓和樂長安著想。」

小金頷首，紅著眼睛說：「小顏，我不怪你，是哥哥他自己的選擇，降而又反，本就背信棄義，只是他是我的哥哥，我心中難受，沒了他，我和阿婆以後可怎麼辦……」

安十六這時走上前，蹲在小金面前，黝黑的臉認真得不能再認真地看著她：「你嫁給我，以後我就是你們的依靠。」

小金紅著的眼睛一下子就愣了，看著安十六，似乎有些傻。

花顏笑著起身，示意秋月和安十七隨她先走，將地方和人留給安十六。

小金是個極好的姑娘，心腸不止耿直，還能明辨是非。有很多人面對失去親人，有時候理解是一回事兒，過不去心裡的坎又是另外一回事兒，都不能做到她這般不怪她。

走得遠了些，花顏回頭去看，見小金依舊坐在山石上，安十六蹲著身子在與她說著什麼，小金似乎十分安靜地聽著，她漸漸地露出笑意，想著緣分這種東西，有時候是妙不可言的。

小金是個通透的姑娘，雖然也喜歡漂亮的人和事物，但不見得會被其迷惑。否則也不會多年來都安靜地陪著阿婆待在這處山林山野小地方過日子。

她若是真嫁給安十六，安十六會讓她幸福一輩子的。

古往今來，臨安花家的任何人，還沒有誰做過負心人。

秋月也回頭看了一眼，問花顏：「小姐，咱們還等等十六公子嗎？」

安十七接過話笑嘻嘻地說：「十六哥估計一時半會兒不想離開呢。」

花顏失笑：「不必等了，我們走吧，反正如今也沒什麼事兒，他晚回去幾日也可以。」

秋月點點頭。

雲遲在前方五里處等了半個時辰，便見到花顏趕了上來，不見安十六，他微微揚了一下眉梢，笑問：「怎麼少了一個人？」

花顏心情極好地說：「十六看上小金了，正在求娶呢，若是事成，估計要留幾日。」

雲遲也露出笑意：「看來她沒怪你了。」

花顏點點頭，說：「小金真是一個好姑娘，比她哥哥通透，她不知道她哥哥的死因，就跑去鎮上打聽，百姓都在說你好。她也不怪我。」

雲遲頷首，笑著說：「大多數百姓們都說好，看來安平西南惠利百姓的政策起到了極大的作用。」

花顏點頭：「正是。」

隊伍行走起來後，安十六果然沒追上來，留在小金和阿婆的籬笆院子裡。

秋月在私下悄悄問花顏：「小姐，咱們直接回臨安嗎？公子如今仍舊在桃花谷呢？咱們不順道去桃花谷看看了？」

花顏搖頭，輕聲說：「不去了，回臨安吧！讓十七給哥哥傳個消息回去，就說我與太子殿下回臨安等著他。」

秋月點點頭，明白花顏，她不能在這時候帶著雲遲去桃花谷，否則置蘇子斬於何地？桃花谷就是一處安靜的世外之地，她就不去打擾蘇子斬的安寧治病了。

於是，隊伍途經玉石鎮時，沒有停歇，繼續向前行走。

時當酷暑，三伏天氣，花顏不想出去頂著大日頭騎馬，便乖覺地坐在馬車裡。

雲遲自然也陪著她。

馬車裡放著話本子、奇聞志怪小說，野史雜談之類的書籍，還有許多京城送來讓雲遲過目的奏摺，以及兩封皇上的書信，他收到後，並未開封查看。

除了這些，還有棋盒、古琴、筆墨紙硯等一應物事兒。

花顏開始時每日捧著話本子看，後來將話本子看完後，又看了車上放置的所有奇聞志怪小說以及野史雜談等書籍。

她看書太快，一日幾卷，沒多少時日車上除了雲遲的奏摺和書信，都被她看完了。

雲遲失笑：「你怎麼看書這麼快？不該是囫圇吞棗吧？」

花顏隨手扔給他一卷書：「你來考考我，看看我是不是囫圇吞棗。」

雲遲伸手接過，隨意地翻了中間的一頁，對她說：「雲嵐國一卷講了什麼？」

花顏毫不思索地將那一卷逐字逐句地背了下來。

雲遲待她背完，笑著扶額：「我也自詡過目不忘，但是卻不如你，過目一遍後，也只能囫圇個大概，你這是天生記憶異於常人？」

花顏彎起嘴角：「算是吧！遺傳這種東西，讓人生來就得天獨厚的。哥哥與我一樣。」

雲遲感慨：「雲族一脈，數千年來，丟失了多少傳承，皇室雖以雲姓立於高處，但雜念太過，驅使於皇權，也只傳留了一息，人人都道我天賦異稟，卻殊不知你比我更甚。花家累世千年，不爭權奪利，固守本心，尊崇先祖，守望其志，才能讓子子孫孫傳承其宗，不怠分毫，留下的先人的東西更多，令人敬佩。」

花顏淺笑：「花家是尊崇先祖，守望其志，但也是顧小家而已。雲家雖有權利心，受世俗所累，雜念太多，少了傳承，但是為天下大安。」

雲遲點點頭：「也有些道理。」

花顏笑看著雲遲：「何必妄自菲薄？我不如你之處多矣，比如，我有些時候，自私自利，自己如意便好，鮮少顧忌他人，而你不同，所行所止，都是為了天下。」

雲遲失笑，伸手點花顏額頭，柔聲說：「我拉你陪我，也是一己之私。我也沒有你說的這般全是為了天下，是人都會有不足之處，誰都不例外。」話落，他伸手將花顏一縷髮絲捋順到耳後，看著她的眼睛說，「臨安花家做好事兒都不留名，雲家做的利民之事，天下人都能看到，臨安花家做的也許比雲家還多，但無人看得到，花家也不想讓人看到。」

花顏心下一動，想起了五年前川河谷大水，那是花家在近年最大的一次出手，她從難民營中被哥哥和花家的人救出來後，與哥哥商議，調動上百糧倉，無數物資，花家千畝之地的十年極累，都用於了那次川河谷大水賑災。

事後，哥哥與她收尾乾淨，所有花家的人一起撤出川河谷，未留痕跡。

她笑著揚眉：「你想說什麼？」

雲遲伸手拿過一旁的棋盒，笑著說：「若是真正自私自利的人，是不會甘願為了蘇子斬而去捨命奪蠱王的，若真是沒有大義之人，是不會暗中做利民之事的。你有小私心，也有真大義，也別妄自菲薄。」

花顏大樂，也不反駁他，對他笑問：「你拿棋盤做什麼？」

雲遲將棋盤擺在小方桌上，對她說：「我不信你棋藝不精，你看書太快，如今無書可看了，我們對弈吧！」

花顏眨眨眼睛，笑語嫣然地說：「堂堂太子殿下呢，贏了我，也沒什麼可驕傲的，輸給我呢，是很丟面子的事兒喔！你確定？」

雲遲失笑：「在你面前，何來面子？從相識之初，你便沒給我這東西。」

花顏想想還真是，無言了片刻，又氣又笑地說：「好吧！我不輕易與人下棋的，今日就陪你下一局吧！」

「只一局?這一路還遠著了。」雲遲笑著說。

花顏笑：「你我下完一局後，後面的路你喊安書離來下好了，我不愛下棋。」

「嗯?為何?」雲遲看著他。

花顏抿了一下嘴角，淺淺淡淡地笑：「不喜歡唄!」

雲遲見她眼底一瞬間的恍惚，那笑容縹緲得很，嗓音輕若雲煙，雖然一切都很不明顯，但他與她相處時日已長，敏感地捕捉到了。暗暗想著，怕不是不喜歡這麼簡單。

他溫和地笑看著她：「為何不喜歡?」

花顏懶洋洋地說：「費腦筋，很累。」

雲遲失笑：「所以，父皇去東宮那日尋你下棋，你便不費腦筋地應付他?」

花顏想起當日，大笑不已，笑罷，對雲遲說：「你父皇其實是個很不錯的人。」

雲遲「嗯」了一聲，淡淡溫涼，「父皇這一生，無功無過，雖不是庸碌之輩，但也沒有多英明睿智，他身為太子期間便溫和，登基後，從未動用過鐵血手腕，也就養成了南楚社稷下，有許多不堪入目的東西，愈積愈多。」

花顏收了笑意，認真地說：「你會不同於皇上的，南楚在你手中，將來一定會吏治清明，河清海晏，四海長安。」

雲遲這一刻看到了花顏眼裡的光芒，可與日月星辰同輝，眸光暖如春日裡的朝陽，淬鍊出點點瀲灩色彩，笑容也如芙蓉花開，明媚瑰麗。

他看著她，忽然有些癡癡地。

花顏動手擺棋盤，揭過此話，對他笑問：「你喜歡執黑子還是執白子?」

「你呢？」雲遲收斂心神笑問。

花顏笑著說：「我先問你的。」

雲遲莞爾一笑：「白子。」

花顏笑著說：「那正好，我喜歡黑子。」

雲遲深深地看了她一眼，拿起了白子。

花顏拿起了黑子。

二人你來我往地下起來，兩個人的姿態都很隨意閒適，不緊不慢。

小忠子從外面探進頭，悄悄問：「殿下，太子妃，您二人要茶嗎？」

花顏散漫地說：「給我一杯冷水。」

雲遲抬頭瞅了她一眼，說：「女兒家不能喝太冰的水，對身子不好。」

花顏挑眉，拉長音笑著說：「太子殿下，你很懂嘛！」

雲遲轉眸對小忠子說：「給她倒一杯溫水。」

小忠子笑嘻嘻地應了一聲。

花顏無奈，只能任憑了。

一局棋在半個時辰後結束，雲遲看著棋盤上的和棋，扶額說，「你留了三分餘地，別以為我看不出來，以你的棋藝，怕是連南陽山的掌山真人玉真道長也不及你。」

花顏一推棋盤，身子懶洋洋地躺在車上，笑著輕哼：「你說我留三分餘地，你又留幾分？既然看出我有留了，你也與我不相上下。」

雲遲低笑，對她問：「我想知道，你的棋藝，是何人所教？」

花顏「唔」了一聲，開玩笑地說，「我說生來就會你一定不信，自小拿著棋譜磋磨的。」

雲遲挑了一下眉，笑著點點頭。

花顏對他問：「你說南陽山的掌山真人玉真道長，他棋藝很厲害？」

雲遲頷首：「南陽山被世人所稱道，不止武功和劍術幾乎獨步天下，棋藝更是非常，只不過棋藝被武功和劍術掩蓋了，鮮少有人知，尤其是玉真道長，說他是天下第一國手也不為過。」話落，他淡笑著說，「蘇子斬的師父就是玉真道長。」

花顏點點頭。

雲遲笑問：「累了？」

花顏「嗯」了一聲，「都說了下棋是個累人的活嘛，總要動腦筋的。」

雲遲收了棋盤，隨著她並排躺在車裡，笑著說：「好，以後不輕易拉著你下棋了。」

花顏本來仰面躺著，見雲遲也躺下，便翻了個身，面對著他，將腦袋抬起，枕在他的胳膊上，閉上了眼睛。

雲遲看著她貓一樣的動作，似自發地找窩舒服地準備睡覺，不由得失笑。

花顏似乎下一局棋真得很累的樣子，窩在雲遲的懷裡，轉眼就睡著了。

雲遲看著她轉眼便入睡，眉心不由得微微皺起，累成這副樣子，原來她說下棋很費腦筋很累是真的，按理說不該如此才對，無論是他，還是玉真道長，若是下三日夜的棋，也不過如此。

她為何會如此呢？只一局棋而已。

花顏這一覺睡得很沉，一日都未曾醒來，雲遲終於躺不住，慢慢地撤回已經僵麻的胳膊起身，挑開車簾，對小忠子說：「去將秋月喊過來，我有話要問她。」

小忠子應是，立即去了。

秋月與采青坐在一輛大車裡，她與花顏自小養成的習性差不多，但她沒花顏看書快，所以，大多數時候都是捧著話本子在看書，或者看累了就睡覺。

采青本來不愛看話本子，但因為在南疆行宮時，每日與花顏讀話本子，也漸漸地愛看了，便與秋月一起，各捧著一卷書，看得津津有味。

秋月看累了，正在睡覺，小忠子站在車外喊：「秋月姑娘，殿下喊你。」

采青聞言連忙放下書卷，推了推秋月。

秋月睡得迷迷糊糊被喊醒，伸手挑開車簾，半睜著眼睛看著小忠子：「太子殿下喊我？什麼事兒啊？」

小忠子連忙說：「應該是關於太子妃吧！太子妃睡了一日未醒，殿下怕是不放心。」

秋月聞言想起花顏身體的餘毒雖然徹底清除了，但幾次折騰之下，對她損傷極大，需要慢慢地將身子補回來，她頓時醒了，連忙跳下了馬車，跟著小忠子去了。

來到雲遲和花顏乘坐的馬車旁，雲遲正挑著簾子等著秋月。

秋月急聲問：「殿下，小姐怎麼了？」

雲遲溫聲說：「上車來說，你給她診診脈。」

秋月應是，連忙跳上了馬車，見花顏睡得似乎真的很沉，她與雲遲說話以及上車這麼大的動作，她都沒醒，她不敢耽擱，連忙給她把脈。

片刻後，秋月問雲遲：「太子殿下，小姐怎麼會陷入深睡呢？她做了什麼？」

雲遲道：「她與我下了一局棋，下完後，便睡了，至今未醒，已經一整日了。」

秋月聞言恍然：「怪不得了，小姐是不能真正碰棋的，只要她真正認真些與人下棋，都會睡上幾日。如今這是累著了，陷入深睡了。」

雲遲不解：「她為何如此？只是一局棋而已，何至於讓她這般累？」

秋月歎了口氣，壓低聲音說：「小姐自小就如此，她從不與人對弈，至於原因，奴婢也說不清楚，與生而帶來的癔症一樣。」

雲遲眉頭緊鎖：「你可曾問過她？」

秋月點頭：「問過，小姐對我說，她是上輩子作孽，這輩子好多東西，她都碰不得的。」

雲遲若有所思，對她問：「花灼可知道得多些？」

秋月頷首：「公子自然知道得多些，公子與小姐一起長大，一母同胞，而且奴婢愚鈍，公子聰透。」

雲遲點頭，對她問：「除了不能碰棋，她還不能碰什麼？」

秋月歎了口氣：「琴棋畫，小姐都不能碰的，彈琴的話，一首曲子彈完，她就要昏睡幾日，最多只能彈半首曲子，下棋就不必說了，殿下見識到了，畫畫的話，也是一樣，最多半幅圖，否則便是昏睡幾日。」

「書卷和字帖類的東西，她都可以碰？」雲遲問。

秋月頷首：「這個是可以的，小姐會寫很多字體，殿下不知見識過沒有？她每次給公子寫信，都是不停轉換字體，這是以前我與小姐出門在外時，她養出來的習慣，她怕公子一個人悶，便每三日給他寫一封家書，公子見到家書後，氣不過，就不停地攢著勁兒地練字帖，這樣就每日都會精神，不會覺得被病痛折磨了。」

雲遲點頭：「昔日在東宮，原來她說琴棋書畫都會一點兒，是這般原因。」話落，他低聲說，「她書法字帖那般好，當世名家也不及，棋藝如此高絕，那麼琴技和畫功，怕也是極好的了。」

秋月點頭：「花家有一處閣樓裡收的都是小姐的字帖和畫卷，據公子說，她很小的時候，不信自己擺脫不了這個魔咒，無論是琴藝還是棋局，以及作畫，她不服輸地想要如正常人一般，可是整整半年依舊不行，後來她將自己折騰得不成樣子，花家的一眾長輩們勸說不了，還是公子出面，說服了小姐。」

雲遲輕聲說：「原來這些都是生而帶來的東西，她這些年一定很辛苦吧！原來不是不喜歡，而是不能碰。」

秋月點頭又搖頭，說：「小姐是個很看得開的人。」

雲遲溫聲說：「是我不對，我見她看書太快，無書可看，怕她無聊，拉著她下棋，她未曾說不能，不成想是這般。」

秋月低聲說：「小姐不與殿下說，大約是想試試自己吧！畢竟她好多年沒與人真正下過棋了，萬一好了，也說不定。如今看來，還是不行。」

雲遲沉默片刻，問：「天不絕可知道？如何說？」

秋月點頭：「師父知道，說小姐天生就是個怪物，她身上似乎藏著很多東西，誰也解不透。但是小姐一定知道，除非她自己想說，否則她不說，誰也解不透，只有她自己明白。」話落，她又搖頭，說，「也許還有公子，公子也是明白些的。」

雲遲抿唇，看著花顏，過了好一會兒，對秋月頷首：「好，本宮知道了。」話落，詢問，「她自己能醒來嗎？」

秋月點頭：「能醒來的，不必用藥。」

雲遲放心下來：「你去吧！我看顧著她。」

秋月又看了花顏一眼，點點頭，下了馬車。

花顏足足睡了四日夜才醒來。

她睜開眼睛時，雲遲正坐在他身邊看奏摺，她怔怔地看著雲遲。

雲遲在她睜開眼睛的第一時間便轉過了頭，他發現花顏的臉色十分的茫然，眼底有一團濃濃的雲霧，一層一層的，彙聚在她眼底，幾乎看不到她眼底尋常時候或清澈或純粹或明媚或含笑的神色。

他靜靜地看著她，並未出聲。

花顏怔然地看了雲遲一會兒，猛地又閉上了眼睛。

雲遲一怔，終是忍不住開口，低聲喊：「花顏。」

花顏沒應答。

雲遲放下手中的奏摺，靠近她，伸手握住了她的手，發現不知什麼時候，她指尖冰涼，早先時，他也移動過她，她的身子是軟綿綿的暖融融的，想必就在醒來的時候，這般一下子就涼得入骨了。

他用力地握了握她的手，又低聲喊：「花顏。」

花顏睫毛顫了顫，睜開眼睛，這一次，眼底的雲霧消失得無影無蹤，她看著雲遲，淺淺地對他微笑：「聽見了，你喊了我兩次。」
雲遲微鬆了一口氣：「我以為你又要沉睡。」
花顏搖頭，似渾身無力，問：「我睡了幾日？到哪裡了？」
雲遲溫聲說：「你睡了四日，還有一日就到臨安了。」
花顏點點頭，慢慢地坐起身，笑吟吟地問他：「堂堂太子殿下，沒被我嚇到吧？」
雲遲苦笑：「開始你睡了一日不醒時，還真把我嚇著了，後來問了秋月，她說你自小就這樣，有些東西碰不得，沉睡幾日自己就會醒，我才放心下來。」
花顏收了笑意，輕歎：「是啊！從小就這樣，我很長時間沒碰了，以為好了，不承想，還是這般。」
雲遲看著她：「與癔症一樣？生而帶來？」
花顏頷首，嗓音有些飄遠，眸光又帶了幾分飄忽：「嗯，生而帶來。」
雲遲握緊她的手，雖滿腹疑團，但也生怕引起她癔症，這種神色，在那日癔症發作時，他太熟悉了。他立即轉移話題，問：「餓不餓？」
花顏點頭：「有點兒。」
雲遲對外吩咐：「在前面小鎮歇腳用膳。」
小忠子應了一聲，連忙打發人去前頭打點了。
不多時，馬車來到前方小鎮，花顏下了馬車，望天看了一眼，烈日炎炎，萬里無雲，太陽如一個大烤爐，烤得人頭皮似乎都要燒著了。
秋月和采青走過來，采青立即撐了一把傘，遮住了花顏。

小忠子同時也撐了一把傘給雲遲。

秋月來到花顏跟前，伸手給她把脈，同時問：「小姐，你醒了，可有不適？」

花顏對秋月搖搖頭：「沒有不適，可能睡的時候長了些，渾身發軟。」

秋月把脈也沒查出異常，只是身子虛些，她放下手，說：「您剛醒來，稍後讓廚子燉一碗參湯。」

花顏笑著點頭，沒看到安書離，對雲遲問：「安書離呢？」

雲遲道：「安陽王妃想念他，聽聞他離開西南，每日一封書信催他儘快回京，他本來想跟著我們去花家做客，如今只能回去了，在一日前轉道先回京城了。」

花顏笑了笑：「安陽王妃被他嚇了個夠嗆，想念他人之常情。」

雲遲笑著頷首：「當初我與他制定計策時，怕消息走漏，索性將所有人都瞞了。若是沒有他在前開路，我進入西南境地定然不會太順利。」

花顏抿著嘴笑：「你們二人最是本事，真是將所有人都瞞過了，據說安陽王妃哭暈了幾回。」

雲遲揉揉眉心：「以安陽王妃的脾性，待我回京後她見到我，少不得也要說我幾句。」

花顏想起關於安陽王妃的傳言，與她生的兒子安書離天差地別，脾性雖然爽快，但也厲害潑辣，當今聖上和太后都要禮讓三分，雲遲在她面前也算是小輩，昔日，她與皇后、武威侯夫人交好，說雲遲幾句，也得乖乖受著。

她好笑地看了他一眼：「我看安陽王妃是明理之人，不糊塗，說兩句就說兩句唄，反正你大事已成，也不是聽不得幾句埋怨和絮叨。」

雲遲失笑：「幸好當初你找上的人是陸之凌，若是安書離，有安陽王妃擋在前面，她可不同於敬國公夫人，沒準還真和我搶媳婦呢。」

花顏也笑起來：「我倒是想找安書離呢，他對我敬而遠之，怕麻煩得很。」

雲遲淡笑：「安陽王府族系太大，旁支眾多，內部十分複雜，安書離自小生活環境就是繁亂而雜重，要應付許多麻煩，久而久之，養成了他怕麻煩的脾性。」話落，又淡笑，「多虧了他怕麻煩的脾性，否則，昔日我更頭疼了。」

花顏伸手，幫他撫平衣袖壓出的輕微褶皺，動作輕淺，笑語溫柔：「昔日對你不住，以後我會對你好的。」

雲遲眸光暖如春水，笑容濃濃蔓開：「好。」

用了飯，歇了片刻，繼續啟程。

半日後，在沿河城，花家的族長帶著花離等幾個花家的人等在沿河城迎接。

花家族長雖已古稀年歲，但兩鬢依舊未全部霜白，依稀還可以看到黑髮，他笑呵呵地對雲遲見禮，然後又仔細地詢問了一番花顏的身體，聽花顏說一切都好，不太相信她，看向秋月，直到秋月連連點頭，他才真正地露出了寬心的笑模樣。

花離和幾個與他年歲相當的小少年對雲遲規規矩矩地見禮後，轉眼便圍著花顏問長問短起來，讓她講在西南境地奪蠱王的經過，一雙雙明亮的大眼睛，既好奇又興奮。

花顏被鬧騰得不過，伸手一把拽過安十七：「你們問十七，他跟著我闖的蠱王宮，什麼都清楚。」

於是，換做安十七被人圍的頭疼，暗想著花顏不厚道。

當日已經天晚，一眾人等便歇在了沿河城。

當地的官員聽聞太子殿下來了沿河城，在沿河城縣守的帶領下都連忙前來拜見，雲遲給面子地見了沿河城的一眾官員。

花顏與沿河城的縣守昔日有點兒過節，他的兒子曾當街縱馬險些踩踏了一位老人，花顏正巧碰上，見他連馬都沒下，一陣風地就走了，她不客氣地用石子將他打落下馬，摔壞了胳膊，沿河城的縣守找上門，反而讓她臭罵了一頓教子無方。

沿河城縣守顏面盡失，讓衙役們關她入大牢，她將衙役們都打了一通，沿河城縣守氣得不行，查到她是花家的人，要上報朝廷懲治言教，因為當日他母親染病，他兒子急著歸家，故而沒下馬，不是什麼紈褲子弟惡人，她不明所以，將人摔得有些重了。

她後來雖知曉了原因，但怕給花家招來麻煩，暗中攔下了他上報的摺子，又狠狠地威脅了他一通，說若是他敢上報朝廷，她就殺了他的兒子。

他的兒子是獨子，沿河城縣守只能咽下了這一口氣。

後來她暗中讓人治好了沿河城縣守兒子的胳膊，又讓人治好了他的母親，此事在她這兒就算揭過去了。

不過，對於沿河城縣守來說，對她估計深深地記了一筆。

可惜，他以前奈何不了花顏，如今更是。

看到坐在雲遲身邊的花顏，沿河城縣守的腦門直冒汗，頗有些誠惶誠恐之態。

雲遲何等眼力？一看就知裡面有事兒，於是含笑溫聲問：「韓大人識得本宮的太子妃？」

沿河城縣守連忙惶恐地垂著頭結結巴巴地說，「下官……識得……」

花顏在一旁暗自好笑，想著幾年前的舊帳了，笑著開口：「昔日我與韓大人有些過節，當年是我年少不知事兒，欠了韓大人一個道歉，今日補上。當年有些對不住大人，大人是一個好官，在你的治理下，沿河城風調雨順，百姓安居樂業，著實不易。」

沿河城縣守一怔，沒想到花顏開口就是致歉之言，他頓時更誠惶誠恐了，連連道：「太子妃哪裡話？當年是犬子不對在先，太子妃看不過去，仗義出手，是下官教子有失，當不得太子妃的道歉，是下官的錯，下官的錯。」

花顏淺笑：「後來我知曉內情，暗中請了人治好了令公子的胳膊與府內老封君的急病，也算是抵了錯，既然大人不怪我，那咱們此事就揭過去了。」

沿河城縣守恍然大悟：「怪不得下官遍請名醫請不到，幾日後突然來了一位神醫，主動為犬子診治，最終治好了犬子，也治好了母親。」話落，他深深一拜，「多謝太子妃了。」

當日夜，沿河城太守設宴，再三誠心懇請雲遲和花顏以及花家族長赴宴。

雲遲給面子地含笑允了。

在縣守府的宴席上，花顏見到了當年的那位縣守公子，比之當年，穩重極多，他見到花顏，臉先紅了紅，似是聽聞了縣守說是當年花顏暗中請名醫給他治傷，紅著臉上前對她道謝。

花顏笑著開了兩句玩笑，揭過此事，他的臉更紅了。

雲遲含笑瞅了那縣守公子一眼，對縣守笑問：「據本宮所知，韓大人的公子還未娶妻？」

那位韓公子的臉唰地一白，似乎整個身子霎時都僵了。

韓縣守連忙應是，後背也霎時布滿冷汗，吞吞吐吐地說：「犬子……對於當年之事……對女子……有些……不想親近……」

雲遲聞言「哦？」了一聲，轉眸笑看著花顏，「這就是你的不是了，因當年之事讓韓公子懼怕女子，至今未娶，你如今既然知曉了，再讓人幫他治治吧，同時再幫他擇選一位好妻子。」

花顏納悶地看著雲遲，他堂堂太子殿下，何時管起人家的終身大事了？再說她只是摔傷了他的胳膊，後來讓人治好了他，難道治好了胳膊還不行，還包治人家百病了？連人家娶媳婦兒的事兒也大包大攬地管了？

雲遲見她一臉的呆樣費解，溫柔淺笑地對她解釋：「韓大人多年以來，將沿河城治理得極好，是有功之臣，他只有一位獨子，為他解了此憂，比朝廷給他封賞表彰要更得他的心。」

韓大人紅了眼眶，幾乎老淚縱橫：「太子殿下所言極是，多謝太子殿下體恤下官。」

花顏雖然覺得哪裡不對勁，但是無法反駁雲遲，看著臉色發白的韓公子，也於心不忍地覺得他老大不小了還未娶妻，也算是自己造孽，估計給他心裡造成女子潑辣不可娶的陰影，她是該負些責，於是，點點頭：「好吧！此事我包了！」

韓公子的臉倏地似乎更白了。

雲遲笑著伸手拍拍她腦袋，溫柔細雨，如三月春風：「乖。」

花顏嗔了他一眼，拍開他的手，嘟囔：「摸小狗呢?!」

雲遲低笑。

經此一事後，韓大人對雲遲感恩戴德，連連敬雲遲酒，恭敬至極。

雲遲心情似乎不錯，沿河城官員所敬的酒十有八九都給面子地喝了。

花顏身子還未痊癒，只能在秋月和采青的監督下喝些果酒，同時想著不知道雲遲酒量如何，這樣喝下去，會不會醉了？

宴席到眾人盡興時方歇止。

第二日，一早，眾人離開沿河城，啟程前往臨安。

用過早膳，出發時，沿河城縣守韓大人帶著一眾官員和韓公子前來相送，韓大人殷殷囑咐，望太子殿下從花家折返時，途經沿河城，再讓他盡盡君臣之誼。

雲遲含笑說：「本宮此次是前往花家提親，待折返時，要回去準備大婚，就不多耽擱了，韓大人的好意，本宮已經領了，望韓大人繼續造福一方，本宮定記著你的功。」

韓大人聽到雲遲最後一句時，心中大喜連忙叩禮：「下官一定盡職盡責，多謝殿下厚愛。」

在雲遲與一眾官員話別的功夫，花離將花顏拉到了一旁，神祕兮兮地小聲說：「十七姐姐，你知道昨日太子殿下為何讓你命人治好韓公子的心病，再給他擇選一位好妻子嗎？」

花顏瞧著他，他眼睛軲轆軲轆地轉，閃著一副你不知道我知道快問我的模樣，她不由得好笑，說：「太子殿下不是說了嗎？韓大人造福一方有功，知他抱孫心切，為他解憂。」

花離搖頭：「才不是呢，太子殿下說的不對，那冠冕堂皇的理由，也只有你和那韓大人信，連韓公子都不信。」

「哦？」花顏笑看著他，「那你說為何？」

花離湊近她耳邊，用小得不能再小的聲音說：「十七姐姐，你不知道吧？自從那年你傷了韓公子，後來罵了韓大人，打了縣守府的衙役護衛，那韓公子不知怎地，就暗暗地喜歡上你了，這些年一直不娶妻，就是對你念念不忘。」

花顏「啊？」了一聲愣住，訝異地看著花離，「胡說什麼呢？」

花離搖頭，一臉認真：「我沒胡說，是真的！你沒發現那韓公子見到你後，臉紅的不行嗎？估計太子殿下不是看出來了，就是也知道此事，所以，他才讓你大包大攬的給人家選個妻子。」

花顏呆了呆，回想了一下昨日宴席，韓公子見她的確是臉紅了，而雲遲確實有些不對勁，她就說嘛，堂堂太子，咋那麼有閒心管人家的兒子娶不娶親呢？

她無語地瞅著花離，見他一副我絕對說對了，十七姐姐枉你聰明，原來也有笨的時候的模樣，她氣笑地伸手狠狠地拍了拍他的腦袋，說：「你也老大不小了，整日裡混玩成什麼樣子？我交給你一樁任務，給韓公子治心病，選妻子的事兒，你來替我做。」

花離睜大了眼睛：「不會吧？十七姐姐，這樣的事兒你怎麼能推給我？明明是太子殿下交給你來辦的。」

花顏低哼了一聲：「他哪裡是讓我辦此事，明明就是警告那韓公子，別再打我的主意，他不止人聰明，心眼子可多著呢！」

這回輪到花離無語了，半晌問：「那你還辦不辦啊？」

花顏看了那站在人群後方的韓公子一眼，她若是記得不錯，他年歲比雲遲還要年長一歲，她打落他下馬時，五六年前，那時候他是個少年，她還是個小女孩，他怎麼就中意她對她一個小姑娘念念不忘了？尤其是當時過節結得著實不小。

她看過去，韓公子正好對她望來，隔著人群，他眼神確實與別人不同。

她暗罵了自己一聲造孽，收回視線，拍拍花離肩膀，歎了口氣說：「總歸是因我耽誤了人家，我如今既然知道了，就管管吧，此事就交給你了，給他選一個好點兒的。」

花離搖頭擺手：「十七姐姐，我做不來啊！我還是個孩子。」

花顏不容拒絕地說：「都十一了，你也好意思說自己還是孩子？」話落，警告他，「若是辦不好此事，我就將你關在家裡一年，哪裡也不准去。」

花離哀嚎一聲，暗想著他錯了，不該過來告訴她這件事兒，如今她竟然把麻煩推給他了，他可真是自作自受了。

花顏不管花離哀嚎，當先上了馬車。

雲遲走過來，似笑非笑地看了花離苦著的臉一眼，沒說什麼，也上了馬車。

花離被雲遲那一眼看得渾身發毛，覺得這太子殿下不會知道他與十七姐姐說了什麼且自己惹了麻煩吧？這人聰明到這個分上，著實讓人想踹一腳，但是他不敢。

雲遲上了馬車，隊伍緩緩地駛向臨安。

第五十三章　攜聘禮登門求娶太子妃

花顏上了車後便沒骨頭地躺在了車上，換做她似笑非笑地看著雲遲，戲謔地說：「行啊！太子殿下！這不聲不響地吃味給我下圈套，越來越爐火純青了嘛！」

雲遲低笑，不否認笑著說：「有人惦記著你，我總歸心裡不舒服，不如讓他絕了念想，我心裡也舒服些。」

花顏無語地瞅著他，氣笑說：「堂堂太子殿下，胸懷大度，包容兼濟天下，何必與人家小小的縣守公子過不去呢？人家也沒如何不是？」

雲遲淺笑，一本正經地說：「韓大人治理沿河城的確有功，本宮不想讓他這樣的好官後繼無人的為朝廷效命，也算是為社稷著想。」

花顏笑著瞪了他一眼，無語地不再說話。

雲遲含笑看著她，溫柔淺笑，低喃說：「十一二歲的小姑娘，水靈靈的，那時候的你，想必十分招人喜歡。」

花顏一怔，她那時候什麼樣，她還真不記得了，不過哥哥的書房裡收了好多給她做的畫卷，從小到大的，都有。

雲遲扶額輕歎：「我也想看看那時的你。」

花顏失笑：「等到了花家，我帶你去哥哥的書房，讓你見見他給我做的畫。」

雲遲笑著點頭。

半日後，一眾人等進了臨安城。

臨安的百姓們聽聞太子殿下的車輦來了臨安，都聚在城門口街道兩旁想一睹太子殿下容姿。

上一次，一年前，太子殿下來臨安時，輕裝簡行，只帶了幾個人，未驚動太多人，直接登了花家的門親自送了太后賜婚懿旨。

而這一次，雲遲帶了五百抬聘禮，浩浩蕩蕩地進了臨安，未用禮部官員，也未請當世大儒，而是親自前來登門求娶。

花顏並不知道雲遲在沿河城停留那一晚其實就是為了等五百抬的聘禮，在他們即將進入臨安城時，早就等候了的聘禮先一步地抬進了臨安城，直直地抬去了花家。

五百抬的聘禮，浩浩蕩蕩入城，徹底地驚動了整個臨安城的百姓，這才造成了百姓們都傾巢出來圍觀，當知道太子殿下親自來臨安花家求娶花顏時，都驚掉了下巴。

誰也沒想到一年前懿旨賜婚，一年後懿旨悔婚貼滿了各州郡縣天下各地，這轉眼不過兩個月，風雲變化，太子殿下平順了西南，收復了整個西南境地後，竟然親自帶了聘禮前來求娶花顏。

這也太戲劇姓了！

比戲摺子上演的還一波三折地讓人驚動。

花顏也驚訝了，她每日與雲遲待在一起，竟沒發現他什麼時候讓人備了這麼多聘禮，按照規制，南楚皇室宗親娶妻，聘禮也就一百八十抬，太子可以適當地高出其他人些許，也頂多兩百抬，當年皇上迎娶皇后，也不過兩百一十抬。

而雲遲直接抬出了五百抬的聘禮，這何止是逾矩？

花顏聽到外面鬧哄哄時，掀開簾子瞅了又瞅，四人抬的聘禮一抬一抬地正抬進城，看不見首尾，就連他們的馬車也只能稍作等候，讓聘禮先進去。她轉頭看向雲遲：「你弄這麼大的陣仗做什麼？這聘禮也太不合規矩了。」

雲遲淺笑，目光溫溫潤潤：「你哥哥將太后悔婚懿旨遍貼天下，天下誰人都知道太后數落了你無數宗罪，說你當不得天家的媳婦兒，當不得我的太子妃，事情雖過去許久，但很多人也都還記著，如今我不弄出這麼大的陣仗，豈不是你以後一直會讓人詬病？我要讓世人都知道，你是我五百抬聘禮，心甘情願，甘之如飴地求娶做太子妃的，我說你當得，你就當得，別人誰說你都做不得數。」

花顏心下觸動，又氣又笑：「你這是和太后置氣呢？還是和我哥哥比能耐呢？太后下了悔婚懿旨，你偏偏又求娶回來，我哥哥將悔婚懿旨遍貼天下，弄得天下皆知，你就弄五百抬聘禮砸平了花家的門檻，也要天下皆知嗎？」

雲遲輕笑：「也不全是，主要是不想委屈了你。」

花顏忍不住好笑：「這下子可不委屈了，五百抬聘禮，可以想像，消息傳遍天下，傳到京城時，皇上和太后以及一眾朝臣的臉色，估計都不太好看。」

雲遲收了幾分笑意，眸光染上溫涼，「這個江山給我做主，那麼，誰也難以左右制衡我。我要讓父皇、皇祖母、一眾朝臣們都知道知道，我娶你的決心，從來就不是開玩笑。」

花顏笑看著他，接他下面的話：「也要讓他們知道，太子雲遲要做的事情，誰也干涉不得。將來，這個天下，你如何洗牌，你說了算，哪怕是不可攀越的大山，你也會用千刀萬刃地劈開。」

雲遲眸光又轉暖，看著她：「這聘禮，逾矩是沒錯，但我要改古制，改朝政，改軍制，改革天下，以後一步步的謀劃，就從此開始。」話落，他認真地看著她，「不過，我雖然為將來算計，但娶你是真心，沒有這算計，我也一樣待你心誠。」
花顏笑吟吟地看著他：「我知道，我會陪著你，刀山火海，奉君而行。」
雲遲動容，伸手一把拽過她，將她抱在了懷裡，低頭吻下。
花顏伸手捶他：「馬上就要進城了，外面都是人，人人都要一睹太子殿下豐儀容姿，別胡鬧，一會兒你我怎麼見人？」
雲遲只能蜻蜓點水一吻，頗有些無奈地說：「好吧！來日方長。」
花顏紅著臉笑著瞪了他一眼。
一個時辰後，聘禮悉數地抬入了臨安花家，雲遲的馬車也緩緩地入了城。
「太子殿下！」
「太子殿下！」
隨著馬車沿著街道行走，百姓們的歡呼聲不絕於耳。
花顏聽著外面人潮聲聲，熱鬧非凡，伸手推雲遲：「聽到臨安百姓們熱情的喊聲了嗎？不掀開簾子露露臉？」
雲遲淡笑：「不急。」
花顏撇撇嘴角，想著做太子坐到雲遲這分上，天下萬民稱頌，真是極本事的。歷朝歷代，也鮮少有人能及他。
這樣想著，她忽然想到了什麼，嘴角的笑意倏地收了。
雲遲敏感地捕捉到了她情緒變化，淺笑，柔聲問：「怎麼了？回家了近鄉情怯？」
花顏搖搖頭，又露出淺笑：「是啊！每次回家，長輩們都噓長問短，說得最多的就是我這次回家，一定要安分地多待些日子，女兒家家的，成日裡在外面跑像什麼樣子，真愁將來沒人敢娶。」

雲遲失笑：「他們都說錯了，有人敢娶的。」

「是啊，你嘛！」花顏笑著拉長音，「太子殿下何等人，自是不必怕我不安於室的。」

雲遲低笑：「嗯，不怕，即便不安於室，也總知道回家的。」

花顏氣笑。

馬車來到花府門口，花府的老老少少一眾人等早已經等候在了門口。街道上沒目睹到太子豐儀的人，也齊齊地追著來到了花府這條街道。

馬車停下，花顏笑著看了雲遲一眼，先下了馬車。

她下車的動作是用跳的，腳步落地輕盈，裙擺輕晃，臉上揚著燦爛的笑容，目光掃了一眼等在門口烏壓壓的人，笑得明媚清脆地說：「我回來了。」

雲遲挑開車簾，緩緩下了車，便看到了站在陽光下，整個人從內到外愉悅的花顏，陽光明媚，她臉上的笑容更明媚，彰顯著她的好心情以及鮮少能看到從心底深處發出的溫暖。

他暗暗想著，臨安花家在花顏心裡的地位一定很重很重，所以，她為了花家累世千年的規矩不被她破壞，甘願自逐家門，她心底深處，一定是極不捨的。

原來，嫁給他，不止讓她捨了蘇子斬，還捨了她心底深處最溫暖的地方吧？

他與她的條件交換，她用以身相許換蠱王救蘇子斬，表面上看起來，是互相公平，但其實是不太公平的，她還多付出了一樣，捨棄了自己的家，或許，在他不知道的地方，還要捨棄更多。

「哎呦，你可算是回來了，讓太祖母看看。」一個頭髮花白的老太太拄著拐杖快步走上前，去摸花顏的臉，絮絮地說，「嗯，長開了些，又漂亮了些。」然後，又去抓她的手，瞇縫著眼睛打量她纖細的身子叨叨地說，「這瘦得跟柳枝一樣，我就說外面哪裡有家裡好？飯食肯定是極差的，你偏偏每次都不聽，總是往外面跑……」

花顏笑吟吟地看著老太太，聽著她絮絮叨叨，同時數著她鬢角的銀髮想著雲遲不知道給她餵了多少山珍海味，可惜都白吃了。

花家的其餘人等也想圍上花顏，但隨即便看到了下了馬車的雲遲，都不約而同地向他看來，然後齊齊跪拜見禮：「拜見太子殿下！」

雲遲從花顏身上移開目光，便看到了黑壓壓跪倒的一地人，少說也有近千人，老老少少，男男女女，他目光掠過，有的人在去年來花家時見過，有的人他沒見過，心想在外的花家所有人應該都得到消息回來了。

可想而知花家對此事的重視。

他溫和含笑上前，親手扶起花顏的祖父祖母，稱呼道：「祖父、祖母請起！」話落，又扶起花顏的父母，「岳父、岳母請起。」之後，目光看向眾人，笑道，「諸位都免禮起吧！本宮今日為求娶而來，不拿自己當外人，望諸位也不必多禮。」

眾人齊齊道謝起身，無論是見過雲遲的，還是沒見過他的，都齊齊打量他。

這是花家歷經千年以來，集花家所有自家人，隆重地接待的第一位貴客。

臨安花家的所有人都沒想到花顏與雲遲兜兜轉轉，還是回到了原地，不同的是這一次不是太后懿旨賜婚，也不是皇上聖旨賜婚，而是雲遲攜帶五百抬聘禮，親自登門求娶。

古往今來，沒有太子殿下親自登門求娶之說，古往今來，也沒有不合規制的五百抬聘禮。

雖然對於花家來說，五百抬聘禮不算什麼，但是對於雲遲的身分來說，能給到花顏如此讓世人驚歎的求娶待遇，已然是十分震撼和感動。

見過雲遲的人，對於他的豐儀無不稱讚，沒見過他的人，今日一見，覺得太子殿下果然如傳言，丰姿傾世。

花顏的太祖母這時停止了絮叨，轉過頭，瞇縫著眼睛看著雲遲，和藹地笑著說：「顏丫頭，這就是你招進家門躲不開逃不掉的桃花了？」

花顏嘴角抽了抽，一時無語，看向雲遲噴笑著說：「是啊太祖母，南楚最尊貴的那朵桃花，被我給摘了。」

太祖母笑著點頭：「嗯，不錯，上次我聽你祖母提過，說是極好的孩子，可惜就是有個不討喜的身分，否則，早就是咱們家的人了。」

花顏一時不知道該說些什麼，只能抿著嘴樂。

雲遲緩步走過來，笑著見家禮：「太祖母。」

太祖母已八十高齡，不同於別人，笑呵呵地受了，對他說：「好孩子，你誠意十足，我們花家由我作主，答應將顏丫頭嫁給你了。」

雲遲雖然知道花顏同意了，花家一定會同意，但是沒想到這麼快就由輩分最大的長輩答覆了他，乾脆爽快，毫不拖泥帶水，他暗想著不愧是花家的人，當即深深一拜：「多謝太祖母，我一定會好好待她的，此生定不負她。」

太祖母笑容更深了，眉梢眼角都是笑意：「好孩子，雲家的孩子，自是錯不了的，太祖母相信你。」

雲遲直起身，笑容綻開，一瞬間，風華絕代。

花家的一眾人都怔了怔，暗想著太子殿下真是好容貌，即便花家人容貌都極好，花灼、花顏更上一層樓，但是雲遲這一笑，依舊是晃人眼睛。

太祖母笑著說：「這大熱的天，走吧，都進去吧！」

花顏笑著扶著老太太，雲遲緩步跟上，一眾人簇擁著，進了花府。

花家占地很大，前廳更是寬敞，眾人紛紛落坐後，太祖母十分精神地將每個人叫到面前給雲遲認識。

花顏的伯伯嬸嬸極多，姑姑姑父也都回來了，堂姐堂妹堂兄堂弟們彙聚一堂。

雲遲是真正地見識到了花家的人多。

花家的人即便多，但坐在一起，極其的和氣，每個人的臉上都露著和善的笑容，氣氛十分的溫暖，雲遲身處其中，真真實實地感受到了這份溫暖。

這一刻，他更是體會了花顏昔日不想嫁給他，答應嫁給他後，對花家累世千年的規矩守護到底想要自逐家門的心情。

若沒有花家祖宗留下來的傳承了累世千年的規矩，花家不可能是如今的花家。花家指不定會成什麼樣子，花家也不會子孫繁盛，人人面善，待人和氣。

進入了花家，似乎就如進入了另一個世界，一片祥和，說世外桃源也不為過。

認人認到一半時，花顏想開口阻止太祖母說雲遲一時半會兒不會離開，人可以慢慢認，但看到太祖母樂呵呵十分精神半絲不疲累地陸續叫人到雲遲面前，而雲遲十分樂意且耐心溫和含笑地一一點頭，十分有興趣的樣子，她只能又吞下了要阻攔的話。

一個多時辰，終於認完了人，花顏已經餓了。

花顏的娘看了一眼天色，笑著說：「祖母，天色不早了，府裡早已經備好了飯菜，早些開宴吧，別餓著了太子殿下。」

花顏聞言湊過去，抱住她胳膊：「好娘親，我正餓了呢。」

花顏的娘拍了拍她的腦袋，嗔怪地說：「把自己折騰得這麼瘦，何苦來哉？你哥哥來信對我說等他回來收拾你呢。」

花顏吐了吐舌，膩在她懷裡：「若是他收拾我，我就躲去太祖母身後，看他怎麼收拾。」

花顏的娘失笑：「你以為你躲去你太祖母身後他就奈何不得你了嗎？」

花顏無言了一會兒，想想也是，哥哥才不怕她躲在太祖母身後呢，不由得苦下了臉。

雲遲這時溫柔地開口：「躲在我身後好了。」

花顏「撲哧」一下子樂了，看了雲遲一眼，笑著說，「但望你能打得過他。」

太祖母這時笑呵呵地開口：「臭小子脾氣壞，動不動就收拾人，他若是收拾你，太祖母收拾他。別怕。」

花顏想著每次太祖母都這樣對她說，可是沒一次真幫著她收拾了她哥哥的，畢竟人老了，轉眼就忘了管她了。

花家的宴席，十分地熱鬧，是真正的家宴，一團和氣，說說笑笑，沒有食不言寢不語，沒有太多規矩，每個人都十分地隨意，故而，雲遲也十分地自在。

宴席後，太祖母還十分精神地對花顏說：「顏丫頭，你住的地方大，偌大的院子，只有你和秋月兩個人，家裡就沒特意地給小遲安排住處，他就住你那裡好了。」

花顏瞅了雲遲一眼，見他十分樂意的模樣，也不矯情，笑著點頭：「好。」

散了宴席，眾人各回各處，花顏領著雲遲前往自己的住處。
小忠子對秋月悄聲說：「花家可真好，一團和氣，這麼大個家，人多而不亂，真是難得。」
秋月笑著說：「知曉太子殿下前來求娶，公子發出了詔令，花家在外的所有人都回來了，所以人才這麼多，尋常時候，沒這麼多人的。」
小忠子好奇地問：「花家的許多人都在外面嗎？獨自生活？」
秋月點頭：「花家的人都很自由，喜歡在哪裡安家，就在哪裡安家，但無論在哪裡安家，始終都是花家的人，沒甚關係的，一旦有大事兒，一個詔令，天南海北，都會回來。尋常時候，自己喜歡怎麼生活就怎麼生活，無人管制。」
小忠子讚歎：「這可真好啊！」
秋月看了一眼前面走著的花顏和雲遲，想著小姐嫁給太子殿下，以後就要生活在京城了，她這一生，都與自由無關了，只與太子殿下和南楚的江山社稷息息相關。
雲遲喝了不少酒，但走路不見晃，一步一步，走得極沉穩。
花顏見他從出了宴席廳後，一直不說話，不時地瞅他一眼又一眼，月光下，看不出他在想什麼，於是，她笑著問：「喂，想什麼呢？一直不說話！」
雲遲停住腳步，目光溫溫潤潤地看著她。
花顏從他的眼底看到了月華灑下的光，帶著瀲灩的色彩，在夜色下，令人目眩，她微微地看癡了，揚了揚眉眼：「怎麼了？」
雲遲如玉的手輕抬，雙手捧住她的臉，凝視著她明媚的臉，低柔地說：「我今日方才知道，讓你嫁給我，是委屈你了。」

花顏不由失笑，看著他：「自我應允你之後，便沒覺得委屈。」話落，她看著他的眼睛，輕且輕地揶揄說，「世間最尊貴的這朵桃花被我摘了，有什麼可委屈的呢！」

雲遲眼底波光粼粼，細微地震盪著波紋，低柔地說：「可我覺得委屈了你。」

花顏輕笑：「不委屈的，我的命是你救的，人是你的，命是你的，無可厚非。」

雲遲搖頭：「不對的。」

花顏笑看著他：「什麼不對？」

雲遲伸手將她的身子攬進懷裡，低聲說：「這話不對的。」

花顏笑問：「怎麼不對了？」

雲遲不語，抱著她，忽然似變了個人，執拗且固執地說：「總之就是不對的。」

花顏無言了好一會兒，伸手推他，笑著說：「你喝醉了。」

雲遲又固執地抱了花顏片刻，整個人十分的安靜，花顏推不開他，只能任他抱著，許久後，他終於放開了她，揉揉眉心說：「走吧，我確實喝醉了。」

花顏抿著嘴看了他一眼，帶著他繼續向花顏苑走去。

秋月和小忠子、采青三人在夜裡吹著風避開了二人等了許久，三人大眼瞪小眼，都不太明白太子殿下這突然不聲不響地拗個什麼勁兒。

只有花顏明白，雲遲為何如此。

花顏苑與花灼軒比鄰而居，是花家兩處最特殊的存在。

別的院子裡都多多少少地住了不少人，唯獨這兩處，兄妹二人自小怪異，一個兩個都不喜歡人多。花灼的院子裡還有花離與幾個自小侍候花灼湯藥的人，而花顏的院子裡，除了秋月，再無一個活物。

雲遲發現花顏帶著他走的路，是出了花家內院，拐進了一面與花家隔離出的高牆，打開一道門，走進去後，是一片青竹林，過了青竹林的樹蔭，在月光下，依稀可以看到碧湖水榭，軒台樓閣，比鄰而居著兩處風格相似的院落。

花顏伸手一指兩處院落說：「東邊的院落是哥哥的花灼軒，西邊的院落是我的花顏苑。」

雲遲目光所及處，清幽至極，安靜至極，與花家內院的熱鬧形成鮮明的對比，他微微揚眉，笑著說：「一年前我來時，沒進過這裡。」

花顏抿著嘴笑：「我當時自然是不會讓你進來的。」

雲遲笑著看了她一眼：「是，當時的我沒資格進這裡。」

花顏不否認，領著他往裡面走，穿過垂花門，走過長長的水榭長廊，過了一處抱廈綠藤攀爬的畫廳，踩著碧玉石磚，來到了她的院門前。

雲遲抬眼，便看到門口的牌匾上用狂草寫的花顏苑三個大字，筆鋒肆意，行雲流水，處處透著張揚猖狂。

他仔細地看了片刻，笑著問：「這是你寫的？」

花顏抬頭掃了一眼，點頭：「嗯，我寫的，漂亮吧？」

雲遲微笑頷首：「極漂亮！何時寫的？」

花顏想了想：「很久以前了，我不記得了，當年花顏苑和花灼軒落成時，哥哥與我各自給自己的院落提的牌匾。」

雲遲想著那應該是花顏很小的時候了，應該是幾歲時，看著這字，就如一匹脫韁的野馬，不見半絲稚氣和稚嫩，難得她在那麼小的時候，便有這般字體和風骨，當世名帖面前也不輸分毫。

他忽然很好奇，花灼的牌匾，題的是什麼樣的字。

花顏似乎看出了他心中所想，笑著說：「明日我帶你去看看哥哥院門前的牌匾，今日天色太晚了，你也累了，早些休息。」

雲遲頷首：「好。」

花顏伸手推開了門，領著雲遲走了進去。

院內種了各種花樹，夜色裡，處處溢著花草樹木的清香，知了聲聲地叫著，極其清幽，花樹看起來雜亂無章，每棵樹都正開著花，風吹來，各種花瓣不約而同地飄落，地上落著花瓣，腳踩上去，輕輕軟軟。

雲遲看到了不應季而開的海棠和桂花，還看到了玉蘭與茶花。

他微笑地詢問：「這些花樹四季常開不敗？」

花顏笑著點頭：「這是我的陣法配合了秋月的藥水養成的，四季常開不敗。」

雲遲頷首：「怪不得了。」

來到正院，房檐上鑲嵌著兩顆夜明珠，將門口照得極亮，推開屋門，顯然一直有人打掃，桌椅香爐乾淨無一塵，璧角鑲嵌著小小的夜明珠，屋內透著朦朧的光，不太亮得刺眼，也不會讓人目不視物。

香梨木的案桌上擺著香爐、燈盞以及茶具。

秋月隨後走進來，說：「夫人每日都派人過來打掃，小姐這裡什麼東西都不缺，有的收在庫房裡，有的放置在書房和偏屋，殿下看看可需要什麼，與奴婢說，奴婢這便去拿了送來。」

雲遲看了一眼花顏的房間，女兒家的香閨他從來沒有進入過，小時候對於母后的印象也只停留在她行止端莊處處合規矩禮數上，殿內陳設也是依照皇后規制，除了姨母偶爾送些小玩意兒入宮，他似乎再沒見過別的不和規制的東西。

如今他進入花顏的房間，才真正地見識到了什麼是女兒家的香閨。很多東西都隨意地擺放著，上等的佳品，稀世的名品，似乎主人一點兒也不珍視一般，擺得隨意，但並不雜亂。

寬大的床榻，錦紅的被褥與錦紅的輕紗軟帳，一眼望去，床榻的方向如一片染了煙霞的雲，窗子開著，有夏風吹進來，紗帳輕輕晃動，與屏風拉成一線的水晶簾也隨風晃動，輕輕飄擺。

床頭上掛了兩只金鈴鐺，拉了一根線，估計線的那頭是有人為了喊她方便。

雲遲搖搖頭，對秋月說：「讓小忠子將我隨身所用的東西送進來就行，其餘的就不需要了。」

秋月頷首，邁出門檻，想起了什麼，對花顏說：「小姐，還要點香爐嗎？」

花顏搖頭：「不要了，你去帶著采青小忠子等人安置吧！」

秋月立即走了出去。

花顏對雲遲說：「水晶簾後有一處暗門，暗門上栓了個鈴鐺，你拉一下鈴鐺，門就會開，裡面是溫泉池，你先去沐浴。」

雲遲目光盈盈地看著她，伸手摟住她的腰，低聲在她耳邊說：「你與我一起沐浴。」

花顏臉騰地一紅，一把推開他：「胡亂說什麼呢？你自己趕緊去！」

雲遲好笑地看了她一眼，轉身走進了水晶簾後。

花顏走到桌前坐下，聽著水晶簾後傳來雲遲拉鈴鐺的響聲，又聽到暗門開啟的聲音，聽他緩步走了進去，暗門關上，她拿起茶壺，為自己倒了一杯茶。

小忠子很快就將雲遲的衣物一應所用送了進來。

花顏喝了兩盞茶，估摸著時間差不多了，從小忠子送進來的衣服箱子裡拿出了一件輕軟的睡袍，走進了水晶簾內，打開了暗門，站在門口說：「我將衣服給你放在門口，沐浴完自己過來穿。」說完，就要轉身。

雲遲低柔的聲音從溫泉池水的霧氣裡傳出：「你這溫泉池可真好，我想多待一會兒，過來陪我說說話吧！」

花顏默了默，對他問：「你確定？」

「確定。」雲遲聲音含著笑意。

花顏抱著衣物走了進去，溫泉水散出濃濃的熱霧，雲遲半躺在水中，見花顏進來，偏轉過頭，在熱霧裡對她露出笑意。

花顏將手裡的衣物放在衣架上，隨意地在溫泉邊的軟榻上半躺了下來，對他說：「這溫泉裡加了藥，有助於練功，你是可以多待會兒。」

雲遲「嗯」了一聲，「我聞到藥味了，也感覺出來在這水中，體內的氣流運行得很快，利於活絡筋骨經脈。」

花顏點頭，懶洋洋地閉上了眼睛：「我的武功多半就是在這溫泉水裡練成的，哥哥的武功也是。當年，修建這裡時，從雲霧山引來這溫泉水，將我和哥哥的院落裡都置了溫泉，哥哥的那處因他身體的原因，藥效更強些。」

雲遲頷首：「雲霧山距離臨安百里，引溫泉水進這裡，應該費了很大的心力吧！」

花顏點頭：「的確費了不少勁，足足引了兩年。」

雲遲看著她：「花家極好，為何你自小總會往外面跑，似乎在花家待的時候不多。」
花顏笑了笑：「我從小就性子野，閒不住，喜歡亂跑。」
雲遲溫聲說：「以後隨我住在京城，你若是什麼時候想出去，就跟我說。」
「你是怕我閒不住或者被悶住嗎？」花顏笑起來，「這麼多年，我哪裡沒去過？你不必擔心這個。」
雲遲也笑了。
花顏對他問：「要不要喝水？我給你倒一杯？」
雲遲點頭：「是有些渴了。」
花顏起身，走到不遠處的牆壁，那裡有一個機關，她拿了乾淨的杯子，打開機關，接了一杯清水，走回來遞給雲遲。
雲遲不伸手接，對她說：「你喂我。」
花顏隨手將杯子放在他唇邊，他一口一口地喝著，玉容在溫泉裡泡久了，染了淡淡的紅色，露出的肩膀似也透著淡淡的紅色。
一杯水喝完，雲遲對她說：「這水也是引來的山泉水？很清甜。」
花顏頷首：「嗯，雲霧山的泉眼，這山泉水最是清甜。」說完，她起身，將杯子放下，又躺回了軟榻上。
雲遲溫聲說：「皇宮裡也有一處溫泉池，是幾百年前前朝留下的，太祖建朝後，重修了皇宮，獨留了那處溫泉池，不過有詔曰，子孫不准用那處溫泉池，所以，幾百年來，一直封著。」
花顏「唔」了一聲，算是應答了雲遲的話，並沒有說什麼。

雲遲微笑著說：「據說太祖爺喜歡前朝的淑靜皇后，當年起兵就是為了她，但是當他兵馬到了皇城時，淑靜皇后追隨懷玉帝飲了毒酒。太祖爺好生地傷心了一場，為此接掌了皇城後，遲遲半年才登基。」

花顏這一次連聲也沒出，似乎在靜靜地聽著。

雲遲笑了笑：「太祖爺登基後未立皇后，空置六宮，群臣勸諫，皆無用，一生無子，臨終立了胞弟雍親王的次子，也就是太宗皇帝雲意。太宗皇帝謹遵太祖爺聖旨，一直封鎖著從未開啟那處溫泉池，此後，數代南楚帝王，一直延續了下來，那裡自始至終都是南楚皇宮的禁地。」

花顏沒動靜，不吭聲，也不接話。

雲遲看著她，止住話，笑問：「可是睡了？」

花顏似乎真的睡著了，呼吸輕輕淺淺，十分均勻。

雲遲細聽了片刻，啞然失笑，低喃道：「說好進來陪我說話，卻這麼快就睡著了。」話落，他起身，擦乾了身上的水漬，拿了衣架上的衣服穿戴妥當，走到矮榻前，伸手撈起了她，抱著走了出去。

回到內室，將花顏放下，解了她的外衣，見她睡得熟，他早先想欺負她一番的心思只能作罷，乖覺地抱著她也睡下了。

第二日清早，花顏醒來，見雲遲闔著眼睛還在睡著，而她枕著他的胳膊，躺在他懷裡，自從同床共枕後，她似乎一直將他的胳膊當作枕頭。

她靜靜地看了他片刻，坐起身，輕輕地越過他跳下了床。

即便她的動作極輕，但依舊擾醒了雲遲，他睜開眼睛，看著她：「醒了？」

花顏回身站在床邊看著他，笑了一下，點點頭說：「你再睡一會兒，我去沐浴，睡了一身的汗。」

雲遲點頭，也微笑著說：「昨日本來想拉你一起沐浴，誰知道你卻與我說著話那麼快就睡著了。」

花顏轉身走到衣櫃前拿出了件乾淨的衣服，紅著臉瞪了他一眼：「舟車勞頓，累了唄。」

雲遲輕歎：「你的身體還是需要讓秋月仔細看顧些時日，再喝一段時間的湯藥吧！」

花顏沒意見，拿著衣服進了水晶簾，拉起鈴鐺，開了暗門，走進了暗室。花顏踏進溫泉池裡，閉上眼睛，雲遲昨日的話語迴蕩在耳邊。

她被溫泉的熱霧包裹，水眸似一瞬間也染上了熱霧，濃濃的，化不開。

雲遲在花顏進了暗室後，再無睡意，起身穿戴妥當下了床。

花顏沒在溫泉池裡待多久，便穿戴妥當出了暗室，只見雲遲逕自淨了面後負手立在窗前，似在欣賞窗外的風景。

窗子開著，可以清晰地聽到外面鳥兒在花樹間穿梭鳴叫，啾啾唧唧，十分歡快，清脆好聽悅耳至極。

她笑著一邊用帕子絞著頭髮一邊問：「在看什麼？」

雲遲回頭瞅了她一眼，自然隨意地接過她手中的帕子，幫她絞頭髮，同時笑著說：「在看你這院中的陣法，布置得真是神來之筆，玄妙得很，昨夜你帶我進來時，我竟沒看出來。」

花顏淺笑：「我以為你是在看我院中的花樹和鳥兒嬉戲，原來是在看陣法。」

「這等玄妙高絕的陣法，稱得上世所罕見了，我若是進入，不見得能毫髮無傷地出來。」雲遲笑著說。

花顏抿著嘴笑：「這是我三年前與哥哥鬥法時布下的，他在他的花灼軒，我在我的花顏苑，各布陣法，他來闖我的陣法，我去闖他的陣法，便這樣你來我往，不停地變幻陣法，鬥輸了的人，願賭服輸，答應對方一個條件。」

「哦？」雲遲好奇地問，「最終誰贏誰輸了？」

花顏笑著說：「是我輸了，所以，願賭服輸，被他封了武功，我來看家，讓他出外遊玩。」

雲遲揚眉：「這樣的陣法，你竟輸了？」

花顏笑著說：「三年前沒這麼精妙的，後來三年裡，我琢磨著稍作了改動，比以前高絕了，如今你看到的陣法，與當年不同。」

雲遲感慨：「你們兄妹二人自小一起長大，一定有很多有趣的事兒。」

花顏點頭，好笑地說：「若非哥哥因出生便伴有怪病，他自小到大一定會被我拐帶壞的。」

雲遲笑問：「如今呢？」

花顏扁扁嘴：「如今我鬥不過他。」

雲遲輕笑。

絞乾了頭髮，雲遲為花顏梳了髮髻，收拾妥當後，花顏笑著對他說：「天色還早，我先帶你四處逛逛，然後我們去太祖母那裡陪她用早飯。」

雲遲含笑點頭。

二人出了房間。

花顏苑除了種有許多的花樹，還擺設了許多奇石，那些奇石看起來隨意地擺放，卻是依照陣法而布置。

花顏帶著雲遲在院中走了一圈，見他圍著陣法十分有興趣研究的樣子，笑著說：「要不然你進去試試身手？」

雲遲痛快地說：「正有此意。」

花顏笑著讓開路：「我在這裡等著你。」話落，揶揄地笑，「太子殿下，若是闖不出陣法，被困住，別礙於面子不好意思呼救啊，我一定不會笑話你的。」

雲遲失笑：「好。」

花顏找了一塊石頭，隨意地坐在了上面，翹著腿看著雲遲進入了陣法。

隨著他進入，花顏啟動了機關，開啟了陣法，霎時，陣內風雲變化，烏雲蔽日，狂風驟起，花瓣碎舞成劍。

采青和小忠子猛地睜大了眼睛，雲影與十二雲衛也竄了出來好奇地眼睛一眨不眨地看著陣內情形。

秋月端了一杯清水遞給花顏。

花顏接過，閒適地喝著清水，看著雲遲的身影立在陣中，他沒急著破陣，而是靜靜地感受陣中變化。

花顏看著他，他身上天青色的錦袍隨風而動，俊秀挺拔的身影如玉樹芝蘭，玉容罕見的光華點點，一雙素日裡或溫涼或淡漠或溫柔溫和的眸光似染了天河般波瀾興起的色彩，在昏天暗地下，他一人站在那裡，竟華麗得令天地失色。

秋月低低讚歎：「小姐，太子殿下好魄力，陣法開啟了，風雲失色，他竟然還能巋然不動這許久。」

花顏莞爾一笑：「太子雲遲，文登峰，武造極，容姿傾世，豐儀無雙，自然所言非虛。」

秋月點點頭，對花顏說：「小姐，這陣法落成後，好像連您也沒進去嘗試過。太子殿下能破陣出來嗎？」

花顏眨了一下眼睛。

秋月看著她說：「您琢磨出這陣法是為了為難公子的，以天時而設陣，沒留天門，只設了地門。若是破不了陣，就要在陣中被困三天，直到陣法自動停止開了生門，才能放人出來，陣法一旦開啟，中途不破陣，不到日子，便止不了。」

花顏又眨了一下眼睛：「是啊！當時是想方設法要為難哥哥，覺得他封我三年武功，我困他三日，也沒什麼的，如今……」她看向陣裡的雲遲，一時沒了話，「我見他對這個陣法十分有興趣，方才便忘了此事。」

秋月無語地看著她跺腳：「小姐，您怎麼能忘了呢？您不是一向記性很好嗎？這陣法可是經過您千錘百鍊為公子刻意而設的，豈能輕易破陣出來？太子殿下若是被困在裡面三日，可怎麼辦？」

花顏默了默。

采青聞言驚呆了，驚恐地說：「太子妃，秋月姑娘的意思是……殿下若是破解不了陣法，您也救不了他？您不能關了陣法嗎？」

花顏咳了一聲：「我當時沒想過放哥哥出來，總要他自己破了陣才能出來……」

采青也頓時沒了話。

雲影與十二雲衛對看一眼，也齊齊驚了驚。

小忠子在一旁聞言急了：「太子妃，您快想想辦法啊！這陣這麼難，若是真傷著了殿下可怎麼辦呀？」

「這陣法雖厲害，但以你家殿下的武功，應該傷不著。」花顏搖頭，「我也沒有辦法的，確實沒開天門。」

小忠子追問：「那可怎麼辦？萬一困殿下三日，裡面無水無糧，可怎生是好？」

花顏扶額：「別急，你們該相信你家殿下，他聰明絕頂，才智無雙，會破陣出來的，不過早晚的事兒，至於無水無糧……只能我進去給他送了！」

雲遲早先在陣外，只覺得陣法精妙無比，進入了陣內，方才知道更是變幻無窮。一個小世界，似萬千個大世界，無天門，只設了地門。

他霎時明白了花顏當初設此陣的用意，這是要將人困在裡面三日。

他不由得苦笑，看來他若是破不了陣，也只能在裡面待三日了。

他在陣中走了一圈，沒找到破陣之法，便避開刀鋒劍雨，尋了一處花樹下，冥思起來。

太祖母久等不到花顏和雲遲，眼看過了早飯的時辰，便派了人來詢問是否不過去用早膳了。

花顏無奈地對來人說：「太子殿下在陣法裡，一時半會兒怕是出不來，今日不能陪太祖母用早膳了，太子殿下什麼時候從陣裡出來，什麼時候再過去。」

來的人連忙去回話了。

太祖母聽聞後呵呵地笑：「這雲家的孩子原來也是個愛玩的，一大早上進什麼陣法裡？竟然連飯也不吃了。」

花顏的爹哼了一聲：「一定是顏丫頭又欺負人了。」

花顏的娘瞅了她爹一眼說：「依我看，太子殿下可不是個好欺負的，顏丫頭對他極好，昨日宴席上，咱們家的人敬酒，她見喝得差不多了，怕人醉了，使了個眼色，小輩們就都不敢再上前敬酒了，這般護著，哪裡還會欺負？」

花顏的祖母笑著說：「從小到大，她自己欺負人可以，別人欺負就不行。你也別替她說好話。太子殿下剛來，一大早沒用早膳，就這般餓著肚子進了陣裡，一定是顏丫頭的原因，忒不像話。」

花顏的娘笑著起身：「我過去瞅瞅。」

太祖母也來了興致：「走，咱們都過去瞧瞧。」

花顏的爹立即說：「祖母，您還是趕緊用早膳吧！我與她娘過去看看好了。您和母親先吃。」

太祖母瞪了花顏爹一眼：「你是覺得我老了不中用了是吧？兩個孩子不吃飯，我怎麼能吃得下？」說著，拄著拐杖起身，一副攔也攔不住的架勢。

花顏的爹無奈，只能看向花顏娘。

花顏娘笑著上前扶起太祖母：「聽太祖母的，咱們都過去看看好了。」

太祖母笑著拍拍花顏娘的手：「還是你最乖，聽我的話。」

花顏的爹無言地看著二人，沒了話。

花顏的祖母也笑著起身：「對，我們都去看看這兩個孩子，剛回家竟餓著肚子不吃飯，在搞什麼名堂。」

一行人說著話，來到了花顏苑。

花顏坐在石頭上，也在想著辦法。

她正想著，聽到腳步聲傳來，抬頭去看，當看到太祖母、祖母和她爹娘以及前來湊熱鬧的安十七、花離等一群人，頓時一怔，立即起身，迎上前：「太祖母，祖母，爹娘，你們怎麼都過來了？」

花顏的爹看了她一眼：「你又胡鬧了！」

花顏明白他們是為何而來，頓時哭笑不得：「就是太子殿下進入了陣中而已，也沒出什麼大事兒，你們怎麼都過來了？」

太祖母站定，瞇縫著眼睛看向陣中，笑呵呵地說：「這陣利用了九大古時陣法，演變結合而成，精妙絕倫，尋常人進去後，出不來。」

花顏笑著點頭：「太祖母說得對！」

花顏的娘抿著嘴笑著說：「你進京後，你哥哥歸家後也進了你這陣法裡，他被困了一日才出來。」

花顏眨眨眼睛：「才困了他一日啊！那我不擔心了，雲遲聰明，最多如哥哥一般，也不過被困一日，也就出來了。」

采青和小忠子齊齊地鬆了一口氣。

雲影等十二雲衛也微鬆了一口氣。

太祖母笑呵呵地說：「雖是一日，但也不能餓著啊！顏丫頭，夫妻一體，所謂有福同享有難同當，你就拎著飯菜進去陪他好了。」

花顏笑著點頭：「我正有此意。」話落，對秋月說，「去大廚房用食盒裝了飯菜和湯藥拿來，我這便進去。」

秋月點頭，小聲嘟囔：「小姐何苦來哉？明明往日記性好，今日偏偏記性差，害得太子殿下進了裡面，你也要陪著進去，明明在家裡，竟這般折騰人。」

花顏失笑，捏了她臉一下，催促說：「今日記性差，沒辦法，快去吧！」

秋月立即去了。

花顏的祖母笑著說：「咱們家的顏丫頭對人好，從來就是掏心掏肺的好。你們看看，這般心疼人，連一日都餓不得，竟然真要進去陪著。」

太祖母笑呵呵地接過話：「自己的丈夫，自然要對他好，夫妻本是一體，就應該榮辱與共，生死不棄。咱們花家的女兒，也不能做那等薄情寡性之人，只顧著自己好哪裡成？」

花顏的祖母笑開：「這還沒大婚呢，若是真大婚了，不知要加幾個更字。」

「走吧，既然沒出什麼事情，我們回去吧！」太祖母笑著拍拍花顏的手，慈和地說，「本來今日要與你們商定大婚六禮的事宜以及具體婚期，看來得等明日了。」

花顏笑著說：「不急，哥哥不還沒回來嗎？等他回來再定也不遲，否則，他若是有什麼異議，還要再改，你們誰做得了他的主？」

「也是。」太祖母點點頭，不再多說。

一眾人出了花顏苑。安十七臨走時，湊近花顏，對她小聲說：「少主，當初公子其實是用了兩日的時間出來的，是我們瞞著夫人沒告訴夫人實情。」

花顏挑眉：「所以？」

安十七嘿嘿地笑：「所以，太子殿下即便再聰明絕頂，怕是也不能先公子出來，您進去陪他，一定要多帶些吃食，帶足兩日的，可別餓著。」

花顏無言了好一會兒，她就說嘛，她研究了那麼久的陣法，哥哥竟然只用了一日就破陣了，也太輕易了。兩日還差不多。她問：「哥哥什麼時候到家？」

安十七算了一下日子，笑著說：「明日或者後日吧！總該到了。」

花顏點了點頭。

安十七擠擠眼睛：「少主要與太子殿下同甘同苦，屬下就不陪著了。」說完，腳步輕快地出了花顏苑。

花顏看著安十七走得輕鬆，又回頭看向陣內，真是覺得自作孽不可活。

秋月從大廚房拿來幾個食盒，又拿了幾盒糕點，以及幾個用瓷罐裝的湯藥，皆裝在一個大籃子裡，滿滿地裝了一籃子。她走到近前，遞給花顏：「小姐，您武功還未真正恢復，一定要小心些，有太子殿下在裡面，奴婢就不跟進去礙眼了。」

花顏接過籃子，感覺籃子沉得壓胳膊，她好笑地說：「放心吧！我自己設的陣法，清楚得很，不會傷著。」

第五十四章　榮辱與共，生死不棄

秋月點點頭。

花顏拎了籃子，進了陣內。

陣內烏雲蔽日，狂風大作，她幾乎拿不住籃子，即便清楚陣法，但她如今身子到底未真正恢復，有些受不住，無奈地喊了一聲：「雲遲！」

雲遲在陣內，自然不知曉陣外面的情況，他正冥想破解之法時，聽到花顏的喊聲，似乎就在陣中，當即飛身而起，聽聲辨位到了她身邊，一把拽住了她搖搖晃晃的身子：「你怎麼進來了？」

花顏站穩，深深地為自己歎氣，但依舊仰著笑臉看著他：「太祖母說，夫妻一體，有福同享，有難同當，榮辱與共，生死不棄，你沒吃飯被困在這陣裡，我沒辦法讓陣法停止，也只能進來陪你了。」

雲遲一怔，看著她挎著的籃子失笑，伸手攬住她的腰，將她帶到了避風的花樹下，笑看著她說：「第一次體驗被困在陣法裡，萬分新鮮，你既來了，我便也不急著出去了，今日定要好好地研究研究你這陣法。」

花顏笑著點頭：「好呀，吃飽了，你慢慢研究。」

花顏陪著雲遲在陣內用過早膳，喝了湯藥後，雲遲研究陣法，她便在一旁揉花瓣玩，玩累了，她就躺在那棵避風的樹下靠著樹幹睡覺。

雲遲好笑地看著她，她說進來陪他，就當真是來陪他的，半絲也不幫他想破解之法。

不過這樣的陣法，是她所布置，她若是認真地想，估計會很輕易地就破了陣，那麼對於想體驗體會這陣法奧妙的他來說，無疑就少了些自己探尋的趣味。

花顏睡醒了，沒事兒幹，便開始在陣內試著調動內息恢復功力。

她的內息封鎖三年解了封後，如被洗禮了一般，更精純了，在蠱王宮，因被暗人之王所傷，九死一生，經脈受損，半絲功力也提不起來時，似又被洗禮了一次，如今雖然虛弱，像是將體內的雜塵抽絲剝繭地拂去了一般，更精純了。

她隱隱約約地能感受到體內丹田處似盤踞滋生了一團小小的微弱的火紅的藍光……

那是靈力之源。

雲遲在對於破陣之法有了進展後，忽然發現花顏自睡醒覺後盤坐修復功力開始，竟然半日都坐在那裡，如入定了一般，一動不動，眼睛闔著，神色如九天之水，靜而涼。

有淡淡的青氣，十分地細微，隱隱約約地環繞在她周身。他知道這是純正的內息，雖細微，但似形成了細密的千絲網，將她密不透風地保護了起來。

他暗自驚異，原來她修習的功力是……

花顏運功三十六周天後，才緩緩地收了功，睜開眼睛，只見東方天空已經現出魚白，她愣了愣，立即轉頭去找雲遲。

雲遲靠著樹幹坐在她身邊，手裡捏了幾瓣花瓣，正在揉著。她剛轉頭，他便察覺了，立即抬頭看向她。

花顏眨了一下眼睛，對他問：「什麼時候破陣的？怎麼不喊我？」

雲遲動了動身子，對她微笑：「我見你練功入神，已經到了神魂忘我的境界，便沒敢打擾你，第一次見有人練功練了近兩日的。剛剛破陣不久，也就半個時辰。」

花顏恍然，原來她這運功竟然一晃就過去了兩日，他看著雲遲，笑起來：「我哥哥也用了兩日破了這陣。」

「幸好沒輸給他，否則有些丟人了。」雲遲笑著起身，順手拽起了她。

花顏順著雲遲的手站了起來，覺得周身極其的輕快。

二人出了陣，秋月、采青、小忠子等人都圍了上來，一個個的眼圈發黑，似都沒睡覺的樣子。反觀在陣內的二人，神清氣爽。

秋月上前，伸手給花顏把脈，口中嘟囔著說：「小姐，太子殿下，你們倆以後萬不要再這般折騰了，明明就在自家裡，竟然還被困住出不來。」

花顏笑看著秋月絮叨，用沒把脈的那隻手捏捏她的臉：「好好，聽阿月的，看看你這兩個大黑眼圈，哥哥回來看到，可汙了眼睛啊！」

秋月瞪了她一眼：「還不是因為擔心小姐沒睡覺。」話落，她「咦」了一聲，驚奇地說，「小姐體內的虛症似乎去了個乾淨，這是怎麼回事兒？按理說，要喝半個月的湯藥的。」

花顏抿著嘴笑：「又因禍得福了唄！」

秋月好奇地看著她，一臉問號。

花顏笑著將她在陣內運功不知不覺入了境界之事簡單地說了。

秋月撤回手：「白害奴婢擔心了，睏死了，我這便去睡覺。」

花顏見秋月走得十分乾脆，顯然是去補眠了，估計是不想被花灼看到兩個大黑眼圈，不由暗暗好笑。

小忠子見到毫髮無傷的雲遲，十分歡喜，就連頂著兩個大黑眼圈也不覺得有傷大雅了，連忙說：「殿下和太子妃等著，奴才這就讓人去弄飯菜來，你們二人一定餓壞了。」

花顏沒覺得餓，看向雲遲。

雲遲笑著說：「我用了幾塊糕點，不是太餓。」話落，對小忠子吩咐，「不急，我與太子妃沐浴換衣後，稍後去太祖母那裡用膳，兩日前就說好要去的。」

小忠子點點頭，停住了去廚房的腳步。

雲遲和花顏收拾妥當，去了太祖母的院子裡，花離守在門口，見到花顏，悄悄地拉了她一把，小聲說：「十七姐姐，公子回來了，臉色陰沉得很，你可要小心些。」

花顏腳步一頓，頓時垮下了臉。

雲遲聽得清楚，偏頭瞅了她一眼，握住她的手，笑容柔和如春風：「我護著你。」

花顏咳嗽了一聲，樂了：「太子殿下，我以後可是你的人了，但望你此次一定要護住我啊，否則很丟面子的，你的面子很值錢的。」

雲遲失笑。

花離瞅著二人，瞧了瞧，看了看，笑嘻嘻地說：「十七姐姐，你如今還不算是太子殿下的人呢，所謂長兄如父，伯父管不了你，公子要管你，太子殿下也不見得護得住吧！」

這回輪到雲遲腳步一頓，扭頭看著花離。

花離不怕雲遲，對他吐了吐舌頭，一副我說的就是很對的模樣。

花顏氣樂了，伸手猛地一拍他腦門：「小小年紀，一肚子壞水，小心將來娶個母夜叉管著你。」

花離頓時瞪了眼：「十七姐姐，我好心等在這裡告訴你，你嘴怎麼這麼毒？」

花顏挑眉：「你是好心告訴我？還是欣賞我怕哥哥的表情？」

花離無言地捂住腦袋後退了兩步，被說中了，笑著跑開了。

花顏又氣又笑，轉過頭對雲遲說：「走吧！」

雲遲也笑了笑，點了點頭。

二人進了松鶴園，裡面已經坐了一屋子人，安十七聽到外面的動靜，從裡面出來，打開簾子，對花顏使了個眼神。

花顏收到了安十七的眼神，暗想著哥哥臉色當真很難看？都多少時日了，他的氣怎麼還沒有消？若是往日，知道他生氣黑臉，她早就扭頭跑了，可是如今有雲遲在，她總不能扔下他一跑了之，畢竟他是來求娶的，雖然太祖母代表花家的人答應了，但是不代表哥哥的態度。

她暗暗地吸了一口氣，想著估計少不了讓他收拾一頓了。

雲遲先一步邁進門檻，入眼處，整個畫堂裡坐了上百人，因兩日前太祖母為他介紹過，他一眼看過去，自然知道這些人都是花家極有分量之人。

有一人穿著一身黑色的雲緞面錦袍，坐在太祖母身邊的主位上，十分年輕，容色如玉，氣度華貴，風采超然，與花顏相似幾分的容貌透出他的身分。

臨安花灼，花家嫡系嫡子嫡孫，唯一稱得上公子的人。

他臉上的表情不若花離形容的陰沉得很，也不像安十七給花顏使眼色透露的十分難看的訊息。而是玉容清淡如水，尋尋常常，讓人看不出喜怒。

這樣的臨安花灼……

雲遲對花灼早有耳聞，心中也早就做好了見他的準備，可是如今一見，他不由得暗讚了一聲，能讓天不怕地不怕的花顏提起她哥哥來都是一副頭疼得很的模樣，果然該是這般不動聲色讓人看不出城府深淺的人。

怪不得當初東宮的幕一和甯和宮的萬奇帶著人追來花家見到他後都不敢造次，乖覺地退出了花家。

他就如一把稀世寶劍，看起來樸實無華，一旦出鞘，鋒芒可奪日月。

雲遲停住腳步，看著花灼。

花灼自然也在雲遲邁進門檻的第一時間微微抬眼向他看去。

花灼耳聞雲遲更久，這也是第一次見到他，上一次他來臨安花家親自送賜婚懿旨時，他沒在家，在外遊歷，聽聞他親自來花家送懿旨時，倒是驚訝了一下，不過花顏隨後書信中果斷堅決地提到她不要嫁入東宮，要想方設法退婚，他也就沒理會，袖手沒管此事。

後來不成想，一年多，花顏折騰出不少事兒，都沒能讓他鬆口退婚。

他才漸漸地覺得，太子雲遲果然如傳言一般，是個人物，怪不得監國僅僅四年，便將朝政大局牢牢地抓在了手中，太子雲遲一句話，朝野都震三震了。

兩個容色如玉，光照日月的男子身處一處，畫堂似都落了滿滿的華光。

花顏立在雲遲身邊，瞅瞅花灼，又看看雲遲，不由得感慨造物主之神奇，這樣的兩張容顏，鬼斧神工雕刻一般，工筆難描。

她咳了一聲，喊：「哥哥！」

花灼彷彿沒聽見花顏喊他，連個眼神都沒對她瞟來，坐著的身子緩緩而起，負手而立，對雲遲淡淡說：「太子殿下果然名不虛傳，在下花灼。」

雲遲微微一笑，偏頭看了花顏一眼，笑著對花灼溫聲說：「未見其人，先奪其聲，大舅兄令雲遲敬仰已久，今日一見，更是心折。」

花顏暗暗地吸氣，哥哥不理他，這副樣子，果然還在生氣，這氣性可真大。

花灼瞇了一下眼睛，聲音轉冷：「大舅兄的稱呼不敢當，我妹妹一日未嫁，一日還是臨安花家的人，太子殿下言之過早了。」

雲遲笑看著花灼：「不早，本宮今次來就是為求娶，太祖母當日便應允了我，提前稱呼一聲大舅兄也不為過。」

花灼冷凝了眉眼，不再看雲遲，轉而盯向花顏，沉聲說：「過來！」

花顏抬手揉了揉眉心，撤出被雲遲握著的手，乖覺地走向花灼。

雲遲一把拽住她，拉著她停住腳步，含笑對花灼說：「她身子一直不好，大舅兄莫要嚇她。」

花灼冷笑：「我嚇她？她膽子大得可以包天了，連我這個長兄都不看在眼裡，自逐家門的話輕易便說出口，私自與人結拜認作兄長，我今日就要問問她，將我這個兄長往哪裡放？」

花顏的心顫了顫，原來是兩樁事兒擱在一起算帳呢。

雲遲淺笑：「她時常與我說與大舅兄兒時年少之事，時刻放在心上，並未不看在眼裡，若她有哪裡做得不妥當之處，我在這裡替她向大舅兄賠個不是。」

花灼臉色倏地深邃：「太子殿下的意思是，她還沒踏出花家的門，就不歸我管了？」話落，他驀地冷下臉，「她一日未踏出花家的門，一日就歸我管，太子殿下想護著，未免太早了！」

雲遲啞然了一下，剛要再開口，花顏連忙捏了他手指一下，撤回被他攥著的手，快步走向花灼。

雲遲頓時沒了攔她的理由，暗自苦笑，目前這個身分，還真是與花灼叫不得板，顯然花灼是存著氣回來要收拾花顏的，他若是死活不讓他收拾，後果估計會很嚴重。

花顏來到花灼面前，伸手拽住他胳膊，笑著仰臉對他喊：「哥哥！」

花灼面無表情地看著她：「你還認我這個哥哥？不是已經不認了，認別人了嗎？」

花顏連忙搖頭：「沒有沒有，我與陸之凌八拜結交，喊他大哥，沒喊哥哥。」

花灼冷笑：「大哥便不是哥哥了嗎？你與他八拜結交，我同意了嗎？」

花顏看著他，小聲說：「我與你提過的，你沒回信，我以為你默許了。」

花灼猛地甩開她的手，怒道：「我沒回信，是不同意，你怎麼就覺得我是默許了？竟然在西南就與他結拜了，你好得很！」

花顏揉了揉鼻子，用更小的聲音說：「早先與他說好，不能言而無信，況且在京城時，十分對不住他和敬國公府，在西南時，又得他相助，欠著人情，當時只想到與他八拜結交，後來他要留在西南鎮守百萬兵馬，暫時無法回南楚，我們便提前結拜了……」

花灼臉色發寒，聲音沉如水：「你給我滾去思過堂，自關三日。」

花顏面色微變，伸手又拉住花灼衣袖：「好哥哥，我錯了……」

花灼沉著眸子看著她，冷眼說：「你若是真想被我自此後關在家裡一輩子，休想嫁入東宮，那麼你只管不去。」話落，毫不客氣地拂開她的手。

花顏一下子蔫了，默默地不再伸爪子抓花灼衣袖了。

雲遲看著花顏，覺得花灼開口說思過堂，花顏一下子變了臉，那裡定然不是個什麼好地方，他剛想開口說我陪你去，花灼的目光倏地對他看過來，淡淡地說：「太子殿下是來議親的吧？」

只這輕飄飄的一句話，便是威脅了！意思是他在罰妹妹，他無論是護著，還是陪著，那麼，從他這裡，議親就沒戲了。

花灼，臨安花家的嫡子嫡孫，花顏的嫡親哥哥，是最有資格管她的人。

雲遲無言地吞下了要說出口的話，也默默地看著花顏。

花顏忽然覺得好笑，堂堂太子，何時受過誰的氣？如今哥哥當面收拾她，讓他想護沒權利，想陪著又被拿議親之事威脅，普天之下，怕也就此時此刻，哥哥能拿她作伐，讓他無可奈何了吧？

她低咳了一聲，對花灼軟軟地說：「哥哥，我身上的傷還沒好利索呢？」

花灼冷聲說：「死不了！」

花顏無語，看向坐在首座的太祖母。

太祖母笑呵呵的，似乎早就忘了先前說護著她的事兒了，見她看來，對她擺手：「顏丫頭，你哥哥讓你去做什麼？你趕緊去。」話落，又對雲遲招手，「小遲，你過來，坐在太祖母身邊，正巧今日灼兒回來了，咱們一起說說婚事兒的安排。」說完，她拍拍右手邊空著的椅子。

花顏歎氣，太祖母在哥哥面前，從來就這麼不頂用，她也不是一次兩次領教了，別人更是不敢去捋順哥哥炸起的毛。於是，她認命地轉身，對雲遲笑著說：「思過堂呢，也沒那麼可怕，就是黑漆漆的，蟑螂多些，你不必管我了，好好議親。」

雲遲明白了，原來她怕蟑螂，只能無奈地點了點頭。

花顏揉著頭疼的腦袋，出了松鶴堂。

她一走，花灼恢復了常色，對雲遲淡聲說：「三日的時間長得很，太子殿下誠心求娶妹妹，我們有的是時間坐下來慢慢談。」

雲遲點頭，微笑地坐下身，笑著說：「三日的時間的確是不短，大舅兄不心疼妹妹，我卻心疼我的太子妃，她的命是被我從鬼門關口生生拽回來的，身子骨一直虛弱，嬌氣得很，多少好東西才補回了幾分氣色，萬不能出什麼差錯，咱們還是長話短說吧！」

花灼面無表情，似鐵做的心腸一般：「她的命是太子殿下救下的沒錯，但一日未出閣，一日就是我臨安花家的人，如今姓我臨安花家的姓，還沒姓雲，太子殿下不必心疼得太早。」

雲遲淡笑：「大舅兄生氣的無非是她自逐家門之事，她是為著花家累世千年傳承的規矩，本宮來了花家後，深刻地體會到了花家之好，也更深刻地體會到了她堅持不破壞花家規矩的不易苦心。」

花灼臉色又冷冷地寒了：「太子殿下若是真為她著想，真心疼她，不如就放手，別娶她了，在她心裡，臨安花家重得你想像不到。」

雲遲慢慢地搖頭，聲音也微微低沉下來：「本宮非她不可。」

花灼冷笑：「既非她不可，心疼她，卻又做強求她之事，太子殿下矛盾得很啊！」

雲遲默了一下，看著花灼，目光深邃：「本宮想娶她，不是隨手翻了花名冊隨意選中，也不是自天下諸多世家閨閣女兒中看她特別，而是在五年前，川河口大水之後，本宮就起了心思，只不過那時尚且年少。」

花灼瞇起眼睛：「你早就在打我妹妹的主意？」

雲遲淡聲說：「實不相瞞，當年川河口大水，花家傾力賑災，先於朝廷幾日，令十數萬百姓免於橫屍，本宮查了一年，直到監國後，才查到了她身上，進而查到了臨安花家。」

「哦？」花灼挑眉，「你是因為川河口大水，花家賑災，驚訝震懾於花家勢力，才興起要娶花家女兒？有一句話叫臥榻之側豈容他人酣睡，你娶了妹妹，深入瞭解花家，以便除去花家，以安天下？」

這話說得半分不客氣，十分穿針見血地鋒利了。

雲遲淡淡一笑，雲淡風輕地搖頭：「臨安花家為百姓，從不禍害於民，且不居功，大隱於市，本宮何必非要拔除花家？況且當年太祖爺兵馬打到臨安，花家舉族開了臨安城門，放太祖爺通關，這恩情太祖爺一直記著，本宮也甚是知曉銘記，只要花家不危害百姓朝綱，本宮老死不會對花家如何，大舅兄放心。」

花灼又揚了揚眉。

雲遲看著他，一字一句地說：「本宮與大舅兄說這個前因，就是為了讓你明白，花家只她一人是我所求。我既不惜一切代價娶她，自不想委屈她，自然該心疼他，榮辱與共，生死不棄。」

榮辱與共，生死不棄，這樣的八個字，是含有極重的分量的，尤其是從雲遲的口中說出來。太子雲遲，素來一言九鼎，他的話，從沒有人質疑。

花灼聽罷，面色稍緩，語氣也和緩下來，對他問：「既然你如此說，那麼對於她自逐家門之事，你如何看待？」

這事兒雲遲既然知曉，他也就不客氣地拿到明面上來說了。

雖然事關花家，但是事關花顏，也就事關他這個太子了。

雲遲笑著說：「我尊重她的選擇，也理解她的苦心，臨安花家累世千年，子孫代代傳承，家族繁衍，和樂昇平，任誰也不想打破，她生於花家，長於花家，自逐家門，也是回報花家，不想讓花家因她改變軌跡，後果難以預料。」

花灼臉色又沉了：「她嫁入天家，豈能是自逐家門就能脫開與花家的干係這麼簡單？只要她生於花家，長於花家這十六年的痕跡抹不去，就永遠也脫不了與花家的干係與紐帶。」

雲遲微微頷首，他也看出來了，在花家她舉足輕重，是花家的少主，與花家所有人這些年感情牽扯的都深，能讓花家上下一心喜歡，的確不是說自逐家門這麼簡單就能撇清的。

但是她如今能為花家做的，似乎也就僅此而已。

花灼道：「無論如何，我斷然不會允許她自逐家門的，花家傳承千載，因她而改規矩，也是天意。」

太祖母這時開口了，一改笑呵呵，慈和擲地有聲地說：「我贊同灼兒的話，花家傳承千年，的確不易，但既是天意，也不可違，顏丫頭就是我花家的人，永遠都是，自逐家門的確不可取，這樣的想法，乾脆讓她打消，別說灼兒不幹，就是從我這裡也不幹。」

花顏的祖母點頭：「我也不同意，從來沒聽說過女兒不要娘家的。」

花顏的爹倒是持有不同的想法：「祖宗的規矩不可廢，我們花家一直太太平平的，子孫們都過得隨心隨性，一旦捲入世俗，將來後果真是難以想像，古往今來，多少家族覆滅，就在一個轉折之間，我倒是同意顏丫頭的做法。」

太祖母聞言一拐杖就對著花顏爹打了過去：「臭小子，祖宗都已經作古了，如今我老婆子就是當家的老祖宗。」

花顏爹連忙躲開，被她這話一噎，一時沒了話。

雲遲暗笑，想著岳父大人雖然年紀不輕了，但是在太祖母的面前，的確還是個小子。

花顏的娘抿著嘴笑著開口說：「這事兒其實也簡單，太子殿下既踏進我花家的門，求娶顏丫頭，也不是外人了，他既已經開口允諾，只要花家不為禍蒼生，禍害朝政，他永不會對花家如何，那麼，又何必非要顏丫頭自逐家門？我們花家雖然千年來不與皇權牽扯，但誠如灼兒所說，這是天意，也只能順應天意。」

花顏的爹依舊說：「自古以來，多少外戚泯滅於歷史長河，這一代太子殿下不對花家如何，但將來呢？百年之後呢？兩百年之後呢？又當如何？」

花灼沉聲說：「那就交給百年之後的花家子孫去理會，我們花家子孫有能力，就會守護花家生生世世，沒能力，覆滅了也是天道自然。」話落，他一錘定音地說，「此事不必說了！我是斷然不允許她自逐家門的，無論如何，絕不准許。」

花顏的爹看看眾人，見大家都認同花灼，他也沒了話。

太祖母這時收了拐杖，又笑呵呵地開口了：「哎呦，不說這個了，來來，我們商量商量大婚事宜，花家有好久沒辦喜事兒了。」

花灼從懷中拿出一疊宣紙，遞給雲遲，說：「不必商議了，議程我都擬定好了，太子殿下過目就是了，若是同意，就按照議程來辦，若是不同意了，便娶不走人。」

雲遲含笑伸手接過一疊宣紙，厚厚的，有些壓手，他也不看，笑了笑，說：「大婚的日期我早已經算好，冬至日的第二日，本宮只有這一個請求，其餘的一切就按照大舅兄要求的議程來，本宮都應下。」

花灼挑眉：「冬至日的第二日？倒是一個好日子，只不過太子殿下還是先看過這些東西之後再定為好，免得儲君開口即金口玉言，做不到，屆時早定下迎娶之日，想收也收不回去，想改也改不了，徒惹天下笑話。」

雲遲微笑：「為了娶太子妃，本宮即便是上刀山下油鍋，也在所不辭，天下笑話已惹了不少，倒不在乎再添些。不過大舅兄放心，本宮一定會在此之前做到你所要求之事。」

花灼難得地陰雲轉晴笑了一聲：「太子殿下倒真是心誠，既然如此，那就這麼定了，時間緊迫，我勸太子殿下還是早些回京準備吧！不如今日就動身好了，到了迎娶之日，我花家開大門，恭迎你前來迎娶。」

雲遲看著花灼，他先故意發脾氣，將花顏關去思過堂，如今又故意拿出這麼一大摞的議程和為難之事來讓他應下，原來是就此隔斷他，讓他自今日起，到大婚迎娶之前都不能見花顏？

他想著花灼果然難對付，不過也理解他愛護妹妹之心，若是輕易娶到，倒也枉費他們兄妹自小的情分了。

他將一大摞議程放下，不動聲色地笑著說：「西南境地順利平順，還是要多謝大舅兄。」

花灼淡聲道：「是我為妹妹該做的，太子殿下用不著謝，她一日未嫁給你，一日就是臨安花家的人。」

雲遲笑著點頭：「即便如此，本宮也承大舅兄的情，久聞大舅兄已久，倒不急著啟程，總要與大舅兄切磋一番，才不枉此番前來。」

「哦？」花灼看著他，「你不急著迎娶我妹妹？」

「自然是急的，但無論如何，趕在冬至日第二日，還是能做到的。」

花灼嘴角勾起一抹笑，似看出了雲遲的想法，似乎笑了一下：「若是趕不上大婚的日期，那麼就來年再議了，妹妹年歲其實還小，在家裡多留幾年，也無不可。」

「趕得上的，大舅兄寬心，不必替我心急。」雲遲淺笑。

花灼聞言拂拂衣袖，站起身說：「我回來時路上奔波，今日有些累了，既然太子殿下信心十足，想必也不在乎一日半日，容我歇夠了，再切磋吧！」

雲遲只能應下：「好。」

花灼轉頭對太祖母和祖母說：「孫兒去歇著了。」

太祖母笑呵呵地擺手：「去吧去吧，你也瘦了。」話落，她才想起來什麼，說，「哎呦，瞧我這記性，顏丫頭是不是沒吃飯就被你關去思過堂了？她與小遲今日是過來陪我吃早膳的啊！」

花灼哼了一聲，似乎氣還沒真正地消：「餓三天也餓不壞。」說完，轉身走了。

雲遲無言地看著花灼身影消失，總算明白為何花顏提起他哥哥，大多時候十分頭疼了，今日一見，他也著實頭疼。有這麼一位厲害的舅兄，他也有些吃不消。

但即便吃不消，他也得忍著，否則是沒辦法從花家迎娶走他的太子妃。

太祖母「哎呦哎呦」了兩聲，連忙說，「不行不行，怎麼能餓著？」話落，對外面喊，「小十七，小花離，你們兩個快去給她送飯。」

安十七和花離笑嘻嘻地應了一聲，立即去了。

太祖母放心下來，對雲遲說：「你放心，灼兒是捨不得餓著顏丫頭的，來，咱們吃飯吧！你陪太祖母吃。」

雲遲沒什麼胃口，但還是笑著應下，他忽然覺得，一時不見花顏，想念得緊，恨不得立馬去思過堂找她，奈何有花灼的話在前，他也只能按捺住。

花顏的娘看著雲遲眼底一閃而過的神色，笑起來，對他說：「他們兩兄妹，從小就鬧騰，小時候是顏丫頭欺負哥哥，如今他哥哥病好了，又換做他欺負她，習慣就好。」

雲遲失笑，的確是習慣就好，可見花家的人都習慣了，他目前還不太習慣。

花家的思過堂，位居於花家祖祀祠堂的外堂，近千年來，極少的時候能派上用場，大多時候，其實就是形同虛設。

花家的思過堂已經百年沒人受罰被關過了，她十歲那年，惹急了花灼，花灼一氣之下，拿出了長兄的身分，將花顏關進了思過堂。

沒想到，這一關，對她還極有用，自此花灼就找到了對付花顏的辦法。

只要花顏將他氣得狠了，他便將她罰去思過堂。

這一招百試不爽。

花顏天不怕地不怕，唯獨怕蟑螂，思過堂裡的一隻小蟑螂，也要將她嚇得直叫。

六年來，花顏每年都要被花灼關進去一次。

以前頂多被關一兩天，如今一關就是三天，可見著實氣得狠了。

花顏推開木門，進了思過堂後，在草木叢生中穿過青石磚的地面，踩著遍地青苔的臺階，進了堂屋內。

堂屋空曠，光線黑暗，正對著門的牆壁雕刻著佛祖的佛像，其餘三壁雕刻著經文，中間擺放著一張古老的八仙桌，上面擱著香爐與筆墨紙硯，桌子上放著上一次她被關進來時寫的幾張經文。

因時常有人打掃，十分乾淨，但又因有佛祖像，所以，不能在此殺生，因此，蟑螂極多，無人迫害。

花顏最怕的就是蟑螂，第一次被關進來時，足足地叫了一天。

花灼在當年算是找到了治她的法子。

後來，關思過堂便是她最害怕的事兒了。

只不過花灼不知道，在第三年時，花顏就不怕蟑螂了，但她不想讓花灼知道她不怕，否則哥哥氣不消，還要重新找法子治她，所以，她瞞到了今日。

如今進了思過堂，蟑螂就在她腳底下爬，一個接一個的，她也不理會，直接邁過去，進了裡門。裡面落著鎖，是供奉花家列祖列宗的地方。

花顏開啟銅門，走了進去。

偌大的祠堂內，供奉著花家每一代嫡子嫡孫傳承守護花家之人的牌位，數百人。便是他們，代代傳承，代代守護，讓花家累世安寧了千年。

花顏拿起香案上的香，每一個牌位三炷香，逐一地祭拜。

每當這種時候，她鮮有地虔誠。

在她祭拜了幾人時，安十七的聲音從外面傳來：「少主，我與花離給您送飯來了。」

花顏這才想起來她還沒吃早飯，本來是說好與雲遲一起陪太祖母用膳的，奈何趕上哥哥一大早就回來了，她連飯也沒吃成，她點點頭，走出了祠堂。

安十七和花離一人提了幾盒飯菜，正在給她擺放到案桌上，見她從裡面出來，安十七看著她：「少主來了之後，又先去給祖宗上香了？」

花顏點頭。

安十七笑著說：「少主想不想知道你來了思過堂後，公子是怎麼為難太子殿下的？」

花顏看了他一眼：「無非是拿我的婚事兒為難他，恐怕提了許多要求。」

安十七一撫掌：「少主還真是猜對了。這麼厚的一疊宣紙，公子拿出來的，遞給太子殿下，說是大婚議程與要求，不用商議了，就按照他說的辦，可真狠啊！」

花顏無奈：「哥哥是把氣都撒到他身上了，也難為他替我受過了。」

安十七聞言嘖嘖了一聲：「少主心疼了？」

花顏默了默。

花離湊到近前，瞧著花顏：「十七姐姐，我看你這副樣子，不像是不喜歡太子殿下啊？那早先的那位子斬公子，你到底喜歡不喜歡他呀？」

花顏見他一副八婆的模樣，伸手用力地拍拍他腦袋，不答反問：「拿來這麼多飯菜，你們兩個人是要留下來陪我一起吃嗎？」

安十七點頭：「是啊！我們也沒吃早飯。」

花離撇嘴：「十七姐姐顧左右而言他。」

花顏氣笑：「喜歡不喜歡的，太簡單了，哪能輕易地一句喜歡或者不喜歡就能定論？這世上有很多東西，說起來簡單，但其實是很複雜的，有很多時候，都說不清楚。」

花離不懂，看著花顏，一副求解惑的模樣：「十七姐姐，你說明白點兒。」

花顏搖頭：「說不明白。」

安十七捏了捏花離的臉，說：「你個小屁孩兒，問這些做什麼？別問少主了，長大以後自己體會。」

花離癟嘴，不服氣地說：「十七哥哥，你也只年長我幾歲而已，把自己當跟大人似的。」

安十七氣笑：「我陪少主闖過蠱王宮，就憑這個，你就得服氣。」

花離果然沒聲了，他的確服氣，被花顏當日帶去蠱王宮見識的沒多少人。後來有許多人都深以為憾，沒能見識見識南疆蠱王宮裡生活的活死人暗人。

二人陪著花顏用過早膳，安十七對花顏將她前來思過堂後，花灼與雲遲的對話說與了花顏聽。

花顏聽罷後，無奈地說：「既然哥哥和太祖母都如此說了，我還有什麼法子？」話落，看了一眼佛堂內，「我算是花家的不肖子孫了，對不起列祖列宗。」

安十七也跟著歎氣，悄聲說：「少主，我聽聞咱們花家在幾百年前，也是出過一位皇后的，那位淑靜皇后……」

花顏面色倏地白了。

安十七逕自說著：「那位淑靜皇后與當年還是太子的懷玉帝相識於微末，後來得知他是太子時已晚，彼時已情根深種，無奈之下，她脫離家族，從族譜除籍，落戶於花家對其有恩的南陽府，成了南陽府的小姐，嫁入了東宮。奈何，當時已是亂世末，前朝百年弊端早已經不堪重負偌大的國政，懷玉帝即便天賦才華，但因自小身中奇毒，即便後來雖解了毒，但身體被拖得已體弱不堪重負，想挽救前朝幾近傾塌的江山，最終，有心無力，群雄逐起，英雄輩出，天下大亂後，咱們花家要接回淑靜皇后，奈何她傳回話，令花家族長率眾開臨安城門，放南楚太祖爺兵馬通關，她願隨懷玉帝一起，飲毒酒於皇宮，伴他於九泉……」

他說到這裡，忽然覺得周圍很靜，覺得不對勁，轉頭看向花顏，當看到她蒼白的臉，心下一緊：「少主，你怎麼了？」

花顏定了定神，木聲說：「沒什麼，在聽你說話。」

安十七看著她：「你是不是又看見蟑螂了？」

花顏「嗯」了一聲。

安十七鬆了一口氣：「你怎麼就怕蟑螂呢？這樣的小東西，憑你的武功，一掌就都化成灰了，竟怕得不行。」

花顏不說話。

安十七看到她額頭、鼻尖似都有細微的汗，放在案桌上的手骨，指尖似都發白，他歎了口氣：「幸好公子還是心疼少主的，只說不讓太子殿下來陪，沒說不讓屬下來，我就在這裡陪你好了。」

花離在一旁眨著眼睛說：「十七姐姐，你別怕，我也留下來陪你。」

花顏笑了笑，聲音很輕：「嗯，有你們陪著我，我就不怕了。」

花離聽得有趣，對安十七追問：「十七哥哥，剛剛你說到哪了？後來呢？淑靜皇后明明深愛懷玉帝，為何要讓咱們花家開城放南楚太祖爺通關啊？」

安十七敬佩地說：「淑靜皇后是為了咱們花家，當年前朝天下已經回天無力，南楚太祖爺兵馬過臨安，若是我們花家不開城門，南楚太祖爺就會發兵攻打花家，當年開了城門，我們花家所有人都避過了亂世改朝換代的劫難。否則一旦對上，輕則難免有死傷，重則舉族全覆。只是可惜了淑靜皇后和懷玉帝，當時二人都不過雙十年華。」

花離也跟著可惜了兩聲，問：「淑靜皇后也喜歡太祖爺嗎？我聽野史說，太祖爺為了她一生未立皇后，連子嗣都未留下。」

安十七搖頭：「這就不知道了，野史都這麼傳，不過我覺得吧，淑靜皇后最愛的應該是懷玉帝，否則不會為了他脱離家族除籍嫁給了他，最後陪著他赴了九泉。若她喜歡太祖皇帝，當初就該嫁給他，也不至於最後落得那個追隨懷玉帝赴死的下場。」

「也是！」花離嘟囔，「原來咱們花家幾百年前就出了位嫁入皇家的人啊！」話落，他寬慰花顏說，「十七姐姐，既然有先人在前，你也不是特例，我們花家過了幾百年還是好好地延續著，你就不要擔心了，就聽公子的順應天意吧！」

花顏聽著花離的話，半晌沒言語，面色清白的幾盡剔透，眸光飄忽，如浮在半空中的雲，整個人靜靜的，似乎連呼吸都不聞了。

安十七見花顏越發地不對勁，連忙喊她：「少主？」

花離也敏感地覺得花顏這樣的模樣十分嚇人，就像靈魂脱離出了身體一般，極致的靜，他也連忙喊：「十七姐姐！」

二人一連喊了幾聲，花顏都一動不動。

安十七忽然想起了什麼，騰地站起了身：「少主不會是又犯癔症了吧？」

花離雖小，但也知曉此事嚴重，臉唰地白了：「十七哥哥，怎麼辦？」

安十七當機立斷：「快去喊公子過來！就説少主又犯癔症了！」

花離拔腿就跑。

安十七在花離走後，又喊了花顏幾聲，花顏依舊一動不動，眼底似攏了厚厚的濃濃的雲霧，一團團，一圈圈，看不到清澈的神色。

安十七試著去碰觸指尖，發現她指尖透著冰冷，他不知該如何是好，只盼著花灼儘快來。

花離一口氣跑去了花灼軒，剛沐浴換完衣服的花灼聽聞花顏又犯了癔症，面色一變，當即如風一般地出了花灼軒。

不過盞茶的功夫，花灼便來到了思過堂。

他衝進來時，一眼便看到了靜得像一尊雕像的花顏，這一刻的她，靈魂似被攝魂奪魄，不屬於她自己。

他心下一緊，當即厲喝了一聲：「花顏！」

花顏一動不動，腦中是紛飛的光影，翠園湖畔，春江水邊，登天樓上，楊柳依依，杏花盛開，兩個紙鳶被放飛了線繩，交疊糾纏著飛遠……轉而，金闕宮台，鐵馬嘶鳴，金戈相交，血染宮牆……

她忽然一口鮮血噴了出來。

花灼驚駭，三步並作兩步上前，一把抱住了她：「妹妹！」

鮮血染紅了思過堂地面碧色的玉石磚，不染一塵的石磚似盛開出了朵朵的雪蓮花。

花顏似再也承受不住，軟軟地暈倒在了花灼懷裡。

花灼當即出手點住了她周身幾處大穴，止住蓬勃亂竄的真氣，對安十七急聲吩咐：「去喊秋月，讓她立馬過來。」

安十七應是，半刻不敢耽擱，立即去了。

秋月知道花灼今日回來，奈何因為擔心花顏，兩日夜沒睡，頂著個大黑眼圈去補眠了，她剛睡下不久，安十七一陣風似地衝進來，對她急喊：「秋月姑娘，趕緊的，少主在思過堂犯了癔症，公子讓你快去！」

秋月騰地坐起身：「你說什麼？」

安十七語速奇快地又說了一遍。

秋月面色一變，當即顧不得，連鞋子也沒穿，就跟著安十七跑去了思過堂。

秋月氣喘吁吁地到了思過堂後，便見到花顏昏迷不醒地躺在花灼懷中，臉色蒼白如紙，嘴角染著鮮血，地面碧玉石磚上大片的血跡。

她臉色又白了白，早已經忘了頂著兩個大黑眼圈了，快步地來到花灼面前，連忙給花顏把脈。

花灼看了秋月一眼，沒說話。

秋月給花顏把完左手脈把右手脈，片刻後，她白著臉對花灼說：「小姐這次的癔症犯得凶猛，嘔血傷了肺腑，幸好公子及時為她封了穴道和流竄的真氣，否則後果不堪設想。」

花灼抿著唇問：「如今怎麼辦？她昏迷了。」

秋月定了一下神，從懷中掏出一堆藥瓶，選出了花顏犯癔症時需服的藥物，倒出一顆，塞進花顏嘴裡，憂心忡忡地說：「早先都有一年多不犯了，本來我以為小姐的癔症好了，誰知道又犯了，在南疆行宮時，據說犯了一次，如今這時隔不足兩月又犯了，且竟然都動了真氣，著實是凶險……」

花灼不說話。

秋月又說：「目前也沒什麼好法子，如今服了藥，只能等著小姐自己醒來了。今日我便去信問問師父，是否因為奪蠱王傷勢太重的原因，才誘發了她體內的癔症，若是這般頻繁地發作，有多少心血，都不夠嘔的，若是有朝一日，心血被熬得枯竭，那可如何是好？」

花灼的臉倏地白了。

秋月看著花灼，覺得說得有些重了，當即連忙說：「公子放心，一定能找到辦法的，您的病都痊癒了呢？子斬公子的蠱毒都解了呢？這世間，還有什麼是辦不到的？小姐的癔症一定能找到根除之法的。」

花灼閉了閉眼，對跟著花離與安十七說：「花離去守住門口，任何人不准進來。十七過來，與我說說，她如何犯的癔症。」

花離聽了，連忙乾脆地應是，去關了思過堂的大門，守住了門口。

安十七也出了一身涼汗，汗濕了脊背，聞言連忙走到近前，對花灼說：「少主與我和花離正說著話，突然看到了蟑螂，臉就變了。」

花灼搖頭：「不是蟑螂，你與我仔細地說說，從你們來找她之後，任何之處都不准落下，說了什麼話，都逐一與我說來。」

安十七聽罷一驚，想到了什麼，臉色也白了，當即跪在地上：「公子恕罪，是我說了些不該說的話。」

花灼眯了一下眼睛：「說。」

安十七便將他與花離來到思過堂後，花顏正在上香，然後，說起了淑靜皇后之事，一字不差地與花灼詳細不敢隱瞞分毫地說了一遍。

花灼當即震怒：「你將花家的規矩都忘了嗎？任何時候，不得議論淑靜皇后，你竟然在這裡提她。」

安十七白著臉垂下頭：「請公子責罰。」

花灼沉怒：「你與花離，去天水崖，思過十日。」

秋月低呼：「公子！」

安十七當即應是，白著臉起身，但沒立即走，而是看向昏迷不醒的花顏，擔憂地小聲說：「公子，少主她……」

花灼瞥了他一眼：「今日之事，誰也不准說出去，你與花離若是敢對誰說絲毫，就待在天水崖，一輩子別出來了。」

安十七渾身一震，當即不敢再問，重重地點了點頭：「是！」安十七不敢再在花灼面前礙眼，連忙出了思過堂，但沒立即走，而是與花離一起守在思過堂門口。

雖然在花家，但剛剛他們分別去找花灼和秋月來思過堂之事，一定瞞不住雲遲，所以，他應該很快就會找來，但公子讓守住思過堂，即便太子殿下來了，也不能讓他進去。

思過堂的內門重新關上，一片昏暗中，秋月似也明白了什麼，看著花灼：「公子的意思是，小姐的癔症，與……有關？」

花灼看了她一眼，秋月是花顏最信任的人，是陪著花顏自小一起長大的人，也算是陪著他一起長大的人，她雖也聰明，但神經有些粗線條，所以花顏和他時常都喊她笨阿月。但也正因為秋月是秋月，她才能一直跟在花顏身邊。他緊抿了一下嘴角，點點頭：「嗯，有些關係。」

秋月睜大了眼睛，不明白一個幾百年前的人，怎麼能夠與小姐的癔症有關？難道是她的魂魄震魘了小姐？她腦中一瞬間想了很多，但還是不得其解。

花灼也不欲多說，對她道：「在南疆時她癔症發作，是怎麼回事兒？」

秋月連忙將從賀言處瞭解來的事兒對花灼說了一遍。

花灼面色昏暗：「果然是天命！」

秋月想著在南疆行宮時，據賀言所說，小姐癔症發作時，彼時沒提到淑靜皇后，據說她是看著太子殿下就突然發作了，她小心翼翼地問：「公子，那小姐的癔症也與太子殿下有關了？」

花灼眸底湧上微沉之色，點了點頭：「嗯，也有些關係。」

秋月心驚，百思不得其解。

花灼給花顏擦了擦嘴角，對她問：「我聽聞在回來的路上，她因下棋，又昏迷了四日夜？」

秋月點頭：「太子殿下邀小姐下棋，小姐沒與殿下説她不能碰棋，便與太子殿下了一局，下完後，就昏睡了，四日夜才醒。」

花灼不再言語。

這時，外面響起腳步聲，雲遲在花顏離開後，陪著太祖母用了早膳，剛落下筷子，雲影現身，附在雲遲耳邊低語了一句，雲遲面色微變，當即起身，告辭了太祖母，快步出了松鶴堂。

太祖母納悶：「小遲怎麼走得這麼急？沒再多坐一會兒。」

花顏的爹説：「太子殿下即便出門在外，也朝務在身，興許是朝中出了什麼事兒吧。」

太祖母點點頭：「江山的枷鎖，就是個負累，太祖爺坐了江山，到底累及了子孫。」

第五十五章 刻在靈魂深處

雲遲來到思過堂外，只見思過堂大門緊閉，安十七和花離守在了門口，二人臉上不見笑容，皆是一副凝重的模樣。

他停住腳步，看著二人。

安十七和花離給雲遲見禮。

雲遲盯著大門內詢問：「是她出了什麼事兒嗎？」

安十七想著花顏在他面前是犯過癔症的，便說：「回太子殿下，少主的癔症犯了，公子和秋月姑娘正在思過堂內為他診治。」話落，補充，「公子吩咐了，任何人不得進去打擾。」

花離在一旁補充了一句：「思過堂乃花家重地，裡面供奉著花家列祖列宗。」

雲遲雙手背負在身後，抿唇說：「那本宮就在這裡等著。」

安十七暗鬆了一口氣，雲遲不闖入極好，他若是硬闖，他和花離自然攔不住。

秋月聽到了雲遲的聲音，看著花灼，小聲說：「公子，太子殿下得到消息來了。」

花灼聲音聽不出情緒：「他倒挺快就得到消息，對妹妹之事，確實上心。」

秋月點頭，低聲說：「太子殿下待小姐著實不錯，奴婢看在眼裡，覺得實在挑不出什麼，當然自從小姐答應嫁給太子殿下後，待他也一樣極好。」

花灼不再說話。

秋月看著他說：「小姐一時半刻怕是醒不過來，就讓太子殿下在外面等著嗎？」

花灼看著昏迷的花顏，沉默片刻，抱起花顏，走出了思過堂。

雲遲在花灼踏出門口的第一時間盯住了他懷裡的花顏，見花灼停住腳步，他上前了一步，問：「她怎麼樣？」

花灼淡聲說：「吐血後昏迷不醒。」

雲遲面色微變，嗓音低沉地說：「上一次她犯癔症，雖然也吐了血，但並未昏迷，很快就被我喊醒了，如今怎麼會昏迷了？」

花灼眸光動了動，對他說：「你將她帶回花顏苑吧！多喊她兩聲，興許很快也會醒來。」

雲遲連忙伸手從他懷中接過花顏，抱在懷裡，她的身子軟軟的卻透著涼意，像是從骨子裡發出的一般，他頓時問：「她的身體為何這麼冷？」

秋月在一旁說：「小姐每次犯癔症，都會渾身冰冷，這一次十分嚴重，所以……。」

雲遲抿唇，盯著花灼：「今日她如何犯了癔症？因怕蟑螂？」

花灼淡聲說：「給列祖列宗上香時，癔症便突然發作了。太子殿下帶她回花顏苑吧！」說完，他轉身又走回了思過堂內。

隨著花灼折返進去，思過堂的門重新關上。

雲遲看向秋月。

秋月還處在早先從花灼口中聽聞隻言片語的資訊而震驚中，她見雲遲看來，立刻鎮定地說：「小姐近來癔症發作得頻繁，兩個月一次，從未有過，太子殿下先帶小姐回去吧！我去信問問師父，是否該換別的藥了。」

雲遲頷首，抱著花顏回了花顏苑。他本想著如何在回京時讓花灼答應也將她一併帶走，待大婚前再回花家待嫁，可是如今還沒想到法子，她便發作了癔症，看來要從長計議了。

秋月在雲遲離開後，又回了思過堂內。

花灼已經站在桌前，動手磨墨，似乎準備抄經書。

秋月關上思過堂的門，低聲喊了一聲：「公子！」

花灼「嗯」了聲，抬眼看了她一眼，眉目溫和，「把血跡清掃了，陪我在這裡抄經書吧！」

秋月見花灼顯然心情不好，點點頭，清掃收拾乾淨了地上的血跡，便挽起袖子幫花灼磨墨。

花灼提筆，抄寫經文，筆鋒力透紙背。

秋月安靜地磨著墨，也不打擾他，暗想著無論是小姐還是公子，都喜歡把心事兒藏起來，沒人能懂，哪怕自小陪著他們一起長大的她，也是只懂了他們讓她懂的，一知半解。

不過她還是覺得很幸運，一直陪在花顏身邊幸運，如今陪著花灼磨墨也幸運。

花灼足足抄了十頁經文，才擱下筆，負手站在桌前，看著抄完的經文說：「今年的三月初三過了。」

秋月見他不寫了，也停止了磨墨，看著他問：「公子說的是小姐的生辰嗎？」

花灼「嗯」了一聲，輕歎，「前年妹妹生辰之日，我為她補過一卦，卦象不顯。今年生辰時，她不在我身邊，我觀天象，也只看出她姻緣有一劫，我在想著，下一個生辰之日，若是再為她補一卦，不知可否顯了卦象。」

秋月立即說：「前年公子為小姐補那一卦，半年都不能動用功力，極其傷身，好不容易將身體補了回來，還是不要再輕易給小姐卜卦了，小姐既是應天命而來，自然會有她的命數。」

花灼伸手扶額，深深地歎氣：「我不放心她。」

秋月沒了話。

花灼抿唇：「為別人卜一卦，雖也有所耗費心神，但也不會如為她卜卦一般，受大傷。可見她命重若此，輕易卜算不得，可我就是不放心。」頓了頓，又道，「她已經一年沒犯癔症了，近來卻發作得頻繁了，我真怕，她嫁給雲遲，應了天命，卻又熬不過天命。」

秋月不解，但聽著這話莫名地心裡發涼，白著臉問：「公子的意思是……」

花灼偏頭瞅著她，看著她發白的臉，伸手輕輕地揉了揉她的腦袋，忽然淺笑：「笨阿月，笨也有笨的好處。」

秋月瞪著花灼，漸漸地紅了眼睛，一雙黑眼圈尤其明顯，亂糟糟的頭髮，不修儀容，但如今這裡沒有鏡子，她自然看不到自己的模樣。

她的模樣似逗笑了花灼，讓他心情好了些，改揉為拍說：「稍後我給天不絕去信，你去歇著吧！再熬下去，真會變貓頭鷹了。」

秋月頓時後知後覺地想起，猛跺了一下腳，轉身跑了。

花灼看著她如狼在後面追一樣的身影，啞然失笑出聲。

雲遲抱著花顏回到花顏苑，小忠子和采青立即迎了出來，看到昏迷不醒的花顏，齊齊驚詫：「殿下？太子妃這是怎麼了？」

雲遲淡聲說：「癔症發作昏迷了，不必聲張。」說完，抱著花顏進了屋。

小忠子和采青對看一眼，他們是見過花顏癔症發作時的模樣的，都齊齊提起了心。

雲遲進了房間，將花顏染了血的外衣解了，坐在床邊，低聲喊：「花顏！」

花顏昏迷著，一動不動。

雲遲又喊：「花顏醒醒！」

花顏依舊一動不動。

雲遲一聲接一聲地喊著，暗想，看花灼早先回來時陰沉的面色與對他不客氣的舉動，是打定主意大婚之前不想讓他見她了，但這時候她癔症發作昏迷不醒，他卻主動將她交給了他，讓他多喊她兩聲，想必不是沒有目的。

他鍥而不捨地低喊著，聲音不停地環繞在她耳邊。

大約三盞茶後，花顏的睫毛動了動，手指也動了動，似有醒來的跡象。

雲遲驚醒，又喊：「花顏，花顏，花顏……」

花顏似十分掙扎，睫毛抖動半天，才慢慢地睜開了眼睛，她睜開眼睛時，眼底似蒙了一層灰色的霧，不見亮光，便那樣看著雲遲。

雲遲伸手握住她的手，似沒看見她眼裡的灰色霧氣，露了笑：「總算是醒了，果然管用。」

花顏眼裡似有什麼漸漸地被刺破開，露出些許的亮光，如撥開雲霧一般，漸漸地清亮，她深黑的瞳仁鎖住雲遲的臉，盯著他看了片刻，又忽然閉上了眼睛。

雲遲心下一緊，聲音不由得大了些：「花顏！」

花顏閉著眼睛，低啞地「嗯」了一聲，掙脫他的手，轉過身，伸手軟軟地環住了他脖頸，將臉埋進他懷裡，喃喃地說：「我不是在做夢吧？我不是在思過堂嗎？怎麼回到花顏苑了？」

雲遲鬆了一口氣，隨著她的手臂環住他的脖頸，他的心霎時軟了一片，溫聲說：「你犯了癔症，昏迷不醒，你哥哥將你交給我，帶回了花顏苑。」話落，他失笑著說，「我還要多謝你這癔症了，否則我想見你，怕是十分難過你哥哥的關。」

花顏「唔」了一聲，原來又犯了癔症。

她心裡沉沉的，似被什麼積壓住，透不過氣來，手臂緊緊地摟住雲遲，啞著嗓子說：「雲遲，我覺得吧，你娶我其實是很吃虧的。」

「嗯？」雲遲低頭看著她。

花顏低低地說：「你看，我不喜歡你有別的女人，只想你一生只娶我一個，你也說為我空置後宮，但若我有一天嘔血而亡，你豈不是……」

雲遲忽然伸手扳正她的腦袋，迫使她抬起頭來。

花顏剩餘的話吞進了肚子裡。

她喉嚨裡一片腥甜，雲遲自然嘗到了血味，他眸光緊緊地鎖著她，看盡她眼底，一字一句地說：「胡說什麼，你是要陪我天荒地老的。」

花顏扯動嘴角，笑了笑說：「我是說陪你看四海河清，海晏盛世而已。」

雲遲眸光沉下來，臉色也猛地沉了，有些薄怒地說：「你我還未大婚，你便對自己自暴自棄了嗎？我識得的你，可不是這般認命的人。」

花顏低歎了一聲，喃喃地說：「闖蠱王宮當日，我就認命了。我夜觀星象，當日有劫數，姻緣劫，桃花劫，鳳星劫，三劫合一，破都破不了。如今，我癔症發作得頻繁了，不是好事兒，焉知有朝一日是否熬不過天命所歸。」

雲遲面色一白，怒斥：「不要胡說了，不會的，你的癔症，你如實告訴我原因，我一定會給你解掉。」

「解不掉，生而帶來的東西，就如打了的死結，怎麼能解掉？」花顏搖頭，又將臉埋進他懷裡，低低地說，「雲遲，你答應我好不好，在我有生之年，我陪著你，若我有一日嘔血而亡，徹底長睡，叫也叫不醒的那種，你就別費心力了，屆時，你可能已經是皇帝，就再立一個皇后，我九泉之下，也同意的……」

雲遲氣急，伸手一把推開她，眉目第一次沉如霜雪，寒如冷風，眼睛死死地看著她，斷然說：「不可能，你連想都不要想，我活多久，你活多久。」

花顏身子軟軟地砸倒在了錦繡被褥裡，綿軟的被褥讓她感受不到暖意，這才發覺周身滿是涼汗，她伸手扯過被子，蓋在身上，順勢也蒙住了臉。

眼前黑暗，一下子沒了光亮，她的心也一樣跟著黑暗。

雲遲盯著她，看著她的動作，過了一會兒，似乎敗給了她，伸手扯開被褥，動作輕柔地將她抱在懷裡，擁著她低聲說：「花顏，別說這樣的話氣我，你知道的，我誓死也要你陪著，非你不可。」

誓死也要你陪著！

花顏腦中「嗡」地一聲，抬眼看雲遲，那一瞬間，似乎看到了什麼，她猛地坐起身，伸手推開他，「哇」地又吐了一口鮮血。

雲遲面色驟變，急喊了一聲：「花顏！」

花顏身子一軟，眼前發黑。

雲遲緊緊地抱住她：「花顏！」他對外面急喊，「秋月！來人，去喊秋月！」

小忠子和采青聽得清楚，面色齊齊一變，連忙去找秋月了。

「別睡，花顏，別睡。」雲遲手死死地扣住花顏肩膀。

花顏感受到了肩膀處傳來極疼的觸感，聽得雲遲一聲聲焦急的喊聲，眼前似有什麼打破黑暗，飄下細碎的光影，重重疊疊地落下，砸進了心裡。

秋月剛從思過堂回來，迎面便碰見了小忠子和采青，二人急得白了臉，見到他，連忙說殿下急喊她。秋月知道雲遲喊她，多半是為了花顏，連忙衝進了花顏苑。

雲遲見到秋月，立即說：「快！她又嘔血了。」

秋月看到了被雲遲扶住的花顏蒼白的臉，以及她胸前地上大片的血跡，鮮紅鮮紅的，她腳一軟，幾乎霎時不會走路，疾奔到花顏面前，大喊了一聲：「小姐！」

花顏靜了靜，眸光聚焦，點點頭，啞聲說：「秋月，我沒事兒。」

「這還叫沒事兒？」秋月快哭了，連忙給她把脈，紅著眼圈說：「公子明明為你封了幾處大穴，怎麼又嘔血了呢？」

花顏看著她，似沒什麼力氣，靠在雲遲的懷裡，沒接話。

秋月把了一會兒脈，眼淚到底忍不住，落了下來，哭道：「明明從陣法中出來時已經痊癒了，這轉眼間癔症發作兩次，竟然五臟皆損！」話落，她看向雲遲，「小姐明明在昏睡中，怎麼又發作了？」

雲遲沉聲說：「我聽了花灼的話，多喊了她幾聲，將她喊醒了，醒來後，與我說沒幾句話，便又發作了。」

秋月一時無言，伸手入懷，掏出了一大堆瓶瓶罐罐，從種子擇選了三個，每個瓶子裡倒出了一顆藥丸，遞給花顏：「小姐，先把藥吃了，有固元丹、凝神丸、養心丸。」

雲遲伸手接過，一顆顆喂到花顏嘴邊。

花顏張口吃下，閉上了眼睛。

雲遲聲音帶著些許慌亂：「花顏，別睡。」

秋月看著雲遲，她記得第一次見太子殿下時，是一年多前，他來臨安送賜婚懿旨，那時容色雖溫和，但神色涼薄，儀容和和豐儀照亮了整個花家，將賜婚懿旨遞給小姐的時候，眸色如九天湖水，清清涼涼，她暗歎過，太子雲遲，生性涼薄，果然不假，小姐若是嫁給這般尊貴的太子殿下，將來如何相處？

一年裡，波折出許多事情，兜兜轉轉，太子殿下還是那個太子殿下，但似乎又不是了。

他的容色因小姐而焦急失態，眸光因她而緊張慌亂，似不知如何對她才好。

這是太子殿下啊！

若是讓別人見了，怕是眼珠子會摔到地上碎八瓣，不敢置信。

秋月也跟著說：「小姐別睡，奴婢一定會想到根治癔症的法子的。」話落，她見花顏神色萎靡，立即說，「公子自從讓太子殿下帶了小姐回來後，便一直將自己關在思過堂裡，先是抄了十頁的經書，如今還在那裡，為小姐癔症發作之事，十分難受……」

花顏緩緩睜開了眼睛，看向秋月：「哥哥還在思過堂？」

秋月點頭：「公子在的，他讓我回來補眠，自己卻還留在那裡。」

花顏向窗外看了一眼，日色已極高了，她盯著窗外看了一會兒，陽光透過浣紗格子窗透進來，室內十分明亮，地面上落了格子窗的斑駁光影，窗前碧玉石磚上落了大片的血跡，是她嘔出的心血，綻開一地的血花。

她又看了一會兒，收回視線，默不作聲半晌後，低聲說：「哥哥剛回來，還未曾休息，我便讓他擔心。」話落，她深深地歎了口氣，轉頭看向雲遲。

雲遲臉色微白，薄唇微抿，日色透進屋中的光照在他臉上，容色是前所未有的凝重。

她咬了一下貝齒，低聲說：「方才是我不對，的確在胡言亂語，說了些不著調的渾話，你莫要放在心上。」

雲遲看著她，沒說話。

花顏移開眼，對秋月說：「給我倒杯水。」

秋月見花顏神智清醒了，微鬆了一口氣，連忙給她倒了一杯水。

花顏漱了口，對秋月說：「我沒事兒了，你去休息吧！」

秋月著實又睏倦又被驚嚇了個夠嗆，見花顏好些了，鬆了一口氣，又等了片刻，見她似穩定了，才出了房門。

花顏轉頭又看向雲遲，見他依舊抿著唇，不言不語的，有些深沉，她扯了扯嘴角，對他輕聲說：「你放心，確實是我胡言亂語了，我的命閻王爺不收的，哪那麼容易死？總能陪你好多年的。」

雲遲斷然說：「是一輩子！」

花顏伸手點他鼻子：「太貪心會胖成豬的。」

這話似乎逗笑了雲遲，擁著她說：「你若是胖成豬，我倒不怕沒肉吃了。」

花顏失笑，慢慢地從雲遲懷中出來，對他說：「弄了一身血味，我去洗洗。」話落，下了床，走到衣櫃前，拿了一套乾淨的衣裙。

雲遲見她腿腳走路似綿軟無力，站起身，不容拒絕地說：「我陪你去。」

花顏腳步頓了一下，並沒反對，低聲說：「好。」

花顏先一步走進水晶簾，開啟了暗門，進了暗室，轉眼便踏進了溫泉池。

雲遲隨後跟進來，見她已經埋進了水裡，將自己埋得嚴嚴實實的，低笑了一聲：「你倒是動作快。」

花顏紅著臉瞪了他一眼，靠在溫滑的靠石上，手扶著靠石，對他說：「你別下水。」

雲遲點頭，坐在了她那日靠躺的軟榻上，含笑說：「好，我不下水。」

花顏見他坐下來，身體放鬆了些，懶洋洋地沐浴了片刻，對他低聲說：「雲遲，你不知道，我生下來，便帶了很多東西，癔症只是其一，還有很多，不可言說的東西，時常發作。」

雲遲透過霧氣看著她，她的臉上蒙著霧氣和淡淡的陰影，他點點頭。

花顏又低聲說：「我早先對你說過，我是活在泥裡的人，泥足深陷拔都拔不出，都是真的！我生下來就如此，一身烏七八糟，不管我怎麼樣的洗滌，也洗滌不掉刻在靈魂裡的東西，哪怕我自小就混跡於市井，嘗遍千奇百態，也洗不掉，所以，我不想拖你下我這灘渾水，只是奈何，宿命天定，你非我不可，也是沒法子的事兒。」

雲遲心思微動，看著她，忽然腦中靈光一閃，似想到了什麼，忽然問：「我記得你曾開玩笑對我說，你生來就會寫字，生來就會下棋，其實不是開玩笑，是真的？」

花顏微微沉默，點頭：「嗯，不假。」

雲遲心中微驚，看著她，濛濛的水氣中，她被水霧包裹，安安靜靜的，如化在了霧中一般，他忍不住起身，來到池邊，想去握她的手：「將手給我。」

花顏看著他，慢慢地伸出手，手臂溫滑綿軟，肌膚如錦緞一般，手骨青白，未塗抹豆蔻的指甲在青白中透著剔透的光澤。

雲遲緊緊地握住，盯著她的眼睛說：「你本來醒了，是我哪句話說錯了，又誘發了你的癔症嗎？你的癔症，是誘發性的？」

花顏沉默，一時沒答話。

雲遲看著她，前後兩次癔症短短時間發作，嘔心血兩次，傷及五臟六腑，這時候的她，從內到外，都萬分的虛弱，他溫聲說：「不想說就別說了，我只是希望你知道，無論什麼時候，都要陪著我，本宮費了這麼大的心力想要你，不是短短時日，是長長久久。」

花顏張了張嘴，想說什麼，終究閉上，對他微笑地問：「長長久久是多久？」

雲遲一字一句地說：「生生世世。」

花顏低頭，抓了雲遲的手，將他的手攤開，將臉放在他手裡，甕聲甕氣地說，「哪有人如你這麼貪心的？一輩子不夠，還要什麼生生世世。」

雲遲語氣帶了幾分不符合他身分的執拗：「就要生生世世。」

花顏也忍不住露出笑意，聲音和著蒸蒸霧氣水氣軟聲說：「生生世世有什麼好呢？你也不怕看我看膩了。」

雲遲低笑：「不會！」

花顏低聲說：「你是霧裡看花，覺得花很美是不是？所以，非要摘到自己的手裡，但其實呢，撥開雲霧，看過之後，原來是一朵凋零枯竭的花。」

雲遲繃起臉：「無論你的好，還是你的不好，我都覺得極好，不要一直貶低自己，非要將自己埋進塵埃裡。」

花顏抬起臉，看著雲遲，眸光幽幽蕩蕩，半晌，她忽然伸手用力，將他拽下了溫泉池。

雲遲一怔，頓時半個身子都掉入了水中。

花顏扣著他的手將他拉向他，忽然笑意盈盈地說：「你不是說要與我共浴嗎？一起吧！」

雲遲猛地驚醒，一把推開她，轉眼間跳出了溫泉池。

花顏突然脫離支撐，身子不穩，軟倒在了池水裡溫軟的石靠上。

雲遲聲音十分沙啞，懊惱地低聲說：「你自己洗吧，快些出來，我去外面等你。」說完，也不等花顏說話，快步開了暗室的門，轉眼就走了出去。

花顏眨眨眼睛，再眨眨眼睛，看著緊緊關閉的門，忽然笑出了聲。

溫泉的霧氣包裹著她，笑著笑著，眼中似含了淚，一滴一滴地滾落。

暗室隔音，逃跑出去的雲遲自然不知道，也聽不見。

花顏看著溫泉水慢慢地恢復平靜，她的心也跟著寸寸冷靜下來，漸漸地恢復了平靜，她慢慢地起身，出了溫泉池，穿戴妥當，出了暗室。

雲遲早已換完了濕漉漉的衣服，穿了一身乾淨衣服，輕袍緩帶的模樣，俊秀挺拔，坐在那裡喝茶，見花顏出來，他喝茶的動作一頓。

花顏透過水晶簾瞧著他，這個人剛剛還與她在溫泉池中胡鬧，轉眼便儀容修整了，若不是他耳根子還帶著細微的紅暈，她當真以為在溫泉池中被她拉著胡為的他是幻覺。

她走出水晶簾，水晶相撞，劈啪脆響，她笑著來到桌前，坐在他對面，揶揄地笑看著他，低聲說了句什麼。

雲遲的臉騰地一紅，端著茶杯的手險些端不住，他一雙眸子難得羞惱地看著她。

花顏抿著嘴對他笑。

雲遲握緊茶杯，收回視線，低頭喝了一口茶，似壓住心口噴薄出的氣血，咬牙說：「你等著！」

花顏大笑，輕靈悅耳：「好好好，太子殿下，我等著。」

雲遲聽著她的笑聲，看著放肆而笑的人兒，心情也跟著她的笑而放鬆愉悅了，暗想著，無論是哪樣的她，前一刻癔症發作嘔血昏迷的她，還是這一刻心無芥蒂對著他歡暢大笑的她，千百種姿態，他無一不喜。

這是花顏！

花顏！

她如一本書，又如一個迷。

臨安花家是一個迷，花顏更是迷中迷。

雲遲看不透看不清花顏心底裡藏著的祕密，或者說靈魂裡藏著的故事，但不妨礙他懂她。他覺得花顏是一個十分簡單卻又矛盾得很複雜的人，但這樣簡單又矛盾複雜的她，十分迷人，就如一味毒藥，只要沾染了，就毒入心脾，沒有解藥的那種。

他自出生記事起，就被教導如何做好一個太子，如何在將來做好一個皇帝。在他行走了近二十年的路上，站在權利風暴的中心，見過了許多形形色色的人，那些人在他面前有的恭敬，有的卑微，有的惶恐……但從來沒有一個人如花顏一般。

懶散漫不經心是她，冷靜聰明果敢是她，似孱弱不禁風雨也是她。

讓他的心也跟著她被揪起來。

這種感覺，他從未嘗過。

在他被教導的儲君課業裡，是不准許出現這種自己的心不歸自己掌控的境況的。

但如今的他，卻甘之如飴。

他看著花顏，心裡隨著她暢快的笑容而越發地柔軟，也不由得笑出了聲。

花顏對他伸出手：「拿來！」

雲遲微笑著揚眉：「什麼？」

花顏笑著說：「哥哥給你的大婚議程，給我看看。」

雲遲失笑，伸手入懷，將那一疊大婚議程遞給了花顏。

花顏拿在手裡，掂了掂分量，頗有些無語：「這麼一疊，哥哥這是寫了多久寫出來的東西？」

雲遲微笑著說：「這我就不知道了，你可以問問他，為了為難我，這是下了多少苦功？」

花顏笑出聲：「如今知道要娶我千難萬難了吧？」

雲遲笑著說：「早就知道的。」

花顏一張張地翻看著，一目十行也足足看了一盞茶，看完後，她又是唏噓又是好笑的問：「你都應承了？」

雲遲頷首：「你哥哥當時的架勢，我若是不應承，娶不到你的。」

花顏抿著嘴笑，對他揚起明媚的笑臉，問：「要不要我暗中幫你？」

雲遲搖頭：「我既想娶你，怎能不付出辛苦？我應付得來。」

花顏笑著點頭，將一疊紙張遞回給他，對他笑著說：「那我就不管了，你自己應付吧！哥哥還在思過堂，我既醒來了，便去與他說說話，這滿滿的要求和議程，你儘快安排人著手，時間緊迫，我也覺得冬至日的第二日是個好日子。」

雲遲微笑頷首：「冬至日過去，白天會一天比一天長，寓意你我，一定長長久久。」

花顏笑著站起身：「哥哥給你列出了這麼多條框，就是不想你今年娶我，大約是想將我多留在家幾年，你既定了日子，就要抓緊了。」話落，又笑著說，「哥哥這個人呢，鮮少會當面與人發作，慣常喜歡背後使絆子，如今與你當面發作了，難保背後不會再給你增加阻難，你怕是要使出渾身解數了。」

雲遲失笑，自是知道花灼難對付，點頭：「好！」

花顏看了一眼外面毒熱的日頭，走到畫堂裡，拿了一把青竹傘，出了房門。

采青連忙跟上她：「太子妃，您要去哪裡？殿下沒跟著，奴婢跟著您吧？」

花顏笑著搖頭：「在自己家裡，不必跟著我侍候，你也兩日夜沒睡覺，快去歇著吧，我去找哥哥。」

采青搖頭：「奴婢不睏。」

花顏見她執意要跟著，盡職盡責，估計也怕她再出什麼事兒身邊沒人，她笑了笑也不反對：「你既不睏，那就跟著吧！」

采青歡喜地應下：「奴婢為您撐傘。」

花顏笑著搖頭：「一柄傘而已，我還撐得住。」

采青只得收了手，自己也拿了一把傘，跟上了花顏。

二人出了花顏苑，采青看著前面漫步走的花顏，炎熱的日光照下來，透過傘，將她身上攏了一層煙霧般的影子，一頭青絲隨意地柔順地綰著，玉步搖隨著她緩步而行，輕輕晃動著珠翠，淺碧色的衣裙，尾曳拖地，手腕的那只翠色的手鐲，如煙雲一般，光華點點。

她忽然覺得太子妃似乎有哪裡和以前不一樣了，但又說不出來哪裡不一樣。

來到思過堂，花顏收了傘，對采青說，「你找一處清涼的地方歇著，我與哥哥說話，一時半會兒出不來，別在太陽下乾等著。」

采青清脆地答應一聲。

花顏放下傘，推開了思過堂的門，踩著青石磚走進去，推開裡面，只見果真如秋月所說，哥哥將自己關在了思過堂裡。

桌上擺放著他新抄的經文，他坐在桌前，一手扶著案桌一手覆在額頭上，似在冥想著什麼。聽到動靜，他抬起頭，見是花顏，一愣，當即低斥：「你醒來不好生地休息，跑過來做什麼？」

花顏隨手關了門，笑看了他一眼：「我好模好樣地醒來出來走動不好嗎？難道你非要我躺在床上昏迷不醒？或者醒來後連床也下不得了？」

花灼一噎，氣道：「慣會狡辯！」

花顏輕笑，來到桌前，伸手拿起經文，翻弄著看了看書：「哥哥心不靜，這經文寫得有些浮躁，是因為我吧？」

花灼瞪了她一眼：「沒一日讓人省心！」

花顏不反駁，坐下身，笑吟吟地說：「是啊，這麼不省心，把我逐出家門吧！」

花灼面色猛地一沉，怒道：「你休想！再與我胡言亂語一句試試，信不信我將雲遲立馬趕出花家？」

花顏見他翻臉，連提也提不得了，無奈嘟囔：「你拿我威脅雲遲，又拿雲遲威脅我，這般威脅的得心應手，是新想出來對付我的策略？」

花灼哼了一聲，沉著臉說：「總之你休想！」

花顏看著他，笑容漸漸收起，認真地低聲說：「哥哥，你知道的，自逐花家，對咱們花家來說，是最好的選擇。」

花灼寒著臉看著她：「我不知道！我只知道，我只有一個妹妹！誰也別想搶走，你嫁給雲遲，也是我妹妹，也是花家的女兒。」

花顏低歎，「自逐花家之後，我是花家的女兒的事實也曾有過，哥哥你又何必，你是花家支撐門楣的人，不能因我而置……」

「少說廢話！」花灼一拍案桌，打斷她的話，低喝，「枉你兩世，都幾百年了還沒長進！幾百年前，你自逐家門，是保住了花家，但你自己呢？別以為你不說我就不知道生來就纏著你的癔症和夢魘是什麼？」

花顏面色一白，霎時全無血色。

花灼看著她的模樣，霎時脆弱的不堪一擊，他心下一緊，起身走到她身邊，抱住她，像小時候一樣，摸著她的頭，溫潤地說：「你一直覺得你幾百年前做的對是不是？」

花顏不吭聲，唇瓣緊咬，幾乎咬出血絲，但卻偏偏蒼白得沒一絲血色。

花灼搖頭：「你是沒負花家養你一場，但卻負了你自己。你雖不說，但這些年，與你一起長大，我焉能不知道你心中藏著什麼？也只有秋月那個笨丫頭，才什麼也不知道。」

花顏閉上眼睛，臉色清透的白。

花灼抱著她手臂扣緊，沉聲說：「睜開眼睛，不准閉眼。」

花顏只能又睜開眼睛，眼底是濃濃的霧色，層層疊疊，似刀劍也穿不透。

花灼一字一句地說：「若當年花家出手保帝業，你們未必是那個下場，你偏偏決絕地保花家，不忍破壞花家累世數百年的基業，謹遵花家先祖遺志，而隨懷玉帝赴死。他滿腹才華，卻累於體弱，哪怕用盡全力，也保不住前朝江山。你是一點點地看著他如何殫精竭慮而無力回天的，但終究還是為了花家，狠心地放太祖爺兵馬入臨安通關，打開了後樑江山的閘道，令他兵馬直奔皇城，兵臨城下，後樑帝業瞬間傾塌。即便隨他赴死，你也神魂帶著深深的愧疚。哪怕轉世投生，幾百年滄海桑田，卻依舊是你生而帶來的夢魘。」

花顏身子劇烈地顫抖起來，伸手捂住耳朵：「哥哥，不要說了……」

花灼臉色冷然沉靜，不為所動地說：「自小到大，我怕你癔症發作，讓你承受不住，一次次，話到嘴邊，都不忍你痛苦不揭你的傷疤，從不對你提分毫，可是你呢，別說幾百年不長進，只說如今這十六年，你又有什麼長進？纏繞你的魔，當真是半絲都碰不得了？既如此，短短時間，你癔症犯了兩次，我如何放心你嫁給雲遲？」

花顏聽著花灼的話，腦中金戈交鳴，一句話也說不出來。

花灼繼續說：「你走遍天下各地，偏偏不去京城，你接手花家，從不翻錄查看皇室祕辛，避皇室不沾染一絲一毫，從來不碰前朝書籍，在你書房的第八個暗格底下，藏著一張你三歲時畫了一半的畫像，停筆後，你便將它塵封了，從不開啟。太后懿旨賜婚，遂不及防，讓你一下子慌了。」

花顏身子僵麻，一動不動。

花灼看著她說：「幾百年前，花家花靜，太子懷玉，幾百年後，花家花顏，太子雲遲。宿命的枷鎖，捆綁得你欲掙扎而不脫，死死地要掙脫出去，不惜用盡手段，卻在每次動手時，都捨不得真正傷他，留有餘地，否則，以你的本事，以花家的勢力，你又何必與太子雲遲周旋了一年之久？」

花顏心神巨震，嗓音哽咽：「哥哥，別說了……」

花灼搖頭：「花顏，你一個人藏了這麼多東西，一直負累著自己，活得不累嗎？我若是永遠不說，或許永遠也找不到解除你癔症的法子，難道我真要等著你有朝一日嘔血而亡？讓作為你的嫡親哥哥去為你收屍嗎？」

花顏一顆一顆的淚滾落，落淚而無聲。

花灼看著花顏，從小到大，她鮮少哭，在他的記憶裡，為他的怪病著急瀕臨病危時有過幾次，但那時都只是紅了眼圈，咬著牙拼力拉著他要他必須活著，便是那樣小小孩童的她，小小少女的她，一日日地以她的毅力拖著他，他才一日日咬牙挺過來，最終治好了怪病。

可是她自己，從來就打落牙齒和血吞，她一直在努力地想要掙脫夢魘，但是宿命便是這樣，命運的齒輪轉來轉去，終究是又轉了回來。

幾百年前的懷玉帝早已經塵土皆歸，如今的太子雲遲，一切都好，此人已非彼人，卻是一樣的身分，江山帝業，朝綱社稷，京城的東宮和皇宮……

有一句話叫物是人非。

他能理解她一直要掙脫卻又擺不脫心底的魔的矛盾心理，更能理解她如今癔症為何發作得頻繁，幾乎絲毫有關的事兒，就會讓她發作，那是因為，她漸漸的，活成了兩個自己。

一個自己是幾百年前，藏在心中，一個自己是如今，掙不脫夢魘的無力。

偏偏是太子雲遲！

若是換一個人，是誰似乎都好，只要沒有這個身分，誠如她昔日所說，雲遲千好萬好，只這一個身分，她便敬而遠之。

可惜，她為自己選了蘇子斬，上天依舊讓她選雲遲。

這便是命，她的命，生而為鳳星，生生世世，劫不過，魔不除。

花灼伸手用指腹擦去花顏落下的淚，痛心地說：「你從小就不哭，小時候，我就想把你惹哭，你卻總不讓我如願，如今這快要嫁人了，倒是讓我如願了。」

花顏不說話，整個人靜靜的，只眼淚不停地流。

花灼的手被她的淚水打濕，落在指腹處，滾燙，他硬著心說：「哭吧！哭出來，也許你就好了。前朝末世，積累百年的蛀蟲，諸多弊端，皇室除了一個太子懷玉，都是酒囊飯袋紙醉金迷安於享樂之輩，滿朝文武中飽私囊為國者少，但偏偏他自小被迫害，沒有一副好身子骨，只能說，是前朝天定的劫數。亂世紛爭，大廈將傾，任是誰，也無力回天，怪不得你。」

花顏伸手捂住臉，洶湧的淚水從指縫奔流而出，打濕了桌面上的經文。

花灼看著心疼地說：「你沒有對不起誰，懷玉帝出生即為太子，後樑江山是他該擔負的責任，你自逐家門，改換身分，嫁給他，陪了他數載，算得上是待他情深意重，為了花家全族的性命和安危，你做了放棄幫他而保花家的決定，讓花家安平了幾百年，子孫避過了亂世大劫，如今南楚天下百姓安平，明君一代又一代，比幾百年前的後樑民不聊生要強得多，你沒做錯。」

花顏不語，無聲地落著淚，十多頁經文被她的淚水打濕，片片墨蓮盛開。

花灼硬著心腸看著她，不再說話，也不再寬慰她，這是她生來的夢魔，生來的癥結，生來刻在靈魂裡的事物，除非她自己解開，否則誰也幫不了她。

她哭出來，總是好事兒。

藏得太久了，背負的太久了，尤其是答應嫁給雲遲後，塵封的東西揭開，已讓她承受不住，隻言片語，點滴事情，都讓她發作。
就如那一層薄薄的紙，一捅就破。
可是這紙，今日他不徹底地將之撕爛捅破，他怕，他會失去這個妹妹。
他不能失去這個妹妹！自小陪著他長大的妹妹！
若是幾百年前，有他在，他怕是也不能幫她做出更好的選擇，一面是臨安花家全族的性命，一面是後樑大廈將傾的江山。
哪怕挽救了，又能如何？
無非有兩種結果，一種結果是漸漸地成為花家輔助背負的負累；一種結果是挽救了一次，不見得再有心力挽救第二次，早晚有一日，依舊會傾塌。
花家，也不會是如今的花家，也許，早已經覆滅在亂世。
懷玉帝，史評其清骨英才，是後樑最耀眼的那顆星，可惜，這顆星降落得太晚，又被迫害得太早，若是早生後樑十年，若是沒自小中毒傷了身體，後樑的江山最少可再延續百年。
他的死也名垂青史，沒遞降表，而是以最傲骨的方式，給太祖爺修書一封，以皇都相送，以他的死，換太祖爺善待百姓，警後樑之醒，免新朝步其後塵。
一杯毒酒，落下了後樑江山的帷幕。
花顏哭著，忽然聲嘶力竭起來：「他沒有給我準備毒酒，只準備了他自己的，他是怪我的……到死，也不願我陪著，哪怕我追到黃泉，也不見他……上窮碧落下黃泉，皆不見他……」
花灼見她似又有發作的徵兆，猛地按住她的肩膀，急怒道：「你怎麼就不想想，他沒給你準備毒酒，也許是因為知道太祖爺喜歡你，兵馬到皇城，接手後樑江山，改朝換代後，也會讓你活著，他是想讓你活著，他的江山，不該你搭上性命奉陪。」

花顏喉嚨一股腥甜，但好在花灼按壓的及時，她沒再嘔出心頭血，她哭著搖頭，嘶竭地說：「夫妻本該一體，他竟扔下我，就是在怪我……」

花灼看著她幾乎控制不住要瘋魔的模樣，心中陡然有些後悔，不該在她連續兩次癔症發作身體最孱弱不堪一擊時逼她認清自己，他緊緊地扣住她肩膀，將她的頭壓在他懷裡：「幾百年了，不管如何，是對是錯，早已經塵土皆歸，你不是花靜，你是花顏，那些過往雲煙，還死死地記著做什麼？他扔下你，或者怪不怪你，如今再想這些，又有什麼用呢？」

花顏靠在花灼懷裡，慢慢地幽幽地平靜下來，低喃：「是啊，早已經是過往雲煙，又有什麼用呢？我再也見不到他了，再也見不到了，這天下之大，沒有一個人……」

花灼打斷她的話：「還有雲遲，你答應嫁給他，就不該再一味地執著那些早該化為塵土的東西，對他不公平。」

花顏閉上眼睛，無力地說：「哥哥，怎麼辦呢？這麼多年，我以為我忘了，可是那一日在南疆行宮，看著他，看著看著，我就看到了那個人，我明明知道他是雲遲，可是我控制不了我自己，雲遲說誓死也要我陪著，我便想到有人死也不要我陪著。一個人的心頭血就那麼多，我想著，早晚有一日，我會嘔沒了心頭血而亡的。」

「胡說！」花灼怒喝。

花顏不再言語。

花灼拍著她的頭，心疼的無以復加，咬牙說：「不嫁他了吧！他的身分是你的噩夢，我賠不起妹妹。」

花顏搖頭，果決地低聲說：「哥哥，雲遲很好，我的命是他救回來的，我答應他，陪著他看四海河清，海晏盛世。這一輩子，到了這個地步，我不嫁給他，還能嫁給誰呢？況且……」

「況且什麼？」花灼看著她。

「我對他……捨不得了……」

捨不得了！

這幾個字由花顏口中說出來，輕得不能再輕。

可是花灼知道，她能說出這幾個字，是何其的艱難，何其的重，何其的有分量。

第五十六章　生生世世記得

太子懷玉是她刻印在靈魂深處不能碰觸的印記，太子雲遲，一樣的身分，註定她這條路會走得無限艱辛，滿路荊棘。

雲遲一定不知道，她在答應嫁給他的那一刻，她將承受和面對的是什麼。無論是對蘇子斬，還是對臨安花家，都是輕的，真正重的，是她自己的心。

她要撕裂了心中塵封已久的刻入骨髓的傷痛記憶，要掰開了揉碎了一個自己，打造一個新的自己，來接納他，與他相處，與他相親，與他締結連理。

這世上最難的事情是什麼？

也許一萬個人有一萬個說法，但是對於花顏來說，有些東西是一道不可逾越的鴻溝，她竭盡全力地逼著自己去逾越。

如今這鴻溝剛剛跨步，已經讓她遍體鱗傷。

花灼心痛又心疼地看著花顏，難得啞著聲音說：「哥哥尊重你的決定，但你也要尊重哥哥，我讓你嫁給雲遲，你答應我，永不脫離花家。」

花顏從他懷中抬起頭，紅著一雙眼睛，霧氣濛濛：「哥哥，雲遲要掰開了，揉碎了，熔爐百煉這個天下，你知道嗎？」

花灼一怔，他本就聰明，霎時明白了什麼意思。

花顏繼續說：「說著簡單，但這對於天下數百世家來說，便是一次血的洗禮，我們花家若是不想在熔爐裡，就不能做這個外戚。要知道，一旦他將來動手，無論是以我太子妃的身分，還是皇后的身分，對於花家，都不是好事兒，他不動花家，不代表別人不動，因我而牽扯花家，陷入水深火熱的地步，我是百般不願的。」

花灼繃起臉：「所以，你還想要仿效幾百年前，保花家，捨自己陪他？」

花顏抿唇，低聲說：「他一心拉著我陪在他身邊，非我不娶，為我空置六宮，死也要我陪著，這是我的福氣，曾幾何時，我想要這樣的福氣，有人都不給我呢，我自然要陪他……」

花灼目光沉沉地看著她，又是心疼，又是無奈，過了好半晌，他搖頭，依舊堅決地說：「幾百年前，你為花家做的夠了，若不是你那封信，花家決計不會開臨安放太祖爺通關，勢必要在攻城守城中損傷者眾，太祖爺記著花家的恩情，花家子孫又安平了幾百年，如今幾百年後，你就為自己活一回吧，別想那麼多。有我在，即便太子殿下將來熔爐百煉這個天下，花家因此受牽扯，風雨將來，水深火熱，可能會受到前所未有的衝擊，但我便不信，我保不住花家。」

這話說得十分沉著而有氣勢。

花顏不語。

花灼又說：「況且我們花家，如今已經不是幾百年前了，累世千年的根基，又有你我兄妹二人在，任風霜雪雨有多大，又有何懼怕？」

花顏深深地歎氣，低聲說：「哥哥，你不明白我的意思，一旦牽扯，這風雨你我都不怕是沒錯，但是風雨過後，將來呢？雲遲不會對花家動手，那麼南楚再延續幾代之後呢？與皇權牽扯得太深，還豈能大隱於市？繼續再安平個幾百年？」

花灼狠心地說：「屆時，你我早已經塵土皆歸，便管不著了，這一代，花家由我做主，太祖母也支持我的決定，便就這麼定了。以後的事情，花家自我們這一代後，再傳承多久，是後輩之事。」

花顏見無論如何也說不動花灼，況且為此他竟揭開了她埋藏得極深的祕密，她沉默片刻，只能無力地點頭：「便聽哥哥的吧！我從來都不想做花家的不肖子孫，花家生我養我教我成人，無論是幾百年前，還是如今，我唯願花家永世安穩。」

花灼揉揉她的頭：「傻丫頭！」

花顏靠著花灼待了一會兒，似乎漸漸地恢復了些力氣，看著桌子上的經文說：「可惜了這些好好的經文，都被我給糟蹋了。」

花灼見她承受住了，沒再發作，心中著實鬆了一口氣，也有了些心情，笑著說：「佛祖念你心善赤誠，不會怪你的。」

花顏失笑，看了一眼佛祖像，笑中帶淚地說：「哥哥，我算得上什麼心善赤誠？我為一己私心，棄後樑天下於不顧，沒對不起花家，卻對不起懷玉與後樑。我算得上是後樑江山的罪人，不怪他到死都不帶著我一起。」

花灼搖頭：「你這樣說是沒錯，但是後樑當時境地，已經不值得再保了，生靈塗炭，民不聊生，普天之下，只一個懷玉帝，挽救不了天下蒼生，群雄亂起，紛爭奪權，我們花家即便插上一腳，能救得了後樑江山，也不見得救得了後樑百姓，你是為保花家而用了私心，但又如何不是為後樑的天下百姓選了太祖爺這個明君？有他在亂世中接手了後樑的爛攤子，才日漸開創了南楚盛世幾百年。」

花顏不再言語。

花灼看著她：「我們花家的人，有小私心，但是大義當前時，是從不含糊的。幾百年風雲早過，如今天下安平，你即便錯了，也是值得的，我們從沒為誰的天下負責，但卻實打實為百姓做了許多事情。」頓了頓，又道，「至於懷玉帝……你就忘了吧！」

花顏從佛像上收回視線，低頭又凝視案桌上的經文，過了好一會兒，說：「哥哥，我也想忘了，但刻在靈魂裡的東西，又怎麼能忘得了呢？有時候我都在想，一定是他在懲罰我，讓我生生世世都記得虧欠了他。」

花灼眉頭擰緊，思忖片刻問：「你可知道自己為何幾百年後又生在花家？且生來帶著幾百年前的記憶嗎？」

花顏一怔，慢慢地搖頭：「不知道……」

花灼慢慢地鬆開放在她肩膀的手，坐下身，對她說：「按命裡來說，是天命，但我卻隱隱地覺得，也許不是這麼簡單。」

「嗯？」花顏看著花灼：「哥哥的意思，我生而帶來的這些記憶，不是天命？不是天意？那是……」

花灼揉揉眉心：「你我自小一起長大，多年來，咱們花家的所有人都將你的癔症與我的怪病等同看待，你又瞞得嚴實，也只有我知曉，你藏在心中的祕密，與我實打實的怪病不同，我雖一直以來不敢揭你傷疤，但也一直在想如何根治你的癔症。」

花顏靜靜地聽著。

花灼低聲道：「本來早先以為你已經好了，如今你癔症又發作了，今日我將你交給雲遲帶回去後，就在想這件事情，但一直想不透，但你剛剛的那句話，卻是提醒了我，也許，你會如此，與懷玉帝有關。」

花顏瞬間脊背發涼，本來恢復了幾分的血色一下子又全然沒了，他看著花灼：「哥哥的意思是……」

花灼道：「我不知曉我猜測得準不準確，也許你剛剛真的說對了，懷玉帝真的想讓你生生世世都記得他。」

花顏心神巨震。

花灼又按住她肩膀，看著她全無血色的臉說：「妹妹，你該是最瞭解懷玉帝的人，你仔細地想想，他是否有本事能讓你生生世世記得他？幾百年前，他臨死前，除了自己備好了毒酒，沒備你的外，是否還做了什麼？」

花顏白著臉去想，可是剛碰觸，便受不住地搖頭：「我不知道……」

花灼看她的模樣，知曉她今日內心幾番波動，怕是已經到了能承受的極限了，連忙打住說：「罷了，今日別想了，來日方長，哥哥一定會幫你解開這個夢魘的，總有一日，就如你為我請天不絕陪著我治病一樣，你也會好起來的。」

花顏伸手捂住腦袋，靜了片刻，冷靜地點點頭，輕聲說：「聽哥哥的。」

花灼又摸摸她的腦袋：「走吧，你不是想給列祖列宗上香？早先只上了幾炷香，如今我與你一起，每個牌位都上三炷香。我們花家的先祖，哪怕是牌位，都是有靈性的，你為花家安平了幾百年，他們一定會保佑你好好的過這一世。」

花顏站起身，點點頭。

花灼開啟了佛堂的門，兄妹二人一起，緩步進了佛堂。

每一個牌位前上了三炷香，誠如花灼所說，每一個牌位前，都似有細微的氣息流動，那是每一位花家嫡系子孫臨終前彌留下的本源靈力，都被封存在了牌位裡。

整個花家的佛堂，各處都縈繞細微青靈之霧，明明只是一堂之內，卻渺渺浩瀚。

花灼與花顏將所有牌位都上完香，已經過了晌午，二人走出佛堂時，花顏心境已然平和極多。陽光依舊如烤爐往外倒著火焰一般地烤得慌，將地面的玉石磚幾乎要烤化了。

花顏站在佛堂門口的臺階上，抬手將手掌迎著陽光放在頭頂，接了一部分烈日，在手骨的陰影下，仰著臉望天看了一會兒，轉頭對花灼說：「哥哥，別告訴雲遲。」

花灼眉目已恢復清明平和，看了她一眼說：「太子雲遲生來聰明，與你相處時日長了，總會發現的，你瞞不住，當真要瞞著他？」

花顏抿唇，低聲說：「他待我極好，我這一身烏七八糟，他不嫌棄，願攜手我共度此生，我唯以身相報。雖然他早晚會知道，但我如今還沒做好準備，不知該如何告訴他，前朝今朝，一筆難言的帳。待哪一日，我親口對他說吧！」

「也好！他打定主意無論如何都要娶你，以我今日見他觀他心意，想必是不會在意知曉得早或者晚的。」花灼頷首，「左右你們要相伴一生，的確該你親口告訴他。」

花顏點頭。

花灼負手而立，輕聲說：「但即便他待你心誠，娶你心亦誠，我也不想你這麼早就嫁給他，我還想多留你幾年。你不要偷偷暗中幫他，若是被我發現，一定饒不了你。」

花顏又是好笑又是感動：「哥哥覺得，以雲遲的本事，需要我幫忙嗎？我早先問過他了，他說不需要我幫忙，自己會應付。不過哥哥手下留情些吧！他為江山社稷，身上的負累本就重，我早前為了悔婚折騰那一年多，已經給他製造了許多麻煩，後來為救我又費了許多心力，之後為平順收復西境，一直沒歇著，如今又為求娶我，再萬分勞累的話，我怕他受不住傷了身子。」

花灼挑眉，不太高興地說：「這便開始向著了？還沒開始，就先心疼了？你就這麼迫不及待地要嫁給他？」

花顏無奈地笑著搖頭：「倒也不是，我也是覺得，冬至日的第二日，的確是個好日子，宜嫁娶。況且他是儲君，婚事兒一直拖下去，也不太好。」

花灼低哼了一聲：「說來說去，還是心疼向著他。」話落，他板起臉，「他為江山社稷長久之計，是他的身分該做的事情，我不管他如何累，我只關心他做不做得到我的要求和議程，若是做不到，那就別想娶我妹妹。」

花顏無言笑著，忍不住瞪了花灼一眼，索性敞開了說：「你說我向著他，那我便向著好了，你給他那些東西已經夠多了，背後就別再搞動作了，你若是為難他太狠了，我也不依，屆時我就把秋月帶著，給他調理個一年半載。」

花灼氣笑，伸手狠狠地揉了她腦袋，氣罵：「我是你親哥哥，還會害你不成？他堂堂太子，連這麼點兒小關都過不了的話，枉費他一直以來的名聲了。」

花顏伸手拂開花灼的手，小聲嘟囔：「我看了你給他的那些東西，哪裡是小關？明明是設了九九八十一關。」

花灼又負手說：「總之，他做不到，就娶不走你。」

花顏見他打定主意，無論如何也要為難雲遲了，說也說不通，手下決不會留情了。只能笑著說：「好好好，他娶不走我，我就在家裡一直待著，讓你養著我。」

花灼終於露出笑容：「別說養你一個，便是十個，哥哥我也養得起。」

花顏抿著嘴笑。

花灼心情好了，面色也舒緩有笑容了，對她說：「他不可能一直待在花家，左不過多住個幾日，便會啟程回京，你不准隨他一起進京，安靜地留在家中待嫁。」

花顏看著花灼。

花灼也看著她：「你在京中住的那些日子，只待在東宮，一直不曾進宮，是不想踏入那道宮門吧？既然你如今還沒準備好要對他說，便別隨他進京了，先留在家中吧！畢竟，此次若是再進京，為天家媳婦者，再不進宮拜見皇上太后，便說不過去了。」

花顏收了笑意，沒說話。

花灼見她臉上又沒了笑容，道：「我先去信問問天不絕，看看他如何說，你就安生待在家裡，雲遲既有本事要在冬至日前娶你，若是讓他能做到我的要求和議程，也不過半年時間了。在這半年時間裡，至少要讓你做到不能因為誰的一言一語，而總是癔症發作，誠如你所說，心頭血就那麼多，即便不能根治，一定要想辦法控制住。」

花顏慢慢地點了點頭，輕聲說：「好，我聽哥哥的。」話落，她又望天，呢喃道，「你說得對，我的確不敢踏進皇宮。哪怕過了幾百年，早沒了原樣，我也不敢。」

花灼拍拍她肩膀：「看看你的臉，白的嚇人，別想太多了，回去歇著吧！」

花顏頷首：「哥哥一路風塵回來，還沒歇著，別在這裡待著了，也回去歇著吧！」

花灼點頭。

兄妹二人一起出了思過堂。

采青躲在思過堂不遠處的一棵大樹下納涼小憩，聽到思過堂的門打開，她當即醒來，拿著傘跑向了花顏。

花灼看了采青一眼，說：「倒是個伶俐的。」

采青連忙給花灼見禮。

花灼擺擺手，也不多言。

花顏將青竹傘遞給花灼，自己與采青共撐一把傘，走了兩步，問花灼：「哥哥，十七和花離呢？」

花灼道：「他們的武功多久了還沒有長進，一直只知曉混玩，我讓他們去天水崖練功了。」

花顏心思轉了轉，氣笑著說：「哥哥糊弄我呢，花離的武功有些差勁貪玩還說得過去，畢竟年歲還小，十七的武功可是不差的，且他從沒有一日偷懶不練功，你說吧，他們因我犯錯，被你關了幾日？」

花灼瞟了她一眼，默了默，說：「十日。」

花顏道：「罰得重了，本也不怪他們。」

花灼冷凝了臉：「不重他們不長教訓。」

花顏歎了口氣：「好吧！反正天水崖的牆壁上都是武學功法，他們兩個人一起被關十日，倒也不會悶。」

花灼見她不為二人說情，臉色稍霽。

來到岔路口，花灼轉道回了自己的花灼軒，花顏回了花顏苑。

進了花顏苑門口，采青回頭瞅了一眼，不見了花灼的身影了，她才拍拍胸口說：「太子妃，您的哥哥，實在太厲害了些。」
花顏偏頭笑著瞅了她一眼：「他嚇到你了？」
采青總算呼吸順暢了些，小聲說：「一路上，我大氣都不敢喘，在他面前，就如在太子殿下面前一般，半絲不敢造次。他一個眼神看來，我就覺得排山倒海的壓力，著實可怕。」
花顏失笑：「也不怪你怕他，臨安花家每個人，都很怕他。」
采青眨眨眼睛，原來不是她太窩囊沒用，還好沒給太子殿下丟人。
小忠子迎了出來：「太子妃，您回來啦？殿下一直在等著您用午膳呢，奴才這就去廚房，趕緊將飯菜端來。」
花顏看了一眼日色，的確不早了，點了點頭。
小忠子連忙去了廚房。
雲遲正坐在桌前研究花灼給他的那一疊要求和議程，紙張鋪了一桌子，他的神色看起來十分認真，不敢有半絲疏忽怠慢的模樣。聽到動靜，他緩緩抬起頭來，目光在她的臉上和眉眼上停留了一下，露出微笑：「不會是又被你哥哥欺負了吧？」
花顏想著她氣色一定很差，眼睛估計是紅腫的，這副樣子，著實不能看。她「唔」了一聲，「小時候他一直病著，沒少遭我欺負，如今他病好了，我但有不合他心意的地方，他自然要欺負回來。」
雲遲輕笑，對她招手：「過來。」
花顏走到雲遲身邊。
雲遲伸手將她拽進了懷裡抱住，對她柔聲說：「我思前想後，還是不想將你留在花家，與我一起回京吧！我怕不帶著你回去，這半年的分離，會對你相思成疾。」

花顏轉頭看著雲遲，原來他一邊研究要求議程，一邊想著要帶她一起回京。

可是剛剛不久前，她才答應了哥哥，要留下來。

她抿了一下嘴角，笑看著他：「哥哥給你的這些東西，要在半年的時間內全部做到，挺緊迫的，帶我進京的話，我是個麻煩，屆時還要你分心照看我。」

雲遲搖頭：「我不怕麻煩，不怕分心，只想你陪在我身邊，剛剛你不在我身邊一會兒，我便有些想你，若是半年不見你，實在不敢想像。」

花顏將頭埋進他懷裡：「可是你與我說晚了，我已經答應哥哥留在花家了。怎麼辦？」

雲遲低頭看著她：「你明知道我捨不得將你留下的，為何要答應他？迫於他的兄長之威？」

花顏搖頭：「也不全是。」

「嗯？」雲遲看不到她臉上的神色，眉頭微擰。

花顏感覺到他心口的心跳，一下一下強而有力，輕聲說：「哥哥讓我留在花家，他已去信給天不絕，讓他想想辦法，想趁大婚前，幫我治了癔症。」

雲遲默了默，聲音微沉：「你在花家多年，也沒治了癔症，大婚之前這半年，就一定能治得了嗎？」

花顏蹭了蹭他胸口，感受到他沁人肺腑的清冽氣息，軟著聲音說：「以前我沒用什麼力氣去配合，有些諱疾忌醫，如今我盡力配合，興許吧！」

雲遲被她的頭蹭得心癢難耐，伸手按住她腦袋，嗓音有些低啞：「別亂動！」

花顏頓時安靜不再動了。

雲遲見她乖覺下來，伸手揉揉眉心，低歎：「這麼說，你是無論如何也要留在花家了？」

花顏點頭，伸手環住他脖頸：「這癮症若是三天兩頭犯，也擾得你難安。」

雲遲溫聲說：「我不怕難安，我只是心疼，你這癮症……」他想說什麼，又住了口，歎氣，「也罷，我若是實在想你想得沒法子，再從京城過來看你就是了。」

花顏一下子笑了，抬起頭，仰著臉看著他：「臨安距離京城遠在千里，你儘量少折騰些。」話落，又笑著說，「半年的時間，很快的，眨眼就過去。」

雲遲眉目湧上惆悵：「以前覺得半年的時間的確是極快，以後怕是要極慢了。」

花顏抿著嘴笑：「不至於的，回京後，你一旦忙起來，就顧不得了。畢竟你離京有些久了，京城堆積了一大堆事情等著你回去處理的，再加上哥哥找的麻煩，我該擔心你吃不消才是。」

雲遲莞爾，低頭在她耳邊低聲說：「白日也就罷了，但夜深人靜，不能擁你入眠，總是要想你入骨，難以忍受的。」

花顏的臉慢慢地染上紅暈，又氣又笑：「如今倒說起這般話來了，是誰臨陣脫逃了？」

雲遲耳根子也紅了紅，氣笑：「真是一回便被你記住了，若非顧及你身子不好，我豈能忍得辛苦？」話落，他忽然發狠地說，「現在，你敢不敢？」

花顏立即跳出了他懷裡：「午膳的時辰都過了，餓著呢。」

雲遲深深地看了她一眼，不溫不淡地笑：「原來也是個臨陣脫逃的。」

花顏無語，這現世報也太快了吧！

用過了午膳後，花顏著實承受不住了，眼皮開始上下打架。

雲遲見她睏倦不已，便笑著將懶洋洋地窩在椅子上的她抱去了床上，輕柔地拍著她說：「早先不讓你睡，是怕你又睡上幾日不醒，我著實難捱，如今你無礙了，就安心睡吧！」

花顏伸手拉住他的手：「你陪我一起睡，你也累了，養足了精神，才能應付我哥哥，在離開花家之前，你不是打算與他切磋較量一番嗎？」

雲遲笑著點頭：「是啊！他對我真是萬分不客氣，我總要在他面前找回點兒場子，不能被他小看了。」

花顏輕笑：「這場子可不好找。」

「嗯！的確。」話落，雲遲隨著她躺下，將她抱在懷裡。

花顏眼皮闔上，很快就睡著了。

雲遲看著懷裡的人兒，呼吸均勻低淺，即便睡著，眉目也攏著一絲濃濃得化不開的霧氣，他看著她，想起初見。

一年多前，他親自帶著懿旨賜婚來臨安花家，那時候，花家的族長帶著他找到她時，她坐在鞦韆架旁的躺椅上，彼時，臉上蓋著一卷書，靜靜地躺在那裡，清風拂來，她穿著的碧色煙羅華紗輕輕飄起衣擺，柔軟地輕揚。

他那時便在想，這就是臨安花顏，他查了幾年，找了幾年，終於找到的人。

雖是初見，但早已經入心已久。

他那時看了她許久，才上前拿掉她臉上蓋著的書卷，沒想到，她惡作劇地頂著一張易容了的吊死鬼的臉，嚇得小忠子當場就暈厥了過去。

他也有些措手不及，沒想到見到的是那樣的她，易容得如此逼真。

川河谷之事後，他費了無數心力，查到了她身上，又費了更多更大的心力，查到了臨安花家，窺得冰山一角，已經讓他舉步維艱，不敢輕易驚動登其門。

他用了很長很長的時間，雖查到了人，但也弄不到一張畫像。然，雖不見其人，但更堅定的知道，將來要娶太子妃，便娶她這樣的女子。

川河谷大水，她彼時還是個小女孩，正巧趕上，卻也正是因為她，後來花家調動上百糧倉不計其數的物資早了朝廷數日救援，挽救了數萬百姓。

他那時查到她時，很是驚異，沒想到救了川河谷，先朝廷一步賑災的是一個小姑娘。彼時，便想著，她一定十分勇敢堅韌有毅力，且一定十分心善。

哪怕不見其容，也心慕許久。

太后早就為他東宮空空蕩蕩的內宅憂心，一方面驕傲將他教導得太好，不好女色，一方面又擔心子孫後繼無人。

在他的暗中推動，太后普天下大選，為他選太子妃。

太后中意趙清溪，父皇也中意趙清溪，滿朝文武甚至都以為太子妃人選非趙清溪莫屬。也只有他知道，在普選開始之前，他的人選早就已經定下了，他的太子妃，必須是臨安花顏。

不論用什麼法子，有多困難，哪怕不見其容色如何，他也要她做太子妃。

不想初見，她頂了一張吊死鬼的臉，對他絲毫沒有因為身分而起半絲恭敬，頗有些古靈精怪想嚇退他，但是她不知道，他有備而來，且準備許久，就是為尋著這個機會登門，又怎麼可能被嚇退？

只是他沒料到，對於做他的太子妃，她極度抗拒。那一年多來，為了退婚，無所不用其極，讓他每每頭疼又捨不得將她奈何。

他選蘇子斬，一度讓他心灰意冷，但在知道她就在南疆那一刻，卻又死灰復燃，死死地牢牢地，無論如何也要將她抓住。

她自詡塵埃，卻不知自己其實一直是那抹浮雲，讓他抓得十分困難。

但無論多困難，好在如今她就在他的懷裡。

不管她的癔症到底為何而來，有什麼她不能承受的祕密，事關於他也好，不事關於他也罷，他都不在乎。

他一直想要的，便是她！

不見其人時，早已經先入了心。傾之慕之，得之幸之，妥善存之，安穩待之。

雲遲只小憩了片刻，便喊來雲影，將花灼的要求與議程中十分緊要之事，逐一安排了下去。

雲影一一應是，冷木的臉上難得多抽搐了幾次，暗想著太子妃的哥哥可真狠。這麼多的要求和議程，分明就是不想嫁妹妹，奈何殿下是一定要娶到太子妃的，也只能全部都應承了。

自古以來，就沒有哪個太子，如殿下一般，娶個太子妃，這般艱難的。

花顏這一覺睡得沉，傍晚時分，雲遲不放心，讓采青喊來了秋月，秋月睡了大半日，精神極好，悄悄地給花顏把過脈後，對雲遲小聲說：「殿下放心，小姐沒事兒，太累了，讓她睡吧，明日就會醒。」

雲遲點點頭，放下了心，自己用過了晚膳，也無睡意，琢磨著花灼歇了大半日也該歇的差不多了，便讓秋月帶著，去了花灼軒。

第五十七章 舅兄妹婿談談心

誠如雲遲所料，花灼歇了大半日，一改白日風塵歸來的模樣，容色再不見沉暗疲憊，十分神清氣爽。

用過晚膳後，他正在給天不絕寫信，說的自然是花顏最近癔症發作頻繁之事，若是蘇子斬境況穩定後，他最好來臨安一趟，當面診脈商議。

秋月領著雲遲來到花灼軒，門口處，牌匾上以狂草書寫著「花灼軒」三個龍飛鳳舞的大字，筆鋒張揚飄逸，灑意輕狂至極，與「花顏苑」那三個字不相伯仲，相得益彰。

雲遲停住腳步，看著牌匾上的字，想著兄妹二人自小一起長大，情分非常，著實讓人羨慕。

秋月見雲遲停住腳步，也跟著停住腳步，小聲說：「公子因出生就有怪病，小時候，十分不喜多言，淡薄寡歡，對任何事情都提不起興趣，異常封閉自己。但自從有了小姐，因小姐整日裡圍著他鬧騰，便漸漸地不一樣了。」

雲遲點點頭，天生有怪病，不能見光，任誰也活潑不了。

秋月見雲遲認真聽著，繼續說：「小姐生來就會很多東西，且每一樣東西，都極好，她在別人面前從不輕易展現，唯獨到了公子面前，顯擺得不行，長而久之，公子就被小姐激起了不服輸的脾性，勢必要到與她一較高下的地步，免得當哥哥的總被妹妹笑話不如她。」

雲遲低笑：「她是故意的，想要激起他的鬥志。」

秋月點頭：「嗯，小姐就是故意的，公子小時候總覺得活了今日沒明日，但因為有小姐在，他挨著疼痛，學盡所學，小姐會的，公子一定要會，小姐不會的，他也要會，一年年下來，全身的病痛似乎都因此忘了。」

雲遲輕歎：「她性情堅韌剛毅果敢，任誰與她在一起，都會樂觀向上。」話落，他忽然想起了花顏癔症發作被他喊醒後與他說的那一番話，面上的笑意緩緩地收了。

該是何等的無力無奈，才會讓她那樣的人，竟然說出那般洩氣無望的話。

他抿起嘴角，從牌匾上收回視線，進了花灼軒。

有小廝見到雲遲和秋月，連忙見禮：「太子殿下，秋月姑娘！」

雲遲頷首。

秋月拉住那人小聲問：「公子在做什麼？去稟一聲，就說太子殿下來了！」

那人同樣小聲說：「公子在書房寫信。」話落，立即道，「我這就去稟告公子。」說完，連忙向書房跑去。

秋月引路，帶著雲遲向花灼的書房走去。

花灼軒也栽種了許多花樹，都是珍奇的品種，地面上碧玉石磚落下了花樹飄落的花瓣以及斑斑樹影。

來到花灼的書房，那小廝已經稟告完，對秋月點點頭，意思是公子知曉了。秋月剛想上前叩門，書房的房門便打了開來，花灼拿著一封封好的信函走了出來。

他先是看了雲遲一眼，淡淡說：「太子殿下不抓緊時間陪著妹妹，竟跑來了我這裡，要知道，她未大婚前是不會隨你進京的。」

雲遲含笑：「她還在睡著，且睡得熟，怕是明日才會醒了，我仰慕大舅兄已久，趁機前來叨擾。」

花灼揚了揚眉，也笑了一下：「既如此，倒也好，免得她醒著鬧騰人。」話落，他讓開了門口，「太子殿下請！」

雲遲點頭，緩步進了花灼的書房內。

花灼沒立即進去，而是看著秋月說：「你如今歇了大半日，總算是能看了。」

秋月臉一紅，跺腳：「公子早先也不怎麼好看的，一身風塵僕僕，灰撲撲的，還陰沉著臉，著實嚇人，竟然還取笑我。」

花灼失笑，伸手敲她的頭，如玉的手指指尖微涼，激得秋月倒退了一步，他笑著說，「好啊！膽子大了，底氣也足了，是在太子殿下面前練出來的？」

秋月後知後覺地發現剛才失言了，看著花灼癟著嘴，一時沒了話。

花灼也不再逗她，將信函遞給她：「我已經寫好了信函，你儘快讓人傳給天不絕吧！」

秋月接過信函，轉頭就跑了。

花灼好笑地看著她，轉身進了房門。

花灼的書房十分大，十分寬敞，一排排的書架，乾淨整潔，纖塵不染。

牆壁上掛了十幾幅畫像，是從花顏兒時到如今的模樣，似乎是每年一幅。

雲遲津津有味地一幅幅的欣賞著，腦中同時在想著花顏從小到大的模樣，這畫功從稚氣到嫻熟再到惟妙惟肖，十分逼真，活靈活現，是花顏的成長，也是花灼畫功的日益精進。

怪不得花顏說她哥哥的書房裡收錄了許多她的畫像，果然如是。

原來她從小到大，是這樣一步步從一個小女孩，長成一個芳華女子的。

花灼走進來，見雲遲在對著牆壁看著花顏的畫像，也不打擾他，慢慢地坐下身，動手沏了一壺茶，倒了兩盞，然後又擺上了一局棋局。

雲遲看了許久，直到將所有的畫像都記於心中，才收回視線，看向花灼，笑問：「本宮都依照大舅兄的要求和議程，逐一做妥當，太子妃的嫁妝裡，這十六幅畫卷，大舅兄就割捨做添妝如何？」

花灼挑眉，果斷地說：「不如何，你娶走了我妹妹，還想將這些畫卷一併帶走？太子殿下，做人可不能太貪心，我若是將這些畫卷給你，讓你放棄娶我妹妹，你同不同意？」

「不同意！」雲遲斷然搖頭。

「那就沒得說了！我也不同意。」花灼也斷然道。

雲遲淺笑，心中早已經知道他不同意，便也不強求，坐在了花灼對面，笑著端起茶盞，看著案桌上擺的棋局說：「那日與顏兒對弈了一局，她昏迷不醒，嚇了我幾日，大舅兄不會如她一般吧！」

花灼瞇了一下眼睛：「她多年不真正碰棋，卻為太子殿下開例，你很得意了？」

雲遲搖頭：「沒覺得得意，倒是因擔心驚慌了幾日。」

花灼拿起棋子，也不問雲遲，先落子於棋盤，眉目清淡地說：「我妹妹從小到大，說讓人省心也是個讓人省心的，說讓人擔心操心，卻又比誰都不省心，太子殿下一心要娶她，當真不怕自己娶個麻煩？頭疼一輩子？」

雲遲失笑，也拿起棋子，落子於棋盤：「本宮不怕麻煩，大舅兄不必擔心，我以誠心娶她，要的便是她這個人，她無論如何，在我眼中，都是極好的。」

花灼抬眼看了他一眼，不鹹不淡地說：「我記著太子殿下這句話了，但願你無論何時也不會忘了這句話。」

雲遲點頭：「有勞大舅兄記著了，本宮不會忘。」

花灼收回視線，又看向棋盤：「她有許多優點，但也有許多缺點。」

雲遲頷首，微笑著說：「我知曉。」

花灼繼續落子：「有時候，她會一根筋，認定了的事，十頭牛都拉不回來。在臨安花家，有我壓在她頭上，尚能壓制住她，待以後，太子殿下既不能欺負了她，但也莫要縱容了她。」

雲遲也繼續落子，笑著說：「她嫁給我，自此與我夫妻一體，不同於大舅兄與她是兄妹，我雖不太懂夫妻相處之道，但也知曉一些，夫妻相處，講求以誠相待，相互尊重，我會包容她，她想必會更包容我，至於大舅兄說的縱容，我只怕，我縱容她，她卻縱容我更甚。以後還望大舅兄多費神提點了。」

花灼又抬眼瞅了雲遲一眼，終於笑著揚眉：「以太子殿下的身分，能悟透這一點，倒是令我刮目相看。」

雲遲微笑：「我對她珍之視之，妥貼安置，不敢出一絲一毫差錯，如今是，以後亦是。讓她嫁給我本就是委屈了她，在其他方面，便不能讓她再委屈了。」

花灼點點頭，收了笑意說：「讓她嫁給你，雖是你以命相救，她以身相許，但也的確是委屈了她。蘇子斬雖許多地方不如你，但若是嫁給他，她一定不會辛苦。如今她卻是在走一條極其萬分艱辛的路，你大約看不見，但不等於沒有。」

雲遲抿唇，頷首：「我知道。」

花灼看著他，見他眸色深深，他收回視線，嗓音平和了些：「你知曉就好，這話除了我說，也沒人會與你說了。」

花顏從晌午後一直睡到了第二日清晨，她睜開眼睛，外面天色已濛濛亮。身邊不見雲遲，被褥平整，不見躺下過的痕跡，她慢慢地坐起身，披衣下了床。

采青聽到動靜，在門外小聲喊：「太子妃，您醒了嗎？」

花顏「嗯」了一聲，來到房門口，打開房門，呼吸著清晨新鮮的空氣，對采青問，「太子殿下呢？他一夜未睡？去了哪裡？」

采青點頭，小聲說：「太子殿下昨晚去了花灼軒，我聽秋月姑娘說，先是與花灼公子下了三局棋，然後二人又比試武功劍術，你來我往地過招了一夜，如今似還未盡興。」

花顏倚著門框，聞言懶洋洋地笑：「看來那三局棋是和棋了？」

采青眼睛晶亮，敬佩地點頭：「是呢，奴婢聽秋月姑娘說，是三局和棋，太子殿下和花灼公子的武功也在伯仲之間，雲影和十二雲衛都跑去花灼軒圍觀了，據說十分精彩。」

花顏笑看了采青一眼：「你沒過去是因為要留在這裡照看我？」

采青吐吐舌：「奴婢怕您夜裡醒來餓了，沒敢離開。」

花顏微笑，采青對她著實算得上是盡職盡責了，她笑著說：「走，我們過去看看。」

采青頓時歡喜地點頭。

花顏隨意地梳洗穿戴妥當，出了花顏苑，去了花灼軒。

花顏苑與花灼軒本就比鄰而居，剛踏出花顏苑的院門，便聽到了花灼軒裡傳出寶劍相擊金鐵交鳴的打鬥聲。

采青興奮地說：「殿下從不輕易與人動手，如今竟與花灼公子比試了一夜。」

花顏笑著說：「我哥哥也不輕易動手，如今難得遇到太子殿下。」

采青立即說：「太子妃，咱們快點兒！」

花顏笑著點了點頭。

二人腳步加快，很快就到了花灼軒。

花灼軒門口，雲影和十二雲衛或站在門口，或騎在牆頭上，還有花家被驚動的暗衛，圍了滿滿的一群人。

雲影和十二雲衛聽到腳步聲，見是花顏，連忙轉過身或者跳下了牆頭，對她規矩地見禮：「太子妃！」

花顏擺了擺手：「我也過來看看，你們隨意。」

雲影和十二雲衛臉上難得見到十分興奮的神色，齊齊點頭，又都歸了早先的位置繼續觀看。

花顏緩步進了花灼軒。

在滿院的花樹中，有兩個人影在過招，正是雲遲和花灼。

劍雨揚起滿院的花瓣飛揚，在花樹中，兩個人，兩柄劍，衣袂飄飛，身影和劍光都快如閃電。難分伯仲的劍術和武功。

采青驚歎不已：「好精妙的劍術，好精彩絕倫的過招！」話落，她問花顏，「太子妃，奴婢見識淺薄，看不出來，您覺得誰能贏啊？」

花顏笑著說：「再打上三天三夜，也難分勝負。」

采青唏噓：「那怎麼辦？太子殿下和花灼公子會不會一直打下去？他們這樣，誰能分開他們啊？」

花顏笑而不語。

采青又興奮地轉過頭，繼續觀看。

秋月走過來，對花顏說：「小姐，您醒了？昨晚未吃晚膳，可是餓了？」

花顏搖頭，「不餓。」

秋月低聲說：「昨日公子書信一封，送去了桃花谷，若是子斬公子情況穩定，公子請師父來一趟臨安為小姐看診。」

花顏點點頭。

秋月又說：「太子殿下和公子這樣打下去，何時是個頭啊？都一夜了。」

花顏笑著說：「稍後我便有法子分開他們，讓采青看一會兒，她惦記了一夜。」

秋月點點頭。

采青聞言轉過頭來道謝：「多謝太子妃想著奴婢，一小會兒就好。」

秋月笑看著她說：「你能跟在小姐身邊侍候，有福氣得很，小姐待人素來極好，掏心掏肺的。」

采青重重地點頭，「奴婢也覺得自己很有福氣呢。」話落，又轉過了頭去。

花顏尋了個地方坐下，望著那劍雨飛花中的二人，笑著說：「同傳一脈，臨安花家與世無爭，潛心修習武功劍術，好上一籌理所當然，但是雲遲自小浸淫學習帝王謀術，武學功法還能到如此地步，不得不說，他本身天資便得天獨厚了。」

采青頷首：「真沒想到，太子殿下的武功劍術，當真如傳言說的那般登峰造極。若非與他過招的人是公子，怕是當世最好的劍客，在他手下也過不了百招。」

花顏伸手接了幾片花瓣，笑著說：「真是糟蹋了這花灼軒的滿院繁花了。」

采青也心疼不已：「這一回不知道要熬多少好藥，才能將這些花樹補回來。偏偏我也沒敢因為心疼花樹而破壞太子殿下和公子兩個人的興致。」

花顏莞爾：「人生得遇對手，三生之幸，難得的很。」

秋月點點頭。

過了半個時辰，采青走過來，對花顏說，「太子妃，奴婢過了眼癮了，快到早膳的時辰了，您讓他們停手吧！這樣打下去，萬一把太子殿下和花灼公子都累到可不太好。」

花顏也覺得過招了一夜也差不多了，伸手撿了一根樹枝，瞅準機會，對著二人中間擲了過去。她的力道拿捏得正好，不輕不重，恰恰落在二人中間，相互地阻隔氣勁。

隨著那根樹枝到，二人的劍也隨即到，齊齊地刺到了那根樹枝上，霎時，一根樹枝在雙重的劍氣下化成了粉末，與花瓣一起，四散飛揚起來。

花灼和雲遲各退了一步，齊齊向花顏望來。

打得太盡興和過癮，早先二人沒發現她已經來了且看了半個時辰了，如今她出手，方才看到了她。

雲遲當即收了劍，笑著對花灼說：「大舅兄的劍術，讓本宮佩服。」

花灼也收了劍，清風雲淡地淺笑：「太子殿下的劍術，名不虛傳。」

雲遲拱了拱手，不再多言，快步走向花顏，三步兩步便來到了她身邊，笑著說：「什麼時候來的？等了多久？清晨寒露未褪，怎麼不多披一件衣裳？」

采青連忙認錯請罪：「是奴婢錯了，奴婢心心念念著過來看殿下您和花灼公子過招，忘了晨起寒氣重了。」

花顏看了采青一眼，笑著拉住雲遲的手：「不怪采青，如今酷熱時節，清晨也不冷的。來了有半個時辰了，見你們打個三天三夜也分不開的架勢，便想著該吃早飯了，你們若是要打，吃過早膳再打。」

雲遲反握住她的手，確實沒感覺到冷意，聞言不由失笑：「的確有些累了，不打了。別說三天三夜，便是十天十夜，輸贏也不見得有定論。」

花灼緩步走過來，上下打量了花顏一眼，點頭：「氣色比昨日好多了。」

花顏歪著頭瞅著花灼笑：「今日不去松鶴堂了，我們就在哥哥這裡吃早膳了。」

花灼點頭，對一旁的小廝說：「去告訴太祖母一聲，太子殿下和妹妹在我這裡用早膳了。」

小廝應是，立即去了。

花顏發現，下了三局棋，過了一夜招後，花灼對雲遲的態度有了極大的轉變，看著他不像是搶走了他妹妹的人了，而是認可地將他當作妹婿對待了。

花灼輕易不喝酒，今日難得令人溫了一壺上好的佳釀，與雲遲喝了幾杯。

早膳後，花顏考慮到二人過招了一夜，多少都會累，便囑咐花灼休息，拉著雲遲回了花顏苑。

雲遲沐浴後，躺在床上，笑著對花顏說：「昨日辛苦一夜總算沒白費，到底是讓你哥哥待我像是待妹婿了，真不容易。」

花顏好笑：「天下本就沒有白費的苦功，好了，你快睡一會兒吧！」

雲遲看著她：「你呢？」

花顏聳肩：「我剛睡醒，總不能再陪著你睡，也睡不著了。」

雲遲伸手拉她：「我想你陪著我。」

花顏看著他，一夜未睡，這人不見多少疲憊，容色如玉，顏色華貴，每逢這般有要求時，都帶著幾分執拗，她抿著嘴笑了笑，柔聲說：「好，我陪著你。」

雲遲握著她的手，安心地閉上了眼睛。

花顏便懶洋洋地靠著靠枕倚在雲遲身邊，安靜地陪著他。

雲遲不多時便睡著了。

清晨的陽光透過浣紗格子窗照進屋裡，明媚地打在床上一睡一臥的兩個人身上，花顏苑靜靜的，室內也透著靜謐的安寧。

雲遲睡了半日，睜開眼睛，花顏還躺在他身邊，也沒做什麼，安安靜靜地，似乎一直在陪著他。

雲遲看了一眼天色，已經晌午，他眉目微動，支起身，對花顏問：「都到晌午了，你一直在床上陪著我？」

花顏見他醒了，笑著點點頭，「是啊！你說讓我陪著你，我答應了，自然要陪著你了。」

雲遲失笑，伸手摟住她的腰，將她拽進懷裡，剛睡醒，嗓音帶著幾分沙啞：「這般實心眼，讓你陪，便一直一動不動地陪著，是不是很無聊？」

花顏搖頭，笑著看了他一眼，揶揄地說：「沒有，欣賞睡美人，一點兒也不無聊。」

雲遲低笑：「不成想本宮的太子妃還是個喜好美色的。」

「一直就喜好美色。」花顏一本正經地點頭。

雲遲又笑了一聲，輕吻了她唇角一下，心情愉悅地說：「睜開眼睛便見你安靜地待在我身邊，這種感覺實在好。只是……想到要與你分開半年，便割捨不下，捨不得回京了，你答應我好不好，若是我抽不開身，你就每日與我書信一封，讓我知道你每日都在做什麼。」

花顏大笑：「我的太子殿下，不至於吧？若是被人知道，一定會笑話你的。」

雲遲也一本正經地看著她：「至於的，我不怕被笑話。」

花顏見他認真，笑著答應他：「好，每日一封，你別嫌我煩。」

「不會的。」雲遲笑著搖頭。

花顏笑著問：「打算什麼時候動身回京？」

雲遲想了想，捨不得地說：「還想再多待兩日，三日後吧！」

花顏點頭：「起吧！用過午膳，我帶你出去轉轉，臨安有許多美景，你難得來一趟。」

雲遲放開她，坐起身，含笑問：「我們這般出去，不會被圍的水泄不通吧？那一日進城，著實記憶猶新。」

花顏想笑，嗔了他一眼說：「那一日還不是怪你，五百抬的聘禮，便那樣大張旗鼓地抬進臨安，任誰也要出來瞧熱鬧，如今外面也還議論得熱鬧呢。」

雲遲笑著問：「都在議論什麼？」

花顏抿著嘴笑：「太子殿下怎麼就那麼想不開，非要娶臨安花家的花顏，花顏有什麼好？真沒看出來！太后又氣病了，滿朝文武也都驚掉了下巴，皇上每日一封信函，催促你趕緊回京，似乎也身體抱恙了。」

雲遲伸手點她額頭，又氣又笑：「你身在廬中，遍知天下事兒嗎？」

花顏煞有介事地說：「如今天下都盯著臨安啊太子殿下，你知道多少人湧來臨安探查消息嗎？如今臨安的確是人滿為患。」

雲遲收了笑意，看著她說：「因為我勢必要娶你，讓臨安受萬眾矚目，我也莫可奈何，但是你放心，以你哥哥的本事，他能護得住臨安的，待將來，一旦風雲變動，我也不會對臨安袖手不管，這是你家，我守天下之大家，自然也包括臨安一地。」

花顏心下動容，面上揚起盈盈淺笑：「太子殿下德榮兼備，恩施天下百姓，我不懷疑，有朝一日，這天下一定會在你手下創一個登峰造極的盛世的。哥哥不許我自逐家門，那麼，自此臨安，就與殿下一體同心了。」

雲遲低頭吻著她，嗓音低啞：「花顏，娶你三生之幸。」

花顏暗暗地想著，三生之幸不見得，但她此生一定不會讓雲遲因她而不幸，幾百年前，她未拖花家下水，幾百年後躲不過，那麼，便不躲了。

用過午膳，花顏讓秋月取了兩頂笠帽，她與雲遲，一人戴了一頂。

秋月看著二人戴好笠帽，左瞧瞧，右看看，還是說：「太子殿下和小姐即便戴了這東西，也遮不住清貴的風骨，明眼人還是一看就能看出來太子殿下非富即貴，還是易容吧！」

花顏笑著說：「大熱天，易容實在難受，便就這樣吧！尋常百姓們不會生事，這樣少了些麻煩，至於明眼人，既然是明眼人，那麼就讓他們看看好了。」

秋月點點頭：「也是，近來咱們臨安，實在是太熱鬧了！公子說，不止京城來了大批人，北地也來人了。」

「哦？」雲遲偏頭看向秋月，「北地？來了什麼人？」

秋月道：「有幾個世家的人，奴婢不太清楚，今日只聽公子提了一句，說原來北地的人也喜歡湊熱鬧。」

雲遲若有所思。

花顏笑著說：「北地三大世家，蘇家、程家、林家。既然驚動了哥哥，想必三大家族都來人了，且來的人物不小。」

雲遲眉眼淡淡溫涼：「本宮平復西南境地，又來花家求娶，看來對北地衝擊不小，竟然都湧來了臨安探聽消息。」

花顏笑著看了他一眼：「天下因你我的婚事兒鬧得沸沸揚揚，北地來人探查消息實屬正常。走吧！這幾日，外面的人探查不到花家府內情形，都等急了，我帶你出去轉轉，讓他們查探個確實。」

雲遲失笑：「原來你不是為了帶我出去玩，是想要趕人出臨安。」

花顏嗔了他一眼，笑著搖頭：「臨安的各大酒樓客棧都住滿了人，茶樓酒肆，畫舫巷陌的生意都異常好做，我才不趕人呢，就是單純帶你出去轉轉，體會一番臨安的風土人情。」

雲遲笑著握住她的手：「那就走吧！」

二人說笑著，出了花顏苑。

秋月沒跟著，忙著熬藥給花灼軒那些被摧殘了的花樹，叫了一個與花離差不多年紀叫花容的小少年陪著。

花容與花離一樣，喊花顏十七姐姐，沒有花離性子活潑跳脫，是個十分乖巧俊秀的小少年。

雲遲多看了他兩眼，雲遲笑著對花顏說：「根骨不錯。」

花顏莞爾，點頭：「花容與花離一起隨哥哥住在花灼軒，一起習武，但花離貪玩，喜歡奇巧之術，武功學得不精，基礎不扎實。但花容不同，聰穎也耐得住性子，小小年紀，便沉穩有度，學得扎實，哥哥十分喜歡他。」

花容聽到花顏誇獎，臉更紅了。

采青有趣地看著花容：「太子妃，原來男孩子臉紅起來，也很漂亮。」

花顏大樂：「是呢！」

花容似有些微窘，但還是笑著說：「十七姐姐取笑我！」

一行人走入街道，兩旁花樹繁密，滿城似乎都飄著花香，不愧是臨安花都。

街道上商鋪林立，人來人往，十分熱鬧，絲毫不輸京城繁華。

花顏帶著雲遲，悠閒地走在街道上，因二人都戴著笠帽，未引起太大的動靜。

走了兩條街後，雲遲笑著感慨：「臨安真是人傑地靈。」

花顏笑著說：「得益於千年的積累，花家不貪心天下，能守一城百姓安穩足以。」

雲遲頷首：「幾百年前，太祖爺從臨安通關之後，便曾感慨，花家之大義。」

花顏默了默，淺淺地笑了笑：「對太祖爺來說，花家是大義了，對後樑來說，到底是江山崩塌，社稷覆滅。」

雲遲忽然偏頭瞅了她一眼，笠帽遮掩，看不到她面上的神色，但他一瞬間，忽然感覺到了不對勁，她雖談笑自若，但就是不對，他停住腳步，對她輕喊：「花顏！」

花顏眼底的霧氣散去，隔著笠帽，對他微笑：「嗯，在呢。」

雲遲握緊她的手，笑著說：「你說的原也沒錯，但後樑末年生靈塗炭，已到了末數，誰也挽救不了，只能重新洗牌，花家免一城戰火，算是造了福祉。」

花顏看著他，輕聲問，「雲遲，後樑亂世末年，重新洗牌是有定數，如今天下算得上是安平，你又為何要熔爐百鍊這個天下呢？」

雲遲一字一句地說：「南楚歷經數百年，已經到了外表看著繁華，實則內裡繁冗的地步，利民政策難以推行，五年前，川河谷大水，便多因各大世家保其在川河谷任職的不成器子弟而層層隱瞞，導致援救不及，險些屍橫遍野，毀了社稷民生，當年我便意識到，南楚已經到了不得不改革的地步。」

花顏點頭：「寒門學子難出頭，天下各州郡縣城池官員，十有九成被各大世家子弟盤踞，的確如你所說，這個天下，是要改一改了。」

雲遲頷首：「正是！」

花顏領著雲遲在街上轉了幾圈後，累了，便擇了一處茶樓，走了進去。

茶樓裡正在說著太子殿下雷厲風行地收復西境之事。

說書先生講的書雖然有很多地方失真，但不失精彩，所以，花顏聽得極其有味，除了喝茶外，還點了幾碟堅果和瓜子。

雲遲難得來茶樓酒肆，鮮少聽民間說書先生說書，是以，也聽得有趣，不過他只喝茶。

花顏偶爾剝了瓜子遞到他嘴邊，他也不拒絕，張口吃下。

采青和小忠子站在二人身後，十分樂呵地一邊聽書一邊看著二人。這樣的太子殿下他們沒見過，這樣的太子妃，給人一種說不出的舒服之感。

一場書說完，天色已然不早。

二人出了茶樓時，已到了傍晚。

花顏笑著問雲遲：「累不累？」

雲遲對她挑眉：「我若說不累，你打算帶我去哪裡？」

花顏笑著說：「去畫舫，靈湖畫舫在掌燈十分，最是熱鬧，是臨安的一景，讓你真正地見識臨安風貌。」

雲遲含笑點頭：「好！」

於是，花顏便帶著雲遲出了城，向靈湖走去。

STORY 096

花顏策 卷四

作者 西子情
主編 汪婷婷
編輯協力 謝翠鈺
企劃 鄭家謙
美術設計 巻里工作室 季曉彤
董事長 趙政岷
出版者 時報文化出版企業股份有限公司
108019台北市和平西路三段二四〇號七樓
發行專線——(〇二)二三〇六六八四二
讀者服務專線——〇八〇〇二三一七〇五
(〇二)二三〇四七一〇三
讀者服務傳真——(〇二)二三〇四六八五八
郵撥——一九三四四七二四時報文化出版公司
信箱——一〇八九九 台北華江橋郵局第九九信箱
時報悅讀網 http://www.readingtimes.com.tw
法律顧問 理律法律事務所 陳長文律師、李念祖律師
印刷 勁達印刷有限公司
一版一刷 二〇二四年十月二十五日
定價 新台幣三六〇元
缺頁或破損的書，請寄回更換

時報文化出版公司成立於一九七五年，
並於一九九九年股票上櫃公開發行，於二〇〇八年脫離中時集團非屬旺中，
以「尊重智慧與創意的文化事業」為信念。

花顏策 / 西子情作 . -- 一版 . -- 臺北市 : 時報文化出版企業股份有限公司 , 2024.10-
冊 ; 14.8×21 公分 . -- (Story ; 96-)
ISBN 978-626-396-840-0(卷 4 : 平裝). --

857.7 113014380

Printed in Taiwan